Marsha MEHRAN

Une soupe à la grenade

Roman traduit de l'anglais
par Santiago Artozqui

Éditions Picquier

Titre original : *Pomegranate Soup*

Published in the United States by Random House,
an imprint and division of Penguin Random House LLC, New York.

This translation is published by arrangement with Random House,
an imprint and division of Penguin Random House LLC.

Mas de Vert
B.P. 20150
13631 Arles cedex

www.editions-picquier.com

En couverture : © Trina Dalziel

Conception graphique : Picquier & Protière

ISBN : 978-2-8097-1555-2

À propos de l'autrice

Marsha Mehran raconte que lorsqu'elle écrivait *Une soupe à la grenade*, à un moment donné, elle s'est aperçue que quelque chose manquait à son histoire – un sentiment de joie. Une gaieté et une vitalité caractéristiques des Iraniens et de la culture perse elle-même. Je voulais exprimer la beauté de mon pays natal, précise-t-elle, une vision dont je savais qu'elle n'était pas cohérente avec les images sombres que les Occidentaux se font de l'Iran. Je voulais surtout que les lecteurs puissent quasiment goûter ou humer l'une des contributions majeures de l'Iran au monde : sa cuisine délicate et parfumée.

De l'Iran, Marsha Mehran n'a que des souvenirs du plus lointain de son enfance car elle n'a que deux ans lorsque ses parents quittent le pays en 1979, fuyant la violence et l'insécurité de la fin du régime du shah et des débuts de la révolution. Ils émigrent en Argentine, où ils ouvrent un petit restaurant de cuisine du Moyen-Orient, de même que les trois sœurs d'*Une soupe à la grenade*. D'Argentine ils sont à nouveau chassés par la dictature et vont à Miami en Floride. La petite Marsha sait déjà l'anglais car à quatre ans elle est entrée dans une école écossaise à Buenos Aires, à six ans elle parle couramment le farsi, l'anglais et l'espagnol. En 1992 la famille part pour l'Australie, Marsha se passionne pour la musique, elle suit les cours du Elder Conservatorium of Musica d'Adelaïde et se destine à une carrière de pianiste. En 1997 elle rentre aux Etats-Unis, elle a tout juste vingt ans, rencontre un barman d'origine irlandaise, vit avec lui en Irlande, en Australie, puis à New York, dans cette ville et ce pays où cohabitent tant de voix, de cultures différentes, le seul endroit, affirme-t-elle, où elle pouvait imaginer prendre racine. Mais bien que mariée à un Américain et vivant depuis plusieurs années aux Etats-Unis, son permis de séjour lui est retiré et, la mort dans l'âme, elle doit de nouveau partir, réinventer sa vie.

En 1999, je vivais en Irlande avec mon mari, raconte Marsha Mehran. Le multiculturalisme n'était pas un mot qu'on entendait dans la langue, à l'époque ; j'étais l'une des seules « étrangères » dans le comté de Mayo. Quand je descendais la grand-rue du village, les gens sortaient littéralement de leur boutique pour regarder la « basanée » qui passait ! Au pub du coin, on me demandait souvent si j'étais japonaise ou chinoise. A la même époque, j'ai fait la connaissance d'une famille du Moyen-Orient qui tenait un *deli* dans la banlieue de Castlebar. Ils avaient le même air hanté, la même expression de solitude que ma mère et mon père quand ils essayaient de se construire une vie dans un pays si différent de leur terre natale. L'image de cette famille m'est restée à l'esprit quand j'ai déménagé à New York et commencé à écrire mon premier roman.

Ce premier roman, c'est *Une soupe à la grenade*, où la nourriture occupe une place centrale car elle condense les souvenirs les plus précieux, les plus heureux de l'enfance de l'écrivaine. Cuisiner, c'est une façon parfaite d'exprimer son amour, dit-elle. Quand vous préparez un plat, vous n'êtes pas seulement en train de combler une faim physique, mais aussi un désir plus profond, le désir d'un foyer, d'un endroit sûr où l'on peut se reposer. Dans mon enfance, tous les repas étaient servis sur un tissu brodé qu'on appelle le *sofreh*. Assis en tailleur le long de ses bords, les membres de la famille pouvaient toucher leurs racines de la façon la plus fondamentale. C'était un pique-nique trois fois par jour ! Un repas typique durait jusqu'à deux heures, et s'il faisait particulièrement chaud, tous les convives se retrouvaient dehors. Le toit-terrasse ou le moindre carré de pelouse faisait l'affaire. Dans le roman, Marjan a un merveilleux souvenir d'un été torride où les membres de sa famille ont passé des nuits entières à manger et à raconter des histoires sur le toit-terrasse de la maison de son enfance. Moi aussi, je me souviens parfaitement d'avoir dîné autour d'un *sofreh* sur notre toit-terrasse à Buenos Aires, pendant que ma mère me racontait les contes fantastiques de Shéhérazade et des *Mille et Une Nuits*.

Une soupe à la grenade, publié en 2005, reçoit un accueil enthousiaste, un deuxième roman suivra en 2008. Au printemps 2014, Marsha s'isole pour écrire dans un petit cottage qu'elle loue à Lecanvey dans le comté de Mayo. Elle a trente-six ans lorsqu'on la retrouve morte dans des conditions misérables et mystérieuses qu'une autopsie ne pourra éclaircir. Cette femme d'une beauté et d'une vivacité saluées par ceux qui l'ont côtoyée, déracinée presque sans répit depuis l'enfance d'un pays à l'autre, avait, semble-t-il, trouvé dans la littérature son unique terre d'asile.

Pour Christopher, toujours

Tout le monde sait,
tout le monde sait
que nous avons trouvé notre voie
dans le rêve calme et froid des phénix :
nous avons trouvé la vérité dans le jardin
dans l'aspect contrit d'une fleur sans nom,
et nous avons trouvé la pérennité
dans un moment interminable
quand deux soleils se dévisagent.

Je ne pense pas aux murmures craintifs
dans le noir.
Je parle de la lumière du jour et des fenêtres ouvertes
et d'air frais et d'une cuisinière où d'inutiles choses brûlent
et d'une terre fertile
de différents semis
et de naissance et d'évolution et de fierté.
Je parle de nos mains aimantes
qui ont bâti entre les nuits un pont
avec le message du parfum
de la lumière et de la brise.

Forugh Farrokhzad,
Conquête du jardin.

Prologue

L'aube pointait sur la baie de Clew et le petit village irlandais de Ballinacroagh, mais si Thomas McGuire avait pris le temps d'admirer cette fanfare de rayons safran, il aurait peut-être raté le commencement de la fin de son règne sur cette petite bourgade côtière endormie. Néanmoins, comme c'est souvent le cas pour des hommes ayant son tempérament, Thomas avait peu de temps à perdre en rêvasseries. L'homme d'affaires obstiné s'était rué hors de son lit à cinq heures et demie du matin, aussi déterminé que jamais à s'occuper de son empire en expansion : trois pubs, deux magasins de spiritueux et une taverne dans le Main Mall, la rue commerçante.

Cette rue médiévale, légèrement recourbée, remontait du Blue Thunder, un fast-food graisseux vendant frites et burgers, jusqu'à la vieille église du XIVe siècle et au mémorial monolithique dédié à saint Patrick, sur la grand-place du village. Entre les deux, on trouvait l'assortiment habituel de pubs, de magasins de chaussures, de boutiques de reliques religieuses, ainsi qu'une de ces échoppes de souvenirs qui vendent des pulls Aran et qu'on s'attend à voir dans les villes irlandaises qui poussent à l'ombre des œuvres de Mère Nature. Incapables qu'elles sont de rivaliser avec la grandeur d'une sédimentation millénaire ou celle des anciennes chaussées celtes, ces bourgades se contentent d'exister en périphérie et refusent le progrès d'un haussement d'épaules débonnaire, car pourquoi prendre la peine d'essayer ? A Ballinacroagh, les phénomènes naturels sont dominés par le Croagh Patrick, la montagne de l'ouest de l'Irlande connue sous le nom de The Reek où saint Patrick s'était retiré pendant quarante jours et quarante nuits. Ce sommet esseulé, solennel et monastique étend son ombre sur le village pelotonné à ses pieds, et la vallée en contrebas, où s'étale un patchwork de prés, de routes bordées de murets et de bêtise humaine telle qu'on la pratique dans la rue commerçante, ne fascine plus son âme fatiguée.

En ce premier jour du printemps 1986, Thomas McGuire se trouvait dans la grand-rue de Ballinacroagh, et malgré sa forte carrure, il frissonnait dans ses bottes sous le morne crachin matinal. Il venait d'ouvrir les portes de la cave du Paddy McGuire's, le pub miteux qu'il avait hérité de son père plus de vingt ans auparavant. La mort prématurée de Paddy des suites d'un accident de tracteur avait fait de Thomas, à l'époque âgé de dix-neuf ans, le plus jeune patron de pub que Ballinacroagh et même tout le comté de Mayo avaient jamais connu. Malheureusement, une emprise aussi précoce sur l'abreuvoir préféré de la ville avait fait ressortir ce qu'il y avait de pire dans le caractère déjà volatile du jeune homme. La mauvaise nature de Thomas était due à un mélange indéterminé de *sard* (le froid) et de *garm* (le chaud) que rien – pas même les vertus compensatoires de la fameuse recette de soupe à la grenade aigre de Marjan – ne pouvait pallier. Cet assortiment létal d'humeurs, catalyseur d'innombrables irrationalités, le laissait par ailleurs largement démuni face aux effluves sensuels de cardamome, de cannelle et d'eau de rose qui, ce matin-là, flottaient jusqu'à lui.

L'odeur atteignit Thomas McGuire au moment où il conduisait le livreur sous-payé de Guinness dans la cave glaciale du pub. Ses tonalités épicées et coupables exhalaient la puanteur d'un mal inconnu, un exotisme maudit qui déclencha des sonnettes d'alarme dans la grosse tête patatoïde de Thomas et le figea sur place. Mais lorsque Conor Jennings, le type de Guinness, s'arrêta également pour humer l'air, Thomas se rendit compte que cet étrange remugle était en fait bien réel.

— Jésus, Marie, Joseph ! Si ce n'est pas le parfum du paradis, ça, je ne sais pas ce que c'est ! s'exclama Conor en s'appuyant sur le chariot des fûts.

Il inspira à travers son nez en trompette. Conor, un célibataire de quarante ans qui vivait encore chez sa pingre de mère, venait de prendre un petit-déjeuner décevant : un thé délavé (le sachet avait été utilisé à plusieurs reprises) et un maigre sandwich avec du pain beurré de la veille. Devant cette senteur, son estomac volumineux émit un long grognement de rébellion.

— Tu vas te retrouver au paradis plus tôt que tu crois si tu bouges pas ton gros cul pour finir de décharger le stock ! Mets-toi au boulot et arrête de me faire perdre mon temps. Ou est-ce que tu préfères que je passe un coup de fil à Seamus O'Grady ? Je suis sûr qu'il aimerait bien savoir comment un de ses livreurs bosse.

C'était une claque assez sévère, même pour Thomas McGuire, et un rose foncé monta aux joues de Conor tandis qu'il saisissait un autre fût dans son van. Il grommela dans sa barbe et disparut dans l'escalier qui menait à la cave, abandonnant le patron du pub à ses investigations sur l'origine de cette odeur. Le nez alerte de Thomas le conduisit jusqu'au pas-de-porte voisin, Papa's Pastries, une pâtisserie décatie où le vieux Delmonico vendait autrefois ses viennoiseries. Les Delmonico, arrivés de Naples peu après la Seconde Guerre mondiale, avaient tenu leur boutique enfarinée dans le Main Mall pendant plus de trois décennies. Mais depuis la mort de Luigi Delmonico, cinq ans auparavant, elle n'était plus qu'une coquille vide et désertée où s'accumulait la poussière. Ou plutôt, elle *avait été* vide. Parce que même si ses yeux étaient encore pleins de sommeil, Thomas ne pouvait nier qu'une curieuse lueur filtrait du local à travers sa vitrine recouverte de journaux.

La lumière s'intensifia quand il s'approcha doucement de l'ancienne pâtisserie, tandis qu'un arôme dense et exotique faisait trembler ses gros genoux comme s'il n'était qu'un écolier timoré. Il glissa un regard dans un interstice entre deux pages de journal, s'attendant presque à affronter le diable en personne, mais il ne vit que le halo de quelque chose de doré, une obscénité brillante qui remplissait tout son champ visuel.

Le maussade baron de la bière grogna et cracha sur le trottoir craquelé au pied de la porte rouge de la boutique. C'était de la sorcellerie pure et simple, point barre. Aucun doute là-dessus. Et il comptait bien découvrir qui se cachait derrière tout ça.

Dolmas

30 à 40 feuilles de vigne en boîte
2 oignons émincés
250 g de viande hachée, agneau ou bœuf
huile d'olive
1/3 de tasse de sarriette fraîche
1/2 tasse d'aneth frais
1/3 de tasse d'estragon
1/4 de tasse de menthe fraîche
2 tasses de riz basmati cuit
1/2 tasse de jus de citron vert
1 cuillère à café de sel
1/2 cuillère à café de poivre noir moulu

Rincer les feuilles de vigne et les réserver. Faire revenir les oignons et la viande dans l'huile d'olive à feu moyen jusqu'à ce que la viande soit cuite. Ajouter les herbes hachées dans la poêle et faire revenir pendant 3 minutes. Oter du feu. Dans un grand bol, mélanger la viande, les oignons et les herbes avec le riz, le jus de citron, le sel et le poivre. Etaler une feuille de vigne sur une surface propre, les nervures vers le haut. Placer une cuillère à soupe du mélange de viande et de riz au milieu de la feuille, puis la rouler à partir de sa base, en rabattant les côtés, pour en faire un rouleau bien compact. Recommencer jusqu'à ce que toutes les feuilles de vigne soient farcies. Disposer les rouleaux dans un plat légèrement huilé, verser 3/4 de tasse d'eau, recouvrir d'une feuille de papier aluminium et cuire au four à 100 °C pendant 45 minutes.

Chapitre 1

Pour Marjan Aminpour, les fragrances de la cardamome et de l'eau de rose, celles du riz basmati, de l'estragon et de la sarriette étaient des parfums quotidiens, aussi communs, pensait-elle, que les arômes de café soluble ou de jus de viande rôtie l'étaient dans la plupart des cuisines occidentales.

Marjan avait beau être née dans un pays de déserts ancestraux où une terre sèche arborait les vestiges friables des colonnes de Persépolis, elle avait un grand talent pour faire pousser les plantes. Dès son plus jeune âge, elle avait appris comment inciter les semis les plus têtus à prendre racine, avant même d'être capable d'épeler leur nom en farsi. Guidée par les douces mains de Baba Pirooz, le vieux jardinier barbu qui s'occupait des terrains de sa maison d'enfance, la jeune Marjan avait cultivé des plants touffus de marjolaine et d'angélique dorée sur des buttes de terre sombre. Le sol tirait son humidité de la fonte des neiges de montagne qui coulait depuis l'Elbourz voisin jusqu'aux banlieues aisées de Téhéran avant de jaillir dans la grande fontaine octogonale des Aminpour. Au centre du jardin clos de murs, le bassin était carrelé de mosaïques esfahani aux tons turquoise et verts.

Tandis que Marjan s'entraînait à distinguer les premiers bourgeons jaunes de l'estragon ou à repérer la mauvaise herbe qui grimpait sournoisement à une tige d'aneth, Baba Pirooz récapitulait la longue lignée de jardiniers célèbres qui étaient nés sur le sol persan.

— Parmi eux, proférait-il après s'être raclé la gorge, Avicenne était le plus célèbre amoureux des plantes. Marjan Khanoum, sais-tu que ce sage médecin a été le premier homme à faire de l'eau de rose ? Il a extrait l'huile de leurs doux pétales et mis en bouteille le précieux liquide pour que le monde entier puisse en profiter. Quel Persan, et quel homme ! s'exclamait le vieux jardinier en ne s'interrompant que le temps d'allumer le tabac parfumé à la fraise qu'il fumait dans une petite pipe bosselée.

Devenue adulte, Marjan emportait les souvenirs chaleureux de Baba Pirooz et du jardin de son enfance partout où elle allait. Pas un jour ne passait sans qu'elle cherche un carré de terre où plonger les doigts. De ses poings nus et burinés par la poussière de terre cuite et le paillis, elle massait ses herbes ou ses fleurs préférées dans les replis du sol tout en leur murmurant des encouragements affectueux. Et le bout de terrain avait beau être aride avant son arrivée, une fois que Marjan lui avait consacré son attention si particulière, il n'y avait plus de limite à tout ce qui pouvait s'épanouir au sein de ses alcôves fécondées.

Dans les multiples endroits où elle avait vécu – et il y en avait eu un bon nombre au cours de ses vingt-sept ans d'existence – Marjan avait toujours planté un petit jardin d'herbes aromatiques, avec au moins un plant de basilic, un de persil, un d'estragon et un de sarriette. Même dans les sinistres appartements anglais qu'elle avait partagés avec ses sœurs pendant les sept années qui avaient suivi leur départ d'Iran, elle avait réussi à faire pousser un arc-en-ciel d'herbes aromatiques dans les pots de fleurs en céramique bleue qui s'alignaient sur le rebord de la fenêtre de sa cuisine. Professionnelle jusqu'au bout des ongles, elle n'avait jamais été tentée de laisser tomber ses cultures malgré l'abondance de pluie.

A présent qu'elle était en train de mélanger une deuxième fournée de farce de dolma dans la cuisine de l'ancienne boutique de viennoiseries, Marjan essayait de garder à l'esprit sa persévérance d'antan. Elle aurait aimé avoir eu le temps de cultiver un assortiment de menthe, de sarriette et d'estragon frais pour l'ajouter aux dolmas qu'elle préparait avec ses deux jeunes sœurs, Bahar et Layla. Si elle avait planté quelque chose à Ballinacroagh, elle se serait peut-être épargné l'angoisse qui rampait à présent le long de sa colonne vertébrale. Cela dit, se rappela-t-elle, il valait mieux ne pas entretenir ce genre de regrets, surtout quand ils ne servaient à rien. Il lui restait encore une fournée de feuilles de vigne farcies à préparer – sans compter la demi-douzaine de mets fins et délicieux supplémentaires – et le Temps, ce vieil imbécile acariâtre, ne jouait pas en sa faveur.

Le Babylon Café était censé ouvrir dans moins de cinq heures. Cinq heures ! Dans cette nouvelle ville dont elle pouvait à peine prononcer le nom, et encore moins l'épeler. Ballinacroagh. Ba-li-na-cro. Une ville entière, pleine de gens qui viendraient goûter ses plats, le regard interrogateur et le palais curieux. Et contrairement à ses précédentes incursions en cuisine, cette fois-ci, elle était responsable de tout.

Le rythme cardiaque de Marjan s'accéléra tandis qu'elle faisait revenir à feu doux sur les flammes dansantes la viande hachée et les oignons. La poêle siffla de satisfaction quand elle ajouta une version déshydratée de ses précieuses herbes, les seules qu'elle avait pu acheter avec le peu de temps dont elle disposait. Même en Iran, elle s'était parfois résignée à préparer des dolmas avec des herbes séchées. Elle avait découvert qu'en les faisant tremper toute la nuit, elles étaient presque aussi efficaces que leurs parentes fraîches. D'un mouvement de torse, Marjan les mélangea avec le riz, le jus de citron vert, le sel et le poivre. Elle remuait de tout son cœur malgré la douleur sans répit qui lui irradiait les épaules, parce qu'une rotation énergique était essentielle à l'harmonie des dolmas.

Elle marqua une pause pour masser ses bras fatigués et jeta un coup d'œil à sa sœur Bahar, qui roulait la première fournée de dolmas à l'autre bout de la cuisine. Avec ses grands yeux perçants, Bahar avait toujours un air intense quand elle cuisinait – comme si sa vie dépendait du légume ou de l'herbe aromatique qu'elle sacrifiait sur la planche à découper devant elle. De manière fort surprenante, des trois sœurs Aminpour, c'était Bahar, la plus menue, qui avait le plus de force dans les bras. Elle était frêle par ailleurs, mais ses bras et ses épaules étaient aussi puissants que ceux d'un homme qui ferait deux fois sa taille, ce qui était bien pratique lorsqu'il fallait ouvrir un bocal ou mélanger quelque chose.

Marjan reprit sa cuillère en bois et retourna à ses dolmas. Sa sœur avait l'air trop occupée pour l'aider à mélanger le reste de la farce, car Bahar, tout en se concentrant sur les feuilles de vigne qu'elle roulait, surveillait le travail de Layla. Marjan avait beau constater fréquemment la différence de personnalité entre ses deux jeunes sœurs, rien n'illustrait autant à quel point elles étaient opposées que le simple fait de rouler des dolmas.

Bahar, guidée par une stricte boussole interne, claquait d'un geste sec chaque feuille de vigne sur la planche à découper (les nervures vers le haut). Dans une démarche systématique et méthodique, elle commençait par placer une boule de farce de la main gauche, puis elle pliait adroitement la feuille de vigne de la droite. Ensuite, elle la roulait vivement de bas en haut, forçant le dolma à rendre les armes. Malgré ses mouvements assez brusques, sa méthode était toujours couronnée de succès ; elle veillait à ce que ses petits rouleaux de bonne fortune soient bien scellés, de peur que tout ce qu'elle y avait mis ne s'éparpille.

C'était toujours au cours de cette étape que Layla échouait, car sa méthode était plus débonnaire et bien trop optimiste. Bien que ses sœurs lui aient montré à d'innombrables reprises comment le faire correctement, les dolmas de Layla demeuraient la proie des aléas. On pouvait toujours les repérer, et lorsque ses sœurs n'avaient pas été assez rapides pour rattraper la farce qui débordait et rouler à nouveau la feuille de vigne en secouant la tête, le moment de vérité se produisait quarante-cinq minutes plus tard, à l'ouverture du four. Au milieu des doigts verts et odorants savamment scellés par Marjan et Bahar, on voyait apparaître les petits bouts de farce dorée typiques de leur sœur cadette. Et pour une raison mystérieuse, ils sentaient toujours le parfum de Layla – eau de rose et cannelle.

C'était une fragrance familière, un parfum fugace qui, même s'il accompagnait chaque geste de Layla, semblait insolite dans une recette ne contenant aucun de ces deux ingrédients. Néanmoins, les dolmas cannelle-rose ne surprenaient jamais ses sœurs. Layla avait le don de dépasser au-delà de toute attente les espoirs qu'elle avait suscités.

Quand les crachats et les jurons de Thomas McGuire tombèrent sur le trottoir devant l'ancienne pâtisserie, Bahar était en train de retirer du four un plateau de dolmas. Au bout de quarante-cinq minutes, ils étaient aussi parfaitement symétriques que les plus beaux tapis persans, et le plateau ressemblait à un métier à tisser bien ordonné sur lequel les doigts de feuilles de vigne farcies s'alignaient en motifs réguliers. La cuisine se trouvait au fond de la boutique, mais les expectorations vulgaires de Thomas parvinrent clairement aux oreilles sensibles de Bahar. Poussant un cri de surprise, elle prit le plateau de dolmas à mains nues et paya chèrement ce moment d'inattention quand des ampoules commencèrent à fumer sur ses doigts.

— Vite ! Mets-les sous l'eau froide ! cria Marjan en poussant sa sœur vers l'évier. Layla, aloe vera ! Bahar, arrête de serrer ton pouce comme ça !

En tant qu'aînée, Marjan avait l'habitude de diriger ses sœurs en cas d'urgence.

Bahar frissonna quand le jet d'eau froide coula sur la brûlure à son pouce. Dans l'appartement à l'étage, un petit deux-pièces que les Delmonico utilisaient comme bureau et zone de stockage, Layla fouillait les cartons à la recherche de la bouteille verte de gel apaisant.

— Je ne trouve pas l'aloe ! Tu es sûre de l'avoir empaqueté ? cria-t-elle en direction de la cuisine.

— Oui ! brailla Marjan. Regarde dans le petit carton marqué *Divers* !

— Ne t'inquiète pas, répondit Bahar. C'est déjà fini. Tu vois ? Je vais juste mettre un glaçon dessus, ajouta-t-elle en levant le pouce afin que Marjan puisse voir les marques de brûlure qui commençaient à apparaître.

Bahar essayait d'arborer une expression courageuse, mais intérieurement, elle se sentait vraiment dans le même état que son pouce. Née, comme son nom l'indiquait, le premier jour du printemps persan, elle avait le caractère superstitieux des gens dont l'anniversaire tombe au moment du changement de saison. Elle était toujours en train de regarder par-dessus son épaule, de peur d'avoir marché sur une fissure ou d'être passée sous une échelle. Au cours des dernières années, son inquiétude inhérente s'était transformée en un malaise plus profond, à la suite d'événements indicibles qui avaient laissé sur elle des cicatrices indélébiles. Ses tendances névrotiques irritaient souvent Layla, adolescente et plus robuste, mais le cœur de Marjan fondait chaque fois qu'elle voyait Bahar sursauter ainsi.

— Tu es sûre que ça va ? demanda-t-elle. Ecoute, je vais terminer les dolmas. Contente-toi de me mélanger le riz, d'accord ?

Marjan lui donna un glaçon enveloppé dans un bout de papier journal et posa le plat fumant sur le petit îlot de bois au milieu de la cuisine.

Spécialement fabriqué pour un homme d'une taille napoléonienne, cet îlot rectangulaire avait été le centre du royaume de Luigi Delmonico, l'endroit où il roulait, épiçait, pétrissait et battait les délicieux paninis et autres brioches au chocolat qu'il plaçait ensuite dans la vitrine de sa bien-aimée boutique, le Papa's Pastries. C'était également là qu'Estelle, son épouse depuis quarante-cinq ans, l'avait trouvé trois heures après sa mort – le bol de meringue qu'il était en train de préparer avait durci et pris la forme d'un tutu rose barbe à papa.

Bien sûr, Estelle avait omis de préciser ce fait quand elle avait montré les lieux aux trois sœurs, cinq jours auparavant, même si en réalité, ça n'aurait probablement pas fait une grosse différence. Leurs cartons cabossés avaient déjà été expédiés et attendaient à Castlebar qu'elles passent les chercher. En outre, la boutique, équipée de tous les appareils et ustensiles d'une cuisine fonctionnelle (bien que vieillots et un peu rouillés), était parfaite pour ce que Marjan avait en tête. Et pour le prix, c'était donné.

— Ma nièce m'a dit que vous étiez la meilleure cheffe cuisinière qu'elle ait jamais vue. Gloria. C'est une jeune fille très bien, non ?

Après ce tour du propriétaire, Mrs Delmonico s'était postée dans la cuisine, tandis que les rayons de soleil mourants de cette fin d'après-midi entraient paresseusement par l'étroit vitrail de la porte de derrière. Ils illuminaient les particules de poussière qui flottaient au-dessus de ses cheveux poivre et sel. Toutes les surfaces, des comptoirs jusqu'aux piles de casseroles et de plats, étaient recouvertes d'un manteau de trois bons centimètres d'épaisseur de cette substance neigeuse.

— Oh, Gloria a été très bonne avec nous quand nous sommes arrivées à Lewisham. C'est une grande amie ! avait répondu Marjan.

Derrière elle, Bahar et Layla avaient acquiescé.

— Mais je pense qu'elle a un peu exagéré mes mérites, avait poursuivi Marjan. Je n'étais que sous-cheffe. C'était elle, le véritable talent du restaurant.

— Oui, Gloria sait préparer les manicottis et le parmesan, mais comme tout le monde, non ? Pour ces Anglais, ce sont peut-être des plats de gourmet, mais vous auriez dû voir ma grand-mère ! Pff ! Aujourd'hui, si elle était encore en vie, elle serait devenue riche avec sa cuisine, je peux vous le dire !

Estelle Delmonico avait ri en posant ses mains potelées sur ses hanches. Cette veuve à la nature bienveillante avait incliné la tête et adressé un sourire à chacune des trois sœurs. Le destin avait voulu que, malgré la bénédiction d'un tour de taille et de hanches propre à l'enfantement, elle n'ait jamais pu donner un bébé à Luigi. C'était l'un de ses rares regrets dans une vie par ailleurs colorée et fortunée. Mais sa stérilité ne s'était pas transformée en ressentiment, une grâce dont Estelle créditait souvent sa nièce, sur qui elle avait pu reporter toutes les critiques aimantes que sa propre mère lui avait prodiguées. Gloria était une soupape importante pour Estelle Delmonico, et elle venait de lui envoyer trois chéries dont elle pourrait également s'occuper à présent.

— C'est sûr, alors ? Vous la prenez, la boutique ?

Marjan s'était tournée vers Bahar et Layla, qui semblaient toutes deux dormir debout. Les traits tirés, leurs visages épuisés ressemblaient à des *torchi*, des oignons en bocal qu'on a tirés de leur lit de vinaigre et de sel. Mais qui pouvait vraiment les en blâmer ? Quatre longues journées s'étaient écoulées depuis leur départ de Londres, d'où elles avaient expédié leurs cartons remplis à la hâte avant de fourrer quelques affaires dans deux vieilles valises en toile, celles-là mêmes qui les avaient suivies à travers le désert iranien longtemps auparavant. Le vol de Londres à Knock avait été douloureusement ennuyeux ; l'immigration et la douane, encore pires. Répondre sans cesse aux mêmes questions à propos de leur religion ou de leurs origines ethniques. Ensuite, elles s'étaient terrées pendant deux jours dans une auberge pour randonneurs de Castlebar, la ville voisine, à attendre que leurs cartons arrivent, en subsistant avec du pain blanc et du fromage à pâte dure que Marjan avait achetés à l'épicerie du coin. Layla, bien sûr, s'était plaint tout du long (telles étaient les prérogatives de son âge), mais Bahar était restée renfrognée, ses grands yeux de biche mouillés de larmes craintives.

Cela dit, avait songé Marjan, le pire semblait assurément derrière elles. Surtout maintenant qu'elles se tenaient dans cette petite cuisine poussiéreuse en compagnie de cette généreuse Italienne. Il était temps de prendre un nouveau départ, temps d'investir tout l'argent qu'elles avaient en ce monde et de faire enfin quelque chose de toutes ces années de galère.

— Vous restez, hein ?

Estelle Delmonico avait tiré une lourde clé rouillée d'une poche secrète de sa robe noire. Dentée et archaïque, c'était le genre de clé susceptible de libérer tous les démons de Pandore.

— Oui, avait acquiescé Marjan en l'acceptant. Nous allons rester. Comment voulez-vous percevoir le loyer ? Tous les mois ou toutes les semaines ?

— Bah, ne vous inquiétez pas pour ça maintenant. Vous me le réglerez quand vous l'aurez, d'accord ? Je pense que le plus important, c'est que vous preniez un bol de ma soupe de minestrone. Elle redonnera un peu d'énergie à ce joli visage, hein ? avait lancé Mrs Delmonico en s'avançant vers Layla pour lui effleurer la joue.

Marjan, déterminée à ne pas briser l'élan qui les avait emmenées de Londres au-dessus de la mer d'Irlande jusqu'à ce pays de moutons déments et de routes vertigineuses, avait secoué la tête, plutôt à l'intention de ses sœurs que de la joyeuse veuve.

— Merci, mais je crains que nous ne devions refuser. Il y a tant à faire. Bahar et Layla doivent déballer nos valises, et il faut que j'aille dès que possible acheter des ingrédients à Dublin. Ça ira beaucoup plus vite qu'essayer de trouver ici ce dont nous avons besoin, j'en ai bien peur.

— Ah ! Vous avez raison ! Mon Luigi avait le rouge qui lui montait aux joues quand il voyait les marchés de ces villages. Des mini-marchés, qu'ils appellent ça ! Je pourrais trouver plus de choses dans l'arrière-jardin de ma maman à Napoli que dans la plupart de leurs mini-marchés.

— Oui, Naples – Napoli, ça sonne magnifiquement. J'ai entendu dire que là-bas, les *erberias* regorgent des légumes les plus merveilleux. J'espère qu'à Dublin, je pourrai trouver tout ce dont nous avons besoin pour notre carte. On voudrait ouvrir le café dès lundi prochain. Le premier jour du printemps.

— Lundi ? Dans cinq jours seulement ? Non, non. Je pense qu'il faut que vous vous donniez plus de temps. Pourquoi se précipiter ? Attendez quelques jours de plus ! avait répondu Mrs Delmonico en secouant sa tête de matrone avec désapprobation.

— Lundi, c'est l'anniversaire de Bahar, avait lancé Layla, subitement réveillée.

— Et c'est aussi No Rooz, le Nouvel An iranien. C'est le premier jour du calendrier persan, le premier jour du printemps.

A l'origine, No Rooz, le « Nouveau Jour », était une fête zoroastrienne célébrée par treize jours de banquets et de réjouissances, et aujourd'hui encore, tous les Iraniens la commémorent.

— Ça serait un bon présage d'ouvrir ce jour-là, et je pense qu'on peut y arriver si on s'y met rapidement, avait ajouté Marjan un peu sèchement.

— Oh, vous les jeunes. Tellement d'ambition ! Je vais vous laisser tranquilles pour que vous fassiez ce que vous avez à faire. Je passerai peut-être pour votre Nouvel An, d'accord ? Je vous raconterai deux ou trois choses sur les fous qui vivent ici. Pour vous préparer. D'accord ?

Estelle Delmonico planta un baiser sur chacune de leurs joues en prenant leur visage entre ses mains avec une chaleureuse façon de faire italienne qui les surprit toutes.

Cinq journées trépidantes s'étaient écoulées depuis que la petite veuve leur avait donné la clé de l'ancienne pâtisserie, cinq jours au cours desquels les filles avaient accompli beaucoup de magie. Pendant que Marjan prenait le CIÉ, un tortillard qui serpentait à travers les collines herbeuses de la campagne dublinoise, Bahar et Layla s'étaient attaquées à une tâche ardue, transformer le Papa's Pastries en une oasis au parfum oriental. Avec ses murs d'un blanc cendreux, ses affiches écornées de gondoliers, son enseigne au néon du café Lavazza qui ne s'allumait plus, ses drapeaux aux couleurs passées et ses cartes de la Botte italienne, la vieille boutique avait exigé beaucoup de travail.

Deux grands présentoirs en bois occupaient la plus grande partie de la pièce pavée de tomettes. Quand le Papa's Pastries avait ouvert en 1946, la jeune Estelle avait recouvert ces comptoirs et les quatre tables métalliques de la boutique avec des nappes en tartan. Au bout de quelques décennies, le tissu vert et rouge avait pris des tons jaunes et orangés peu ragoûtants et s'était en grande partie effrité entre les mains de Bahar quand elle l'avait arraché des tables. Estelle avait conçu la salle comme un lieu où les clients se rencontreraient et où, tout en écoutant Billie

Holiday chanter sur le vieux Victrola, ils tremperaient dans leurs cappuccinos les croustillants biscuits à l'anis et au chocolat que Luigi préparait amoureusement. Mais au cours des trente-quatre années d'exercice dans leur boutique, les tables à damiers d'Estelle avaient à peine servi, si ce n'est pour permettre aux ménagères épuisées d'y poser leurs sacs de courses et leurs enfants hirsutes. Ces femmes au visage cireux réglaient anxieusement leurs miches de pain de campagne – et, à l'occasion, un biscuit aux noix de macadamia pour fermer la bouche baveuse de leur progéniture – avant de ressortir aussitôt dans les rues pluvieuses. Quand la machine à cappuccino s'était cassée au cours de l'hiver 1956, parce que ses tuyaux avaient gelé à cause de la tempête de glace qui faisait rage, Luigi n'avait pas pris la peine de la réparer. A la place, il avait préféré se servir de cet appareil gargantuesque comme d'un espace supplémentaire pour exposer les maquettes de Ferrari qu'il fabriquait pendant son temps libre.

Les voitures avaient disparu depuis longtemps mais la machine à cappuccino était toujours là. Bahar et Layla avaient passé près de trois heures à la démonter avant de déboulonner l'engin de son socle. Quand elles l'avaient retirée du mur, elles avaient découvert la couleur originale de cette boutique pluricentenaire : un horrible marron verdâtre qui ressemblait à de la tourbe gelée. Mais maintenant, cette misérable couleur avait disparu, de même que le badigeon sur les autres murs. Bahar et Layla avaient recouvert toute la boutique avec la peinture qu'Estelle Delmonico leur avait donnée le jour où elle leur avait fait visiter les lieux.

— Prenez-la, prenez-la ! Il y a aussi des pinceaux et des rouleaux. J'ai acheté tout ça juste avant la mort de mon Luigi, chez ce bon à rien de John Healy. C'est le patron de la quincaillerie à côté de l'église. Pff! Je lui avais dit: « Mr Healy, j'ai besoin d'une belle peinture blanche. Pas crème, pas jaune. Luigi aime le blanc. » Il m'avait répondu: « C'est très propre, ça rend tout plus grand. » Alors, ce Healy m'a vendu sa peinture. Je l'ai apportée ici, j'ai ouvert les pots, et regardez!

Mrs Delmonico avait soulevé les couvercles de deux pots entreposés dans un coin à l'étage. La peinture, même dans cette pièce sombre, vibrait d'un rouge vermillon que les trois jeunes femmes n'avaient vu qu'en un seul autre endroit – dans la chair incorruptible des fruits du grenadier du jardin de leur maison d'enfance.

— Je lui ai rapporté sa peinture et je lui ai dit: « Mr Healy, il y a eu une grosse erreur. Ce n'est pas du blanc. C'est une belle couleur, mais ce n'est pas du blanc. » Et vous savez ce qu'il m'a rétorqué, hein? « Mrs Delmonico, je ne peux pas vous rendre votre argent. Vous avez ouvert les pots. » Vous en croyez vos oreilles? Laissez-moi vous dire que cet homme ne s'est jamais marié. Il a une grande maison avec des meubles magnifiques, mais il est tout seul! Pourquoi? Parce que c'est un misérable! Ah, écoutez, ça me rend aussi folle aujourd'hui qu'à l'époque, et c'était il y a cinq ans! Si ça se trouve, la peinture est même périmée, hein?

Mais la peinture était parfaite. Une fois qu'elles l'eurent un peu remuée, elle prit une couleur encore plus lumineuse que le spectaculaire vermillon dévoilé par Estelle. Et quand les filles mirent les murs à nu et l'appliquèrent dessus, sa teinte changea de nouveau et se coagula en un pourpre sombre semblable à celui d'un cépage de Syrah.

Le samedi après-midi, après trois jours passés à tousser dans la sciure et à respirer des vapeurs de peinture, Bahar et Layla s'effondrèrent sur l'unique matelas à l'étage. Elles dormirent toute la nuit d'un sommeil de plomb et ne se réveillèrent que lorsque Marjan revint de son expédition, le dimanche matin tôt. Ses deux sœurs, les yeux gonflés et l'haleine âcre, descendirent l'escalier en titubant et suivirent leur aînée jusqu'à la porte de la cuisine. Elles traversèrent le petit jardin de derrière – une parcelle clôturée envahie d'herbes détrempées – et s'engagèrent dans l'étroite allée pavée commune à toutes les boutiques du côté droit de la rue commerçante. Là, à la lumière de la lune avant l'aube, elles virent une vieille fourgonnette vert citron avec des symboles de paix peints sur les panneaux latéraux.

— J'ai trouvé ce van dans *The Irish Times*. Je l'ai payé à un gosse cinq cents livres irlandaises. Il n'est pas très beau, je sais, mais il a bravé sans problème tous les cailloux de la route. Et les freins fonctionnent bien. J'ai failli percuter un mouton – du moins, je crois que c'était un mouton –, mais il s'est arrêté juste à temps. Allez, venez, j'ai acheté tout ce que j'ai pu.

Marjan se dirigea vers les portes à l'arrière du van. Dès qu'elle les ouvrit, des souvenirs en jaillirent.

Un trésor d'épices à rendre Ali Baba jaloux était niché dans un coin de la soute. L'étreinte maternelle de l'*advieh* – un mélange de pétales de rose écrasés, de cardamome, de cannelle et de cumin ; le ventre chaleureux du curcuma ; et cette épice plus chère que son poids en or, le *za'feran*, le safran.

Comme leur maison en Iran, leur appartement à Lewisham était toujours rempli de ces épices et d'autres somptueuses moutures d'écorces et de graines. Des bouquets de fleurs séchées pendaient aux embrasures des portes et des mortiers en marbre contenaient des résidus de poudres qui leur chatouillaient les narines. Bien qu'elles n'eussent quitté Lewisham qu'une semaine auparavant, elles avaient l'impression que ça faisait beaucoup plus longtemps. Et ces odeurs avaient beau être enivrantes, ce réveil des sens avait un prix : la résurgence de souvenirs auxquels aucune d'elles ne voulait penser. Du moins pas encore.

Bahar et Layla aidèrent Marjan à décharger les cartons d'épices, les bocaux de feuilles de vigne et les sacs de pistaches, d'amandes et de dattes qu'elle avait trouvés dans une épicerie algérienne aux abords de la capitale. Marjan avait également rapporté cinq kilos de feta, mais elle annonça à ses sœurs qu'elle ne rachèterait pas de sitôt du fromage, car elles allaient commencer à confectionner le leur, ce qui leur ferait gagner du temps et de l'argent. Layla grommela à l'idée de presser des poches de fromage dégoulinantes, mais cela ne dérangeait pas Bahar. Elle était prête à faire de la feta tous les jours si cela empêchait Marjan de les abandonner pour effectuer une autre tournée de courses à travers le pays.

Les derniers objets de l'inventaire étaient deux grandes tables munies de rallonges et douze chaises en bois que Marjan avait trouvées dans une brocante à Mullingar. Ces longues tables communautaires donneraient une touche finale à la décoration conviviale qu'elle avait en tête.

Ce dimanche matin, Marjan fit un voyage de plus dans son van de hippie jusqu'au dépôt où la compagnie maritime avait stocké leurs huit cartons et leurs quatre tapis persans, dans la banlieue de Castlebar. A présent, ces derniers étaient déroulés dans la salle de la boutique. Les deux plus grands, des Kashans, racontaient en couleurs primaires les histoires de villageois qui avaient versé d'innombrables tasses de thé doré et dansé en l'honneur de leur dieu soleil. Ces deux-là recouvraient presque intégralement les tomettes froides de la boutique, tandis que les deux plus petits – lentement tissés par des vieillards aveugles – étaient suspendus l'un en face de l'autre de telle sorte qu'on puisse pleinement apprécier leurs délicats motifs tissés en filigrane. Les murs vermillon, admirablement assortis à ces œuvres d'art, faisaient ressortir les roses qui festonnaient les coins d'un des tapis tout en contrastant avec le vert des feuilles de menthe qui ornaient l'autre.

Les outils scintillants de leur nouveau commerce qui sortirent des cartons fatigués allaient vraiment donner à leur café une place à part au sein des commerces du Main Mall. Bahar déballa les objets qu'elle avait dénichés au fil des ans dans des magasins de l'Armée du Salut ou dans des brocantes de la banlieue de Londres. Des théières en céramique couleur aubergine, moutarde ou bleu nuit (pour une personne, mais c'était encore meilleur quand on les partageait à deux), et quarante petits verres très fins munis d'anses courbes dorées ou argentées et gravés d'arabesques. Bahar aligna soigneusement les verres à thé sur le comptoir où la machine à cappuccino s'était trouvée. Elle glissa les théières dans le ventre à panneaux de verre du comptoir, où elles voisinaient gracieusement avec vingt bocaux de feuilles de thé en vrac, bergamote, oolong ou hibiscus.

Le plus grand des deux présentoirs, installé à côté de la porte d'entrée de la boutique, attendait encore d'accueillir les douces créations de Marjan. Une étagère de bois sombre courait derrière le plateau. Layla, qui, étant la plus grande des trois sœurs, se vit assigner la tâche ingrate de la récurer, passa une spatule et une éponge sur les restes de baguette et de pain aux raisins qui s'étaient pétrifiés dessus après la mort de Luigi. Quand elle eut terminé, l'étagère était immaculée, et elle exposait maintenant les objets les mieux conservés : des plateaux de cuivre et de laiton gravés, une calligraphie sous cadre qui proclamait *Thé* en farsi, cinq anciens samovars (dont l'un, que Bahar avait fourré sous son manteau le jour où elles avaient quitté l'Iran pour de bon, avait appartenu à leur grand-mère) et la grande affiche imprimée d'un tableau représentant un salon de thé traditionnel iranien (réservé aux hommes) avec une fontaine intérieure et des narguilés.

Les samovars de cuivre exposés étaient d'une génération antérieure, des précurseurs de la grande machine électrique installée sur le comptoir à côté des verres à thé. Le samovar diurétique était branché, prêt à accueillir l'eau qu'il ferait bouillir pour les théières. C'était ce même samovar au séduisant halo doré que Thomas McGuire avait aperçu à travers la vitrine par l'interstice entre deux feuilles de papier journal.

Le second plateau de dolmas était prêt à passer au four et Marjan l'y déposa en soupirant.

— Bon, ça devrait nous suffire pour quelques jours. Qu'en pensez-vous ?

Elle s'éventa avec la manique. Les baklavas qu'elles avaient préparés le matin même reposaient à côté du premier plat de dolmas sur l'îlot de cuisine, mais il y avait encore tant à faire. Et il ne leur restait que quatre heures avant l'ouverture ! Il était temps de commencer la soupe de lentilles rouges.

Layla descendit bruyamment l'escalier, s'arrêta en bas des marches et se pencha par-dessus la rambarde en balançant ses jambes. A quinze ans, elle avait déjà parfaitement conscience de l'effet que ses longs membres exquis produisaient sur les hommes de tout âge.

— Je n'ai pas pu trouver l'aloe. Il n'était pas dans le carton, comme tu me l'as dit.

— Ce n'est pas grave. Ça ne me fait plus mal, répondit Bahar en levant le pouce comme un auto-stoppeur réticent. En voilà un bon présage !

— Bahar, s'il te plaît. Pas de négativité. En ce moment, nous avons besoin de toute la chance qu'on pourra dénicher. Regarde tout le chemin que nous avons déjà parcouru, lança Marjan en désignant l'avenante cuisine d'un mouvement de la cuillère en bois qu'elle avait dans la main.

Bahar et Layla mirent de côté leurs pensées pour examiner le fantastique butin de goûts et de couleurs autour d'elles. La nourriture délicieuse et les pièces douillettes témoignaient vraiment de leurs efforts, un grand exploit réalisé en quelques jours à peine.

Oui, elles avaient fait du chemin. Un long chemin, vraiment.

Soupe de lentilles rouges

2 tasses de lentilles rouges
7 gros oignons émincés
7 gousses d'ail écrasées
1 cuillère à café de curcuma moulu
4 cuillères à café de cumin moulu
huile d'olive
7 tasses de bouillon de poulet
3 tasses d'eau
sel
*2 cuillères à café de graines de nigelle**
** On peut utiliser à la place du poivre noir moulu.*

Placer les lentilles dans une poêle, recouvrir d'eau et porter à ébullition. Laisser cuire 9 minutes sans recouvrir. Egoutter et réserver. Dans une grande cocotte, faire revenir dans l'huile d'olive 6 oignons émincés, l'ail, le curcuma et le cumin jusqu'à ce qu'ils soient dorés. Verser les lentilles, le bouillon et l'eau dans la cocotte. Ajouter du sel, les graines de nigelle ou le poivre selon son goût. Porter à ébullition. Baisser le feu, couvrir et laisser mijoter pendant 40 minutes. Faire revenir l'oignon restant dans l'huile d'olive jusqu'à ce qu'il soit croustillant mais pas doré. Ajouter en garniture dans chaque bol de soupe.

Chapitre 2

De la fenêtre de sa chambre, dans un appartement au-dessus de la boutique de reliques du Reek, Dervla Quigley pouvait voir l'univers. Ou son équivalent, constitué pour elle par les allées et venues de tous ceux qui déambulaient dans le Main Mall.

Dervla était jusqu'au bout des ongles une fière native de Ballinacroagh, et depuis que son mari était mort après quarante et un ans de vie commune, elle vivait chez sa sœur Marie Brennan, une vieille fille. Même si la plupart des habitants de la ville connaissaient les circonstances de la mort ignominieuse de Jim Quigley (un éleveur de chevaux originaire du comté de Kildare qui avait fini écrasé sous les flancs d'une pouliche pommelée), personne n'osait en parler. En tant que principale commère de Ballinacroagh, Dervla clouait les becs grâce à la combinaison d'une ouïe aussi fine que celle d'un chien et d'une langue à la férocité sans limite.

La plus grande partie de la journée – excepté pendant la messe de six heures – on pouvait voir Dervla épier à la fenêtre de sa chambre. Après avoir calé son dos bossu dans de gros oreillers, elle fixait de ses yeux perçants gris rhubarbe la rue humide en contrebas, déterminée à ne pas rater une minute du drame provincial. En termes d'endurance, cette surveillance constante de l'ensemble de Ballinacroagh était un exploit inouï, surtout si l'on considérait la malheureuse maladie dont souffrait la vieille commère. Au cœur de l'automne de sa vie, et sans avertissement, Dervla Quigley avait été frappée d'incontinence, un problème de vessie très gênant qui l'avait clouée chez sa sœur – laquelle était dotée d'une patience à toute épreuve – et laissée totalement dépendante de celle-ci. Incapable de maîtriser son propre corps, Dervla avait bientôt été obsédée par l'idée de manipuler celui de tous les autres. Les ragots n'étaient pas seulement ses amis et son réconfort, mais aussi la source d'un grand pouvoir.

La semaine où les sœurs Aminpour avaient emménagé dans l'ancienne pâtisserie allait se révéler particulièrement fructueuse pour Dervla Quigley. Dès le dimanche, elle avait quasiment rempli son quota hebdomadaire de ragots : mercredi, à 1 h 17, Benny Corcoran était sorti en titubant du Paddy's, saoul et à moitié aveugle, la main posée sur les fesses d'une femme qui n'était pas sa sainte épouse (Dervla pesta contre le réverbère cassé devant le pub qui avait laissé dans la pénombre le visage de la traînée) ; vendredi, à 14 h 47, une caravane de dix mobil-homes décrépits – des romanichels sans vergogne, sans aucune vergogne – avait remonté le Main Mall avant de se diriger vers les contreforts escarpés de la montagne.

Des romanichels. Le mot suffisait à donner des frissons à Dervla. La colère de la vieille commère était le résultat direct de son ignorance. Malgré sa curiosité sans limites, Dervla ne s'était jamais abaissée à apprendre l'histoire tumultueuse des gens du voyage en Irlande. Leur nom anglais, *Tinker* ou *Tinceard* en gaélique, faisait référence aux casseroles et aux poêles que ces nomades celtes aux yeux pâles et au visage saupoudré de taches de rousseur réparaient et vendaient au porte-à-porte il y a quelques années encore. Avant de s'adonner à leur commerce, ces voyageurs avaient été des raconteurs d'histoires, des descendants des bardes médiévaux irlandais qui gagnaient leur pain quotidien en chantant à tue-tête des ritournelles enlevées :

Elle s'était installée chez un gentleman ; un jour, un Tinker vint ressouder sa casserole abîmée.

Il la coinça habilement derrière la porte et la couvrit de baisers.

Fa la la lero liddle lie day, fal la la lero li gee whaou !

Ce clan de caravaniers, qui avait survécu à des siècles de famine et à la bêtise des Anglais en perruque, ne se déplaçait plus en roulotte à chevaux. A la place, ils avaient choisi des mobil-homes aux toits couleur pêche et jaune Tipperary et aux chromes rutilants.

Un observateur extérieur les aurait peut-être trouvés pittoresques, mais Dervla ne supportait pas ces caravanes de nomades qui s'appropriaient les routes et les prés. La vieille commère ne pouvait peut-être pas modifier les ridicules lois irlandaises qui autorisaient les voyageurs à camper dans n'importe quel champ non clôturé, mais ça ne l'empêchait pas d'essayer. Des gens sales et dégoûtants, ces Tinkers, murmurait-elle. Sales et dégoûtants. Elle décrocha son téléphone et composa le numéro du conseil municipal. Quelqu'un devait dire quelque chose à Padraig Carey à propos de ces sales bêtes. Si elle n'avait pas été là pour s'occuper de tout ça, imaginez quel genre d'ordure serait venue se balader dans son Main Mall bien-aimé !

Le genre qui se présenta le dimanche matin à quatre heures pile, sous la forme d'un van vert fluo. Dervla fut réveillée par son pot d'échappement dont les fumées âcres entraient par la fenêtre ouverte. L'irritation se mua en gratitude quand elle aperçut l'étrange véhicule, car Dervla savait reconnaître une information bien juteuse quand elle en voyait une. Le van tourna lentement à l'angle de l'allée menant derrière la maison, tandis que son grand symbole de paix orange vif brillait à la lumière de la lune. Elle avait beau avoir soixante-deux ans, songea-t-elle, elle était tout à fait au courant de ce qui se passait à l'arrière de ces vans de hippies. Drogues et lubricité bestiale, tout simplement. Aucun doute là-dessus.

Dervla se figea, attendant avec impatience que le conducteur (assurément une sorte de païen chevelu) se gare et entre dans son champ de vision, mais personne ne vint. Elle patienta une heure, puis une autre, et ne sortit de sa chambre en clopinant que pour un passage aux toilettes urgent. La rue était déserte à cette heure-ci ; il était trop tard pour les piliers de pub et trop tôt pour les livreurs, du coup, le moindre bruit de pas suspect serait facile à entendre. Dervla attendit et attendit, mais personne ne vint.

Les lueurs brumeuses du petit jour ne lui apportèrent que peu de soulagement. Elle observa l'agitation habituelle des passants en habits du dimanche qui paradaient jusqu'à l'église, et les poivrots pénitents, toujours les mêmes, qui s'arrachaient aux fossés des routes en gazouillant des promesses de faire mieux la prochaine fois. Néanmoins, aucun hippie mystérieux ; aucun signe de deal dans l'allée, pas de fumées de pot d'échappement. Des heures de surveillance, et tout ce qu'elle pouvait rapporter aux becs affamés des paroissiens de la messe de dix heures n'était qu'un Benny Corcoran dans le péché et une bande de sales romanichels. Ce n'était tout simplement pas assez pour une semaine de boulot.

Le lundi allait se révéler bien plus gratifiant. Dervla repéra une lueur qui filtrait par les interstices des journaux placés sur la vitrine de l'ancienne pâtisserie Delmonico et son ouïe aiguisée détecta des murmures derrière sa porte rouge. Elle ne comprenait pas ce qui se disait, mais ça ne ressemblait certes pas à de l'anglais. Plus probablement de l'italien. Sans aucun doute le genre de latin que le pape lui-même aurait désapprouvé. Estelle Delmonico avait-elle complètement perdu la boule et décidé de relancer sa boutique pathétique ? N'avait-elle pas retenu la leçon de la dernière fois ?

Dervla huma l'air à sa fenêtre.

Oui, une sale odeur d'étranger flottait assurément dans l'atmosphère. Ce n'était pas la même que celle qui, dans son souvenir, sortait du Papa's Pastries quelques années auparavant. Elle reconnaissait l'arôme persistant de levure qui montait du pain et les joyeuses nuances d'amande, mais il y avait aussi un vaste et étonnant assortiment d'effluves sous-jacents qu'elle ne parvenait pas à identifier. Un épouvantable picotement titillait le sens de la décence de Dervla et se moquait d'elle comme s'il connaissait ses secrets les plus sombres, comme s'il savait tout des actes licencieux de son défunt mari.

Quand l'acariâtre commère vit la réaction violente de Thomas McGuire face à cette nouvelle odeur, elle sut qu'elle avait vraiment mis le doigt sur quelque chose. Elle observa avec délice Thomas remonter en trombe le Main Mall au volant de son Land Rover (pour se rendre à la mairie, sans aucun doute), et dans un geste de pur bonheur, elle frotta les varices sur ses cuisses de ses mains pleines de rides. Elle était assise sur une mine d'informations, assez riche pour durer plusieurs semaines !

Dervla Quigley n'aurait pas à attendre longtemps pour un nouveau rebondissement. Peu après le départ de Thomas, la porte rouge de la boutique s'ouvrit et Layla sortit.

Malgré l'attention méticuleuse qu'elle avait portée à sa liste de courses, Marjan n'avait pas acheté assez d'oignons blancs, ces humbles serviteurs de tant de plats magiques. Les dolmas et la cocotte de soupe de lentilles rouges qui mijotait sur la cuisinière avaient déjà épuisé son stock, et il fallait le renouveler pour compléter le menu de son premier jour d'ouverture. Paniquée, elle poussa Layla dans la rue en lui enjoignant d'en acheter autant de sacs qu'elle pourrait en transporter entre ses longs bras fins.

La soupe de lentilles rouges avait beau exhaler un parfum des plus séduisants, elle était aussi simple à préparer que son nom le suggérait. Marjan préférait faire bouillir les lentilles avant de faire revenir les oignons émincés, l'ail et les épices dans une bonne huile d'olive bien forte. Puis, après avoir coiffé d'un couvercle le bouillon préparé à l'avance, les lentilles et les oignons, elle laissait mijoter le riche mélange pendant une demi-heure environ, tandis que les épices imbibaient les pelures accueillantes des oignons.

Dans le livre de recettes qu'elle avait stocké dans sa tête, Marjan avait veillé à réserver une place de choix aux épices qu'elle mettait dans la soupe. Le cumin ajoutait au mélange le parfum d'un après-midi passé à faire l'amour, mais c'en était une autre qui produisait l'effet tantrique le plus spectaculaire sur l'innocent consommateur de ce velouté : le *siah daneh* – l'amour en action – ou les graines de nigelle. Cette modeste petite gousse, quand on l'écrase dans un mortier avec un pilon, ou lorsqu'on la glisse dans des plats comme cette soupe de lentilles, dégage une énergie poivrée qui hiberne dans la rate des hommes. Libérée, elle brûle à jamais d'un désir sans limites et non partagé pour un amant. La nigelle est une épice à la chaleur si puissante qu'elle ne doit pas être consommée par une femme enceinte, de peur qu'elle ne déclenche un accouchement précoce.

Cette plante qui pousse au Proche et au Moyen-Orient, régions où les sœurs avaient vécu une vie précédente, est rarement utilisée dans les recettes occidentales, où sa capacité à apaiser les peines de cœur et à abolir la fatigue est très sous-estimée. La modernité, semble-t-il, préfère aux conseils des voyants ancestraux les médicaments vendus sans ordonnance. Marjan, consciente que cette épice ne serait pas facile à trouver en Irlande, en avait glissé plusieurs enveloppes dans les cartons qu'elles avaient expédiés depuis Londres. Layla ne saurait jamais que cet envoi de graines avait été hautement providentiel, car elle était déjà emportée vers le destin que leur parfum lui avait assigné quand il s'était élevé de la cocotte en train de mijoter pour se déployer dans la rue endormie.

Benny Corcoran, le patron de la boulangerie Corcoran, fut le premier habitant de Ballinacroagh que Layla rencontra en allant à l'épicerie Fadden. Au lieu d'acheter un van pour faire ses livraisons, Benny transportait les miches et les petits pains destinés à Fadden dans une grande brouette rouge. Il venait tout juste de terminer son deuxième trajet jusqu'à l'épicerie et la sueur coulait dans les replis de son visage plein de taches de rousseur et sur sa brouette de pain quand il vit Layla. Presque aussitôt, Benny fut atteint par le nuage de parfum de nigelle mêlé à celui d'eau de rose et de cannelle que la jeune fille exhalait. Le pauvre homme ne sut même pas ce qui l'avait frappé. L'instant d'avant, il évoluait dans un vide solitaire, l'instant d'après, il était dans un Eden aux fruits tentateurs, devant une Eve dont les longs cheveux noirs et la fragrance l'apaisaient jusqu'au plus profond de son cœur.

Il serait aisé d'attribuer l'effet que produisait Layla sur le sexe opposé (et à l'occasion sur les femmes avec des penchants saphiques) à sa jeunesse ou à son parfum naturel et sucré, mais la véritable raison de cette attirance était bien plus complexe. Bien sûr, on ne pouvait nier sa beauté, la régularité de ses traits de porcelaine, la légère inclinaison de ses yeux en amande qui brillaient comme deux demi-lunes sur son visage céleste. Contrairement à ses deux sœurs aînées, qui arboraient des boucles brunes et rétives, les cheveux de Layla étaient longs et d'un noir d'encre. Qu'elle les attache ou les laisse pendre, qu'elle leur applique de la mousse ou du gel, rien ne parvenait à les détourner de leur droiture obstinée. Ils étaient sans conteste la résurgence d'un ancien chromosome oriental niché au plus profond d'elle-même.

S'il avait encore été en vie, leur père n'aurait pas hésité une seconde avant d'invoquer cette filiation orientale. Javid Aminpour se vantait souvent de descendre en droite ligne de Genghis Khan tout en se frappant la poitrine et en chantant des chants de guerre mongols, à l'instar des ancêtres dont il se réclamait. Il était mort deux mois avant le premier anniversaire de Layla, aussi ne se souvenait-elle pas de ces performances théâtrales, mais au fil des ans, les histoires que Bahar lui racontait avant de la mettre au lit l'avaient dotée de sa propre collection de souvenirs.

Layla n'avait jamais connu sa mère, car celle-ci était morte en la propulsant dans ce monde cruel. Après neuf années de sécheresse, il semblait que ce dernier enfant avait dénoué un garrot intérieur dans Shirin Aminpour et libéré un flot qui s'était écoulé jusqu'au tarissement. Les médecins épuisés de l'hôpital général de Téhéran ne savaient pas comment expliquer cette hémorragie sans merci et avaient accepté la défaite d'un haussement d'épaules en annonçant la nouvelle à Javid. Ils avaient omis de mentionner qu'au moment où les dernières gouttes de sang avaient imbibé les draps vert océan de l'hôpital, un petit bourgeon était sorti du ventre de sa femme. Quand la graine de fleur était tombée dans la flaque de sang, elle s'était épanouie et transformée en une rose magnifique. Les médecins apeurés avaient gardé cela pour eux, en partie pour éviter un procès pour mauvaises pratiques, et en partie parce que le parfum d'eau de rose et de cannelle qui avait accompagné le déploiement miraculeux de cette fleur leur avait rappelé l'époque où des militaires ne se tenaient pas derrière la porte de chaque bloc opératoire. C'est ainsi, les gens à qui l'on dénie tout espoir deviennent d'insatiables thésauriseurs dès qu'on leur en accorde la moindre goutte.

Mais les motivations égoïstes des médecins n'avaient pas changé grand-chose au destin de Layla. Dès ses premières minutes dans le monde, elle avait charmé tous ceux qui croisaient son chemin. Dans l'aura d'espoir qu'elle répandait, des hommes comme Benny Corcoran se sentaient libres de raviver les ambitions de leur jeunesse oisive, les rêves qui s'épanouissaient derrière des portes closes tandis qu'ils disparaissaient sous leurs couettes d'adolescents imbibées de sueur. C'étaient des moments de plaisir solitaire, avant que les répercussions de l'âge adulte ne leur tombent dessus sous la forme d'emplois qui leur déchiraient l'âme et d'épouses acariâtres.

Quand elle sentit le regard adorateur de Benny posé sur elle, Layla pressa le pas. Les écoliers du primaire qui traînaient devant le point presse étaient trop occupés à sucer des bonbons dans leur bouche aux dents de travers pour la remarquer. De l'autre côté de la rue, l'Athey's Shear Delight, le salon de coiffure, venait tout juste de relever ses stores rose saumon. Comme il était encore trop tôt pour les clients, les trois coiffeuses sirotaient leur thé matinal en feuilletant de vieux magazines. Quand Layla apparut, elles laissèrent tomber leurs *Irish Women's Weekly* et leurs *Celtic Hair* pour la regarder passer devant leur vitrine, bouche bée.

— Ça alors ! Mais tu crois que c'est quoi, ça ? Regarde-moi la longueur de sa jupe ! s'exclama Joan Donnelly en reposant violemment sa tasse.

Joan, spécialiste de la coloration, était la sœur de la patronne. Elle se dirigea vers la fenêtre et écarta des doigts deux lamelles du store. Joan était petite et anxieuse. Malgré son talent pour les teintures naturelles, elle n'avait jamais réussi à trouver un remède à la tempête de pellicules qui tombait chaque jour de sa coupe au bol ; les flocons s'accrochaient à ses petites épaules pointues comme une conscience.

— Elle m'a l'air étrangère. Espagnole ou italienne, vous ne croyez pas ?

— Vous n'avez pas entendu, alors ? C'est sûr, je voulais vous en parler ! s'exclama Evie Watson, dix-neuf ans, de sa voix aiguë de moineau. La Delmonico, elle est en train de rouvrir sa vieille pâtisserie. Et avec des hippies étrangers, en plus. D'après Dervla Quigley, elle s'apprête à mettre Corcoran au chômage.

Malgré sa carrure boulimique, ou peut-être à cause d'elle, Evie avait toujours faim d'approbation et faisait de son mieux pour réunir des bribes d'informations sur Ballinacroagh en espérant qu'elles se révéleraient utiles par la suite. Néanmoins, l'enthousiasme d'Evie était très différent de la passion pour les ragots de Dervla Quigley. Ses papotages étaient basés sur de bonnes intentions et sur l'espoir qu'ils lui permettraient un jour de passer d'apprentie coiffeuse à styliste confirmée, comme elle en avait toujours rêvé.

— Si vous me posez la question, je pense qu'Estelle Delmonico a mieux à faire que retourner se casser le dos dans ce nid à poussière, dit Fiona Athey, styliste en chef et patronne du salon qui portait son nom.

Dans une autre vie avec vingt-cinq kilos en moins, Fiona était en route vers la gloire. Elle rejouait l'intégralité des contes de fées gaéliques devant des auditoires ravis à Galway, la capitale du théâtre irlandais. Mais une romance illicite avec Gerhard, un marionnettiste allemand, l'avait clouée au lit avec une grossesse difficile dont allait surgir le fléau de son existence, sa fille Emer, aujourd'hui âgée de dix-sept ans. Après avoir accouché, Fiona fut victime d'un nouvel affront quand elle découvrit Gerhard sous les cintres du théâtre, dans une position compromettante, en compagnie de sa propre doublure. Celle-ci, une blonde décolorée – raison pour laquelle Fiona s'en tenait aux coupes de cheveux et laissait à sa sœur le soin de faire les teintures –, avait profité de l'immobilité forcée de Fiona pour lui voler son homme et son premier rôle. Le cœur brisé, Fiona s'était juré de ne plus jamais reposer les pieds sur une scène et était retournée dans sa ville natale avec la petite Emer dans ses bagages, puis elle avait repris le salon de coiffure de son père pour en faire, avec le temps, une affaire florissante. L'Athey's Shear Delight était populaire auprès des enfants et des femmes de la ville, mais la plupart des hommes évitaient son local rempli de peroxydées – principalement pour s'épargner la gêne d'enfiler une des chasubles à fleurs de l'établissement. Quiconque passait au salon dans l'après-midi tombait sur un foyer d'œstrogènes où les ragots se mêlaient aux vapeurs d'acétate que répandaient le vernis à ongles et la laque pour cheveux.

Fiona, qui avait enduré à son retour les gloussements moqueurs et les hochements de tête réprobateurs, s'abstenait généralement d'exprimer ses opinions à voix haute. Elle détestait les condamnations sournoises qui avaient constamment cours dans son petit salon rose, mais elle comprenait que ces ragots étaient nécessaires à la bonne marche de son entreprise. Comme elle adoptait une position neutre, les rares fois où elle faisait savoir ce qu'elle pensait, toutes les personnes présentes se taisaient et l'écoutaient avec une déférence particulière.

— Je pense qu'Estelle a fait une chose intelligente et qu'elle a loué son local, raisonna-t-elle. Ça pourrait bien être ces nouveaux voisins, alors espérons que ce ne soit pas un autre salon de coiffure, c'est tout.

— C'est sûr ! répondit Evie d'un ton enthousiaste. L'autre jour, je suis passée devant et j'ai vu des lumières derrière la vitrine. Quelque chose était en train de cuire. Je n'arrive pas à mettre le doigt dessus, mais ce n'était pas du tout comme la bouffe italienne de ce resto qui fait des spaghettis à Westport. C'était un truc totalement différent.

— Ouais ? Eh bien, je me moque de qui ils sont et de ce qu'ils font, tant que cette effrontée n'empêche pas mes garçons de préparer leur baccalauréat. Car ils vont aller au séminaire, qu'ils le veuillent ou non ! rétorqua Joan arrondissant la bouche en cul-de-poule avant de baisser les stores d'une pichenette.

Fiona et Evie acquiescèrent de concert, conscientes qu'elles étaient du drame que Joan Donnelly vivait avec ses jumeaux, Peter et Michael. Elle était convaincue que ses garçons chéris étaient destinés à servir la puissance divine, et dès leur plus jeune âge, elle avait enfoncé le catéchisme dans leur cerveau ramolli. Néanmoins, ses ambitions ecclésiastiques n'avaient eu que peu d'effet sur l'appétit des jumeaux pour les vols de voiture, les bordels et les beuveries à la suite desquelles ils allaient dans les prés faire tomber les vaches qui dormaient debout. Les garçons étaient une source de préoccupation constante pour la pauvre Joan, qui s'angoissait beaucoup, et la véritable cause de la chute de ses cheveux. Heureusement pour elle, elle ne regardait plus par la fenêtre lorsque ses deux diables faillirent renverser Layla devant l'épicerie.

— Comment ça va ? lança Peter à la jeune fille en lui faisant un clin d'œil tandis que son frère sifflait longuement.

Layla, qui venait d'esquiver l'admiration de Benny Corcoran, n'était pas prête à encaisser les attentions madrées des jumeaux. Avec une charmante combinaison de timidité adolescente et de confiance en soi, elle leur adressa un bref signe de la tête avant d'entrer dans l'épicerie.

— Bon Dieu ! T'as vu ça ?

— Si je l'ai vue ? Michael, je crois que je viens d'être témoin d'un miracle.

Les jumeaux Donnelly, avec leurs sourires salaces et leurs regards stupéfaits, n'étaient pas affectés par l'éclosion de Layla de la même façon que les hommes plus âgés et nostalgiques. Après tout, ils avaient tout juste dix-huit ans et la perspective d'une longue vie de débauche et de frasques devant eux (et tant pis pour ce que leur mère avait en tête). Le spectacle des longues jambes bronzées de Layla, même sous ses bas fins, générait chez eux la réaction charnelle qu'on était en droit d'attendre de garçons de leur âge. N'importe quel autre jour, ils auraient suivi Layla à l'intérieur du magasin. Mais on était lundi, et ils n'entraient jamais plus d'une fois par lundi dans l'épicerie de Danny Fadden.

C'était une tradition – et un mauvais coup qu'ils faisaient à leur mère pour se venger de les avoir obligés à assister à deux messes le dimanche : Peter et Michael Donnelly faisaient un tour dans la boutique de Danny tous les lundis matin avant d'aller à l'école. Ils avaient mis au point leur stratagème au cours de leur première année dans le secondaire. Michael retenait Mr Fadden à sa caisse en lui posant une obscure question de mythologie à laquelle seul l'épicier, passionné de coutumes irlandaises, pouvait répondre. Pendant ce temps, Peter fauchait deux bouteilles de Beamish sur l'étagère des bières et les fourrait dans les poches de son grand duffle-coat. Les jumeaux les vidaient joyeusement avant d'aller en cours, avec quelques copains mal dégrossis qui les retrouvaient dans le bois derrière le terrain de football. Néanmoins, ce partage rituel n'était qu'un bonus pétillant pour les jumeaux, car ce n'était ni l'alcool ni le frisson du vol qui les excitait le plus, mais le tour cruel qu'ils jouaient au pauvre Danny Fadden.

Chaque fois que Peter subtilisait ses deux bouteilles (toujours au fond de l'étagère), il laissait un bout de feutrine verte à leur place, avec une reconnaissance de dette signée Finnegan. Il n'avait pas fallu longtemps à

Danny (qui jouait les premiers rôles dans ses rêveries où il incarnait un Diarmuid transi d'amour qui s'enfuyait avec la sorcière Grainne) pour arriver à la conclusion que deux et deux font cinq. Tous les indices pointaient dans la même direction : l'épicerie était habitée par un *leprechaun*. Danny Fadden considérait que c'était une chance extraordinaire d'avoir été choisi par un membre du peuple des lutins et il attendait les visites hebdomadaires du *leprechaun* avec un enthousiasme qu'il avait du mal à réprimer. A Ballinacroagh, tout le monde plaisantait à propos de « la fée de Fadden », et quand ils passaient dans le magasin pour acheter du lait ou des pommes de terre, les gens demandaient souvent à Danny comment se portait son petit ami. En revanche, Deirdre, la femme de Danny, ne trouvait pas drôle du tout la fixette de son mari sur le *leprechaun*, et au bout de quasiment cinq années de cette étrange folie, à la veille de leur trentième anniversaire de mariage, elle l'avait planté là.

Le timide épicier était en train de se diriger sur la pointe des pieds vers l'étagère des bières quand Layla entra dans le magasin. Connaissant parfaitement le tempérament instable des *leprechauns* et à quel point ils abhorrent tout ce qui est humain, Danny veillait toujours à ne pas perturber la cachette de son petit ami. Il restait à l'écart des bières du dimanche midi au lundi matin huit heures, de peur de tomber sur son visiteur, de le surprendre et de le faire fuir. Bien sûr, il n'avait jamais fait le lien entre les notes laissées par le *leprechaun* et les visites des jumeaux Donnelly. Tandis que Layla parcourait les rayons de légumes à la recherche d'oignons, Danny, penché sur celui des bières, tentait d'interpréter la signification du dernier message laissé par son petit ami : *J'aime le seigle, j'aime l'orge, j'aime la bière brune dans ma gorge. Je t'en dois une. Finnegan.* Aucun des deux n'avait remarqué que Malachy McGuire attendait patiemment à côté de la caisse.

Le plus jeune des deux fils de Thomas McGuire, âgé de dix-huit ans, avait d'une manière ou d'une autre réussi à échapper à l'ADN des mâles de la famille, qui leur donnait des torses de navet et des carrures de boucher. Il n'avait pas non plus hérité grand-chose du côté de sa mère, laquelle, de même que les trois sœurs potelées de Malachy, aurait donné matière à se concentrer à un Rubens contemporain.

Du haut de son mètre quatre-vingt-dix, élancé et doté de mains de pianiste, Malachy arborait une tignasse noire et des yeux saphir qui étincelaient comme des soleils de minuit. Sa lumineuse jeunesse était vraiment digne d'admiration. Il ne ressemblait en rien à son frère aîné, Tom, qui à vingt et un ans était la copie conforme de leur père, quoique dépourvu de l'ambition et du talent pour la subversion de ce denier. Tom Junior passait le plus clair de son temps à aller d'un match de hurling à l'autre et à jouer les hommes de main pour son père, tandis que Malachy préférait de loin deux hobbies complémentaires, le football et l'astronomie, ce qui lui permettait de trouver un équilibre entre les matières terrestres et célestes dans lesquelles il excellait tout autant. Mais sans que Malachy n'en sût rien, ce lundi matin-là, les étoiles qu'il avait si souvent contemplées la nuit par la fenêtre de sa chambre étaient dans un alignement parfait.

Tout comme Peter et Michael Donnelly, Malachy était en route pour le lycée quand il avait décidé de passer chez Fadden acheter son Lucozade du matin. Mais contrairement à celle des perfides jumeaux, l'âme de Malachy McGuire était aussi ancienne que les constellations elles-mêmes. Pour lui, l'arôme prometteur de Layla n'était ni le rappel d'une enfance perdue depuis longtemps ni l'élément déclencheur d'une lubricité adolescente. Non, pour Malachy, la vue du profil exotique de Layla en train de remplir un sac d'oignons était un signe, un oui tonitruant répondant à l'ancestrale question de la divinité.

Oui, il y avait un Dieu. Oui, il y avait une vie par-delà les vallées endormies de Ballinacroagh. Oui, il existait des univers inexplorés qui n'attendaient que lui. Et l'un d'eux se tenait juste sous ses yeux, dans la majesté de ses sidérantes Voies lactées.

Malachy se sentit subitement faible et pris de vertige. Tandis que sa vision se troublait et que ses jambes se dérobaient, il s'agrippa à l'objet stable le plus proche – une des étagères de l'épicerie. Malheureusement pour cette âme romantique et passionnée par les étoiles, l'étagère en question abritait une pyramide de produits hygiéniques féminins, et avant qu'il ait eu le temps de réagir, Malachy se retrouva par terre et – pour sa plus grande mortification – recouvert d'une pile de boîtes de tampons taille Maxi, en promotion à deux pour le prix d'une.

Le tintamarre fit prendre conscience à Layla de son environnement et, quand elle se tourna vers la caisse du magasin, une sensation ardente prit instantanément possession de son corps. Là, au bout de l'allée, se trouvait le garçon le plus beau qu'elle ait jamais vu. Elle tenta de respirer, mais fut prise à la place d'une crise de hoquets incapacitante – des bouffées d'air gorgées d'amour qui ne prendraient fin que lorsqu'elle aurait bu une bonne rasade de la fameuse boisson de Marjan, le *dough*.

— Ça va, mon gars ? Tu ne t'es pas fait mal ? demanda Danny Fadden en revenant du rayon des bières tandis que ses yeux globuleux clignaient derrière ses verres de lunette en cul de bouteille.

Pauvre Malachy. Pour la première fois de sa vie, sa grâce naturelle l'avait abandonné. Entouré par tous ces symboles intimes de féminité, il ne pouvait que baisser la tête pour dissimuler le rouge qui avait gagné son visage délicat et tenter de s'enfuir. Il n'osa pas lever les yeux vers Layla quand il se rua dehors, et ne remarqua même pas les cris moqueurs des jumeaux : « T'as oublié ta queue, McGuire ! » Il ne s'aperçut pas qu'il ne courait pas vers le lycée mais dans l'autre sens, tant il s'était fourvoyé dans l'adorable parfum de Layla.

Pendant que sa plus jeune sœur hoquetait d'amour à l'épicerie, Marjan s'affairait en cuisine à émincer son dernier oignon, impatiente que Layla revienne avec des renforts. Elle fit sauter les fines rondelles dans l'huile d'olive jusqu'à ce qu'elles soient croustillantes, mais pas dorées, puis elle mit de côté ces talismans qu'elle placerait plus tard en garniture des bols de soupe commandés par ses futurs clients. Marjan pensait que le secret de sa soupe de lentilles se trouvait là, car après tout, les moments les plus humbles sont souvent les plus gratifiants.

Ce n'est qu'une fois qu'elle eût réglé son sac d'oignons blancs, souri devant la mine éberluée de Danny, fait abstraction des sifflets des jumeaux Donnelly sur son passage et regagné la chaleur de la cuisine de sa sœur en hoquetant tout au long du chemin que Layla apprécia tout le sens de cette simple leçon. Et ce n'est qu'alors qu'elle se rendit compte qu'elle serrait encore un oignon dans sa main, le dernier qu'elle avait saisi avant de voir le visage merveilleux de Malachy McGuire. Quand elle desserra le poing, elle s'aperçut qu'à l'instar de son cœur, le petit légume blanc était frit comme une chips.

Baklavas

4 tasses de sucre brun
1 tasse d'eau
1/2 tasse d'eau de rose
500 g de pistaches émondées, puis pilées
500 g d'amandes blanchies, puis pilées
2 cuillères à soupe de cardamome
1 cuillère à café de cannelle
15 feuilles de pâte filo
1/2 tasse de beurre doux fondu

Porter à ébullition 2 tasses de sucre, l'eau et l'eau de rose dans une casserole de taille moyenne. Laisser refroidir. Mélanger les pistaches, les amandes, la cardamome, la cannelle et les 2 tasses de sucre restantes dans un robot ménager pendant 1 minute. Réserver. Etaler 5 feuilles de pâte filo beurrées dans un plat enduit d'huile. Recouvrir d'une couche égale du mélange de pistaches et d'amandes pilées, puis remettre 5 feuilles de pâte filo beurrées. Recommencer jusqu'à ce qu'il ne reste plus de mélange. Finir en remettant 5 feuilles de pâte filo. A l'aide d'un couteau bien affûté, découper des losanges sur toute l'épaisseur. Faire cuire au four à 180 °C pendant 1 heure. Verser dessus le sirop de sucre et d'eau de rose. Laisser refroidir avant de servir.

Chapitre 3

Les bureaux couleur pêche du poste de police de Ballinacroagh, situés à une extrémité de la grand-place, en face de l'église catholique Saint-Barnabas, sont mitoyens avec l'immeuble vétuste de style palladien qui abrite le conseil municipal.

Le poste, avec sa façade en stuc aux allures de popcorn pâteux, n'a rien de spectaculaire ; et le cimier en plâtre qui s'effrite au-dessus de la porte, où sont gravés les mots *An Garda Síochána*, n'impressionne aucun de ceux qui franchissent son seuil craquelé et couvert de moisissures. *An Garda Síochána*, ou *Les gardiens de la paix*, pour ceux qui n'ont pas étudié le gaélique, est le titre officiel porté par les agents de police ventripotents à l'uniforme bleu qu'on voit un peu partout dans les campagnes irlandaises. Pour les non-initiés, *Garda* pourrait sembler un titre honorifique, un nom qui évoque des protecteurs mythiques et ailés du genre à se pencher au-dessus de leurs homologues humains en bandant leur arbalète au moindre problème. Mais ces titres grandiloquents sont souvent trompeurs, comme le prouvent les deux résidents les plus réguliers (et les plus réfractaires) du poste.

Le sergent Sean Grogan, assis à l'accueil, les pieds sur son bureau, écoutait le bulletin météo du jour sur sa radio portable, les yeux mi-clos. Flasque de corps comme d'esprit, Grogan passait généralement son temps à écouter Midwest FM ; les infos sur les conflits syndicaux, les épidémies de fièvre aphteuse et les pays africains déchirés par la guerre lui faisaient toujours apprécier la monotonie du métier qu'il s'était choisi.

— Alors, il vient, ce thé ? demanda-t-il à son second, l'agent Kevin Slattery, en ouvrant brièvement un œil.

Tous les matins, Kevin Slattery allumait le poêle centenaire – un fourneau à tourbe placé dans une pièce adjacente – avant de remplir d'eau la théière cabossée et de disposer les sablés préférés de Grogan sur une soucoupe. Ce lundi matin-là, néanmoins, Kevin était arrivé en retard à son travail, car il avait été retenu par les contractions précoces de sa femme enceinte.

— J'allais le faire, Sean, répondit-il en allumant le fourneau.

Il ne savait plus trop ce qui exigeait le plus d'attention de sa part, les rétentions d'eau de sa femme ou la paresse de son supérieur hiérarchique. Il décida que c'était match nul et revint cinq minutes plus tard avec une grosse tache de cendre grise sur le bout de son nez.

— J'ai allumé le fourneau. Ça ne devrait pas être long, à présent.

Grogan émit un grognement d'irritation. Il avait besoin de son thé matinal et de ses sablés pour pouvoir se concentrer pleinement sur les informations internationales.

En attendant que l'eau bouille, Kevin s'accroupit devant les deux étagères de livres à l'angle de l'accueil, dont il sortit huit registres poussiéreux. Bien que la plupart des postes de police du comté de Mayo fussent aujourd'hui équipés d'au moins une de ces nouvelles machines à écrire bourdonnantes, celui de Ballinacroagh utilisait encore les vétustes registres d'antan pour répertorier les activités criminelles de la ville. Kevin Slattery était chargé d'écrire à la main les rapports de police, une tâche fastidieuse, et il remplissait méticuleusement les colonnes du registre en notant chaque délit ainsi que la date, l'heure et le suspect correspondants.

Quand il ouvrit le plus récent, Kevin posa les yeux sur la dernière entrée, datant du 14 février, jour où le Chat, poivrot officiel et insatisfait chronique de Ballinacroagh, avait fait un doigt d'honneur au saint des amoureux. Le poivrot tout ridé (personne en ville ne connaissait vraiment son âge) avait décidé de célébrer la Saint-Valentin sur le toit du rectorat, où il était grimpé avec l'étrange facilité de l'animal qui lui avait valu son surnom. Le Chat avait passé trois bonnes heures sur ce toit à se lamenter de ses amours perdues en beuglant son chagrin dans une bouteille sans étiquette, jusqu'à ce que Grogan et Slattery finissent par le faire descendre à l'aide d'un aiguillon.

Le jeune agent secoua la tête en se remémorant la scène et referma le registre, ce qui souleva un nuage de poussière qui lui amena les larmes aux yeux. Au même moment, la bouilloire se mit à siffler dans la pièce d'à côté, ce qui couvrit le son des informations que la radio crachotait. Irrité, Grogan se pencha pour augmenter le volume, et c'est alors qu'il aperçut le Land Rover de Thomas McGuire débouler en trombe dans le parking de la mairie.

Les deux hommes allèrent à la fenêtre et virent Thomas se ruer vers les locaux du conseil municipal. Il tambourina à la porte pendant deux bonnes minutes et s'enfonça une écharde dans le poing en cognant comme un fou sur les battants de bois, ce qui ne fit rien pour améliorer son humeur. Il n'était que huit heures du matin, bien trop tôt pour que les fainéants qui siégeaient au conseil aient pris leurs fonctions. Mais l'heure matinale n'empêcha pas Thomas de balancer des coups de pied dans la porte avec une rage sans mélange avant de faire retraite vers son Land Rover pour attendre l'arrivée du conseiller Padraig Carey.

— On dirait qu'il va devoir patienter avant de déposer sa plainte au conseil, observa Kevin de sa voix douce.

Il ne l'aurait admis pour rien au monde, mais le spectacle de la violence de Thomas le terrorisait.

Grogan soupira.

— Tu ferais mieux de t'occuper du thé, Kevin. La journée va être longue. Je serais prêt à parier là-dessus !

En homme qui perdait régulièrement ses émoluments hebdomadaires sur les champs de courses, Grogan avait précisé ça machinalement. Puis il hocha la tête d'un air entendu et monta le son de la radio pour écouter le bulletin météo.

… Eh bien, chers auditeurs, la charmante Kathleen, notre spécialiste météo, vient de nous contacter : soyez prêts, parce qu'on dirait qu'il va pleuvoir et que ça va durer un moment. Nous aurons des vents de force 8, avec la possibilité de fortes rafales de force 10. N'oubliez pas vos parapluies et faites vos courses avant le déjeuner ! Vous êtes sur Irish Western Radio. Le comté de Mayo, l'Irlande et le monde entier nous écoutent !

De sa main blessée, Thomas alluma son autoradio, espérant ainsi noyer les battements qui résonnaient sous son crâne. Ce connard de Padraig ferait bien d'ouvrir ses bureaux rapidement, se dit-il rageusement, parce que sinon, il ne répondait de rien ! S'il n'obtenait pas d'explications sur ce qu'il avait vu dans l'ancienne pâtisserie, que Dieu lui vienne en aide, il allait démanteler le bâtiment à mains nues. Car s'il laissait cette sorcière ritale lui voler son rêve une seconde fois, il était foutu.

Pour Thomas McGuire, le rêve avait commencé le 31 décembre 1961, le tristement célèbre jour de la naissance de la télévision irlandaise. La tentative d'incursion du pays dans la sphère technologique avait confronté Thomas aux Working Boys Band, le groupe qui swinguait en direct du Gresham Hotel, à Dublin. Alors que les autres membres de la famille restaient bouche bée devant l'écran à l'image floue, Thomas, quinze ans à l'époque, se tenait debout derrière la rangée de chaises à dossier droit disposées devant le récepteur, et il avait senti ses orteils bouger comme s'ils étaient animés d'une vie propre. Avant qu'il ait eu le temps de comprendre ce qui lui arrivait, ses chaussures bicolores pointues pivotaient et swinguaient incontrôlablement au rythme télévisé du sextet irlandais inspiré par Motown qui l'entraînait dans une autre dimension. Ses pieds sortirent du salon en trépignant, montèrent l'escalier en twistant et instillèrent un rythme syncopé dans le cerveau généralement vide de Thomas, un rythme qui ne s'arrêtait jamais de pulser, même quand il dormait.

Conscient de l'effet que les stigmates de son obsession croissante pour les pas de danse pop allaient provoquer sur les autres élèves de son collège de garçons s'il s'y adonnait sur le terrain de football gaélique, Thomas dissimula cette passion à tout le monde, ne s'autorisant à s'y vautrer que sous le jet brûlant mais revigorant de la douche où il se dandinait tandis que le shampoing était évacué par la bonde. Parfois, pendant que ses morveux de frères dormaient dans le lit à côté de lui, il dénichait une lampe de poche pour étudier de près le dernier *Teen Beat* qu'il avait « emprunté » à sa sœur Margaret, qui le cachait sous son oreiller. Les photos des teenagers américains aux joues rouges qui passaient dans *American Bandstand*, l'émission de musique de Dick Clark, et celles des Britanniques coiffés de coupes au bol qui se déhanchaient sur les tubes des Yardbirds ou de Herman's Hermit dans le Top 40 le faisaient saliver. Si seulement il était plus vieux, se murmurait le jeune Thomas, il partirait comme une balle à Londres ou à New York. Pour se faire un nom. Thomas McGuire pouvait devenir le prochain Elvis ou Paul McCartney, il savait qu'il en était capable.

Hélas, cela ne devait pas se produire. Le décès précoce de son père était assorti de la responsabilité d'un empire, ou d'un début d'empire qui, pour le jeune Thomas, se révéla être le pub Paddy McGuire's. Il mit de côté ses rêves de star du dancefloor pour se consacrer à des activités plus stables, baron de la bière et tyranneau de la ville. Entre 1966 et 1976, grâce entre autres à un mariage aussi tapageur que tape-à-l'œil avec Cecilia Devereux, fille du maire du comté et nymphomane de cent six kilos, Thomas McGuire allait se bâtir un joli petit monopole sur l'argent que sa ville consacrait aux loisirs. Malgré leur réticence, il relégua ses six frères et sœurs à la maintenance quotidienne de ses affaires en développement, tandis qu'il supervisait toute cette machinerie avec le regard d'un fauve affamé. Et ça lui avait réussi, cet acharnement à accumuler les heures de veille, ou l'insistance à rénover le capitonnage des fauteuils du Wilton Inn (passant d'un cuir début de siècle à un velours à motif cachemire) ou la carte (ajoutant une bouteille de porto poisseux à la liste croissante de bières blondes ou brunes). A une époque où le revenu annuel moyen dépassait difficilement les huit mille livres par an, Thomas McGuire avait réussi à devenir très riche. Ses six établissements avaient le vent en poupe et presque un tiers des habitants travaillaient sous sa botte crottée, aussi aurait-il pu prendre un peu de répit. Il aurait pu dégager un peu de temps pour s'occuper de sa femme au volume en expansion constante et de sa couvée toujours croissante d'enfants. Oui, si Thomas n'avait pas décidé (dans un rare moment de générosité) d'offrir à ses trois frères, qui travaillaient dur, un séjour sur l'île espagnole de Majorque pendant l'été 1980, il aurait probablement fait une pause pour reprendre un peu son souffle fétide. Mais apparemment le destin en avait décidé autrement. Car c'est au cours de ce séjour que Thomas put enfin assouvir son rêve d'adolescent.

L'idée lui vint alors qu'il se trouvait dans le patio de la Discoteca de Amor, où les premiers accords de *Don't Leave Me This Way* de Thelma Houston résonnaient au-dessus de lui dans la fournaise du ciel espagnol. Réveillé par l'extase libératrice des synthétiseurs, par l'approbation réconfortante et lisse du polyester et par une jolie Noire avec d'énormes chaussures à plateforme qui se collait à son entrecuisse au rythme de la musique funk, Thomas éprouva le désir subit de se remettre à danser. En s'abandonnant à la pulsation du disco, le patron de pub sentit qu'une nouvelle et bien meilleure version de sa personne voyait le jour. Il ne lui fallut pas longtemps pour décider que ce dont il avait besoin par-dessus tout, c'était de posséder sa propre discothèque.

De retour à Ballinacroagh, un Thomas rajeuni se mit en marche vers son objectif avec la plus grande ferveur. Il arborait des favoris touffus, il se laissa pousser les cheveux jusqu'aux épaules et glissa ses jambes galbées comme des saucisses dans une paire de jeans à pattes d'éléphant. Il passait des heures au Kenny's, la boutique de disques, à fouiller dans les milliers de vinyles de disco, produits dans les endroits les plus exotiques des Etats-Unis, Bushwick, Brooklyn, le centre-ville de Detroit ou Jamaica dans le Queens, et en décembre 1980, il alla voir *Saturday Night Fever* à vingt-deux reprises dans l'unique cinéma de Castlebar. Dès le Nouvel An, il était prêt à lancer la deuxième étape de sa stratégie : trouver la piste de danse parfaite pour sa boîte de nuit.

En réalité, il n'y avait pas le choix. Thomas ne voyait qu'un seul lieu susceptible d'accueillir son night-club – le Papa's Pastries. Un heureux hasard voulait que le mur séparant l'ancienne boutique des Delmonico de son pub ne soit qu'une paroi branlante de plâtre et de bois vermoulu, une anomalie au milieu des murs de brique ou de pierre des autres magasins. Une équipe de trois hommes n'aurait besoin que d'une journée, deux tout au plus, pour dégager l'espace nécessaire au night-club exubérant que Thomas avait déjà baptisé le Polyester Paddy's. C'était l'endroit idéal. Il n'y avait plus qu'une seule chose à faire, trouver comment mettre la main dessus.

Thomas n'eut pas à se poser la question très longtemps ; ses prières disco furent bientôt exaucées par la mort meringuée de Luigi Delmonico, au printemps 1981. Un infarctus inattendu envoya valser Luigi de ce monde dans l'autre. Il ouvrit également la porte à Thomas McGuire.

Du moins, c'était le plan.

Conscient du fait que se précipiter pour démolir la pâtisserie dès le lendemain de la veillée mortuaire ne passerait pas bien auprès des factions les plus religieuses de la ville, Thomas attendit tout un mois avant d'aller frapper à la porte d'Estelle Delmonico. Il faut souscrire aux traditions, s'était-il dit, ne serait-ce que pour sauver les apparences. Son cottage aux volets verts, un quatre-pièces, était niché en haut d'une route escarpée qui se révéla trop étroite pour le gigantesque Land Rover de Thomas. Obligé de garer son coûteux véhicule au pied de la colline, il peina à hisser sa volumineuse carcasse en haut des trois kilomètres de chemin rocailleux, toussant dans les remugles de bouse de vache et de graisse de porc qui flottaient dans l'air. Il avait l'impression de faire pénitence par avance ; ses cuisses glabres étaient en feu à chaque pas qu'il faisait, et il était bien trop préoccupé pour percevoir la beauté des vallées verdoyantes alentour.

Les chemins qui sinuaient vers le cottage donnaient au paysage l'allure de carte postale qu'on en est venu à attendre de la campagne irlandaise. Bordés de barrières rouillées et de murets de pierre, ces chemins arborés étaient littéralement recouverts de branches affaissées et d'orties piquantes. Mais c'est en débouchant subitement dans la clairière au détour de la dernière courbe que le voyageur pouvait admirer le conte de fées ultime, un rêve de druide. Parce qu'il y avait l'océan. L'Atlantique alimente l'extrémité sud de la baie de Clew comme un parent aimant. Par temps clair, la vue des fenêtres aux rebords ornés de violettes du Cap était tout simplement magnifique. On pouvait même distinguer, niché sur un versant du mont Patrick tout proche, les blocs grisonnants d'un autel de pierre où la plupart des ascensions des pèlerins s'achevaient et où commençait la rédemption des âmes.

Quand Thomas atteignit le cottage blanchi à la chaux, il fit halte pour s'éponger le front. Oui, il avait fait ce que la décence exigeait. Il avait attendu suffisamment longtemps, et à présent, la pâtisserie allait passer entre ses mains. Il ne lui restait plus qu'à offrir à la veuve une jolie petite somme – probablement plus d'argent qu'elle n'en avait jamais vu en exploitant l'idée que pouvait se faire une Ritale de ce qu'était une pâtisserie – et le Polyester Paddy's deviendrait une réalité.

Thomas tenta de refréner son enthousiasme comme il frappait à la porte. Une minute plus tard, une petite femme potelée d'environ soixante-cinq ans lui ouvrit; sous son tablier, son ample poitrine pointait vers lui d'une façon qui raviva ses souvenirs de l'époque où, enfant, il l'épiait en secret. Parce que de fait, quand il était petit, Thomas était attiré par les couleurs décadentes qui brillaient derrière la vitrine de la pâtisserie. En sortant de l'école, il adorait regarder Estelle Delmonico étaler en souriant du glaçage sur les tartes au citron meringué et sur les louches de gelato à l'orange. Il se rappelait parfaitement comment ses seins, plus jeunes en ce temps-là, se soulevaient avec passion quand elle plaçait une simple cerise sur chaque dessert, que ce soient des pains aux raisins ou des éclairs au chocolat. Mais c'était il y a longtemps, se dit Thomas. A l'époque, il n'était pas très futé.

— Oui?

L'accueil stupéfait d'Estelle ramena Thomas à la réalité. Elle inclinait la tête d'un air interloqué – car elle avait du mal à se souvenir du visage des gens –, mais Thomas interpréta ce geste comme une astucieuse stratégie de marchandage de son pays d'origine. Pas de problème ! Ils pouvaient y jouer à deux, à ce petit jeu-là !

— Je ne crois pas qu'on se connaisse. Je suis Thomas McGuire, dit-il en gonflant son large torse.

Il ne lui tendit pas la main, ne lui fit même pas un signe de tête, ce qui était pourtant la plus élémentaire des courtoisies à Ballinacroagh. Il se contenta de rester fièrement planté devant la petite veuve italienne, attendant qu'elle reconnaisse la supériorité dont il se prévalait.

— Bien sûr ! Comme je suis bête, hein ? Vous savez, je ne reconnaîtrais même pas ma mère, qu'elle repose en paix, si elle était devant moi. Ce sont mes yeux. Ils ne se rappellent pas les visages, contrairement aux recettes.

Un gloussement étrangement juvénile s'échappa de la bouche d'Estelle. Les gouttes de sueur qui brillaient sur sa lèvre supérieure tombante se mirent à couler dans les craquelures de son rouge à lèvres. Elle les récupéra du bout de la langue et les aspira d'un air ravi.

En baissant les yeux sur le joyeux visage de la veuve, Thomas sentit un frisson de peur inattendu. Manifestement, ça ne tournait pas très rond dans sa tête. Son mari n'avait même pas eu le temps de refroidir et elle était là à se lécher les lèvres et à rigoler comme si c'était le matin de Noël. Il avait toujours entendu dire qu'elle était un peu bizarre… mais folle ?

Ce que Thomas McGuire ignorait, tandis qu'il s'employait à tirer des conclusions hâtives, c'était qu'Estelle Delmonico, depuis le tout premier jour de son existence, n'avait jamais sué qu'un puissant mélange de sucre pur et d'eau. Contrairement à la sueur féminine normale, ses glandes n'exsudaient aucune odeur. Mais quel goût ! Son défunt mari, Luigi, qui était lui-même tout sauf ordinaire, avait tout de suite manifesté son adhésion à ces gouttes de sueur sucrées. La douce Estelle était la plus grande muse dont un chef pâtissier napolitain ambitieux pouvait rêver, et leur union était scellée dans un paradis sucré.

— Vous voulez entrer ? Je prépare des baklavas. Vous sentez l'odeur de la joie ? C'est la recette du dessert persan que m'a envoyée ma nièce qui habite à Londres.

Estelle essuya ses mains couvertes de farine sur son tablier et s'écarta pour l'accueillir.

Thomas plissa les yeux pour examiner le sombre intérieur, s'attendant à voir des ombres bizarres et des napperons de dentelle. Il n'était pas prêt à encaisser l'étrange odeur qui le prit aux tripes. Etourdi par le mélange exotique de cardamome et d'amandes grillées, il recula de deux pas dans les graviers. Thomas McGuire n'en savait rien, mais autrefois, ce même arôme avait poussé un puissant roi achéménide à promulguer soixante-neuf nuits d'amour dans la forteresse couverte de chèvrefeuille sur laquelle il régnait. On ordonna aux concubines de s'enduire les cheveux de cardamome en poudre, tandis que les esclaves des harems aspergeaient leur nombril avec un mélange de miel chaud et d'amandes. Mais au lieu de produire le même effet aphrodisiaque sur Thomas, l'odeur lui tordit violemment les boyaux.

— Non, non. Je suis ici pour affaires, dit-il en levant la main dans un geste de révulsion.

Une odeur aussi puissante, ça impliquait forcément quelque chose de très mauvais.

— Désolé pour la mort de votre mari. J'ai vu que depuis, le local était fermé. Vous allez bientôt aller rejoindre votre nièce, alors ?

— Gloria ? Non. Elle est jeune, libre, et elle vit à Londres. Non, je ne vais nulle part. De toute façon, qu'est-ce que Luigi pourrait bien faire sans moi, hein ?

— Luigi, votre mari ?

Thomas commençait déjà à préparer ce qu'il allait dire au conseil municipal. Cette vieille chouette était bonne pour l'asile, c'était sûr. Elle n'était certainement pas en mesure de garder la main sur un bien immobilier aussi important.

— *Si, si,* mon mari, Luigi.

Elle s'avança à l'extérieur et pointa le doigt vers un point derrière Thomas, en direction du sentier. Là, au début de l'allée, un gros rosier s'accrochait sous le vent de l'océan. Contrairement aux massifs anglophiles et compassés qu'on trouvait devant diverses maisons de Ballinacroagh, celui-ci arborait une explosion de fleurs d'un magenta primal. D'épaisses épines se recourbaient sous les pétales comme de bons chaperons surveillant des écolières virginales mais néanmoins soumises au joug de leurs hormones. Estelle Delmonico ne semblait pas remarquer les épines quand elle passait la main sur les roses.

— Luigi. Mon Luigi. Vous voyez le ruban ? demanda-t-elle en désignant un fin cordon blanc noué autour du tronc du rosier.

Un frisson parcourut la colonne vertébrale de Thomas quand il se rendit compte que le cordon qu'il regardait n'était pas ordinaire. C'était celui d'un tablier. D'un tablier de pâtissier, pour être exact. A présent, plus de doute possible : cette femme était folle.

— Mon Luigi repose ici. Non, Luigi, je ne t'abandonnerai jamais, murmura-t-elle.

Elle se pencha vers le sol granuleux, posa un baiser sur sa main et caressa doucement la base du rosier, où elle avait secrètement répandu les cendres de son défunt mari.

— Bon. Bien. Enchanté de faire votre connaissance, Luigi. Et la boutique ? Luigi y retourne aussi ?

— Non. Cette boutique a tué mon Luigi. Pour lui, le travail, c'est fini. A présent, il se repose.

Elle soupira en effleurant de nouveau le sol de la main.

— Bon, ben c'est parfait, alors ! Dites-moi juste combien vous demandez pour le local, et je vous en débarrasse. Dites simplement votre prix.

— Non, je suis désolée, Mr McGuire. La boutique n'est pas à vendre. Pas de vente, mais je peux vous la louer à un bon prix.

— Eh bien, Mrs Delmonico, la location, c'est pas mon truc. Ce que je veux, c'est acheter. Vous ne vous sentiriez pas plus libre en vendant tout ça ? Vous pourriez passer vos journées à vous occuper de Luigi, euh… là ? lança-t-il en montrant le rosier d'un air gêné.

— Non, non. Luigi me dit qu'il ne faut pas vendre. Je dois l'écouter. Il est tellement doué pour les affaires. Moi, non. J'aime la cuisine, le four, le pain, dit-elle en se tournant vers le cottage. Je suis désolée, Mr McGuire. Pas de vente. Mais je vais vous donner des baklavas avant que vous partiez, d'accord ? C'est une nouvelle recette. Vous serez le premier à la goûter.

Estelle disparut dans la pénombre de son intérieur. Comme le cottage était perché sur un rocher aussi solitaire qu'escarpé, la petite veuve avait peu de visiteurs, et hormis une paire de moutons perplexes, personne ne pouvait goûter ses baklavas, aussi considérait-elle la visite du propriétaire du pub comme positivement providentielle.

— Regardez ce que j'ai pour vous, Mr McGuire. Si vous avez un faible pour les sucreries, c'est votre jour de chance.

Estelle était revenue avec un plateau rempli à ras bord de baklavas. Elle fredonnait une aria improvisée du deuxième acte de *Don Giovanni*, au moment où le noble arrogant et sans scrupules plonge dans les enfers qui l'accueillent à bras ouverts. Mais elle ne se doutait pas que le vers plein de passion, *tel est le destin des mécréants*, combiné à la séduction surpuissante des baklavas gorgés d'eau de rose allaient faire détaler le misanthrope de Ballinacroagh le long de son allée et jusque dans les mains pleines d'épines du rosier de Luigi.

— Oh, Mr McGuire ! Ne bougez pas ! Les épines de mon Luigi vont vous déchirer si vous vous agitez ! s'exclama-t-elle en se précipitant vers Thomas.

Il était prostré au milieu de cent une épines de rose. Elle s'apprêtait à l'aider à en sortir, le plat de baklavas encore dans les mains, quand il leva sa grosse patte devant elle en rugissant.

— Non ! N'approchez pas ! Ne vous approchez pas de moi avec ces satanées cochonneries !

Il se pencha en avant et parvint à se remettre sur pied. Puis il s'éloigna à reculons dans le chemin, les deux poings levés devant son visage tout rouge, tel un boxeur amateur honteusement défait au premier round.

— Et si vous savez ce qui est bon pour vous, vous allez me vendre votre foutue boutique ! Sinon, vous le regretterez ! la menaça-t-il faiblement avant de faire demi-tour et de s'éloigner en courant.

Stupéfaite, Estelle Delmonico regarda le balourd détaler, la queue entre les jambes, et la tige pleine d'épines accrochée à son large dos ressemblait à l'appendice de Belzébuth lui-même. Et tout du long, le vers d'opéra résonnait à ses oreilles, *tel est le destin des mécréants, tel est le destin des mécréants.*

Ça, c'était il y a cinq ans. Thomas jura dans sa barbe et cogna de son poing valide le volant du Land Rover. Cinq ans, putain !

Il aurait dû rester concentré sur Estelle Delmonico, comme prévu, plutôt que de laisser les choses dégénérer. Mais même lui n'avait pas été capable de prévoir la série d'événements parodiques qui l'avaient fait chanceler au cours de la première partie de la nouvelle décennie.

Les problèmes avaient commencé avec Kieran, son imbécile de frère qui avait laissé tomber ses tâches managériales à l'Ale House pour s'enfuir avec une actrice fumeuse de joints. Aux dernières nouvelles, les deux amants avaient monté une troupe de théâtre d'avant-garde baptisée le McGuire Family Circus et ils arpentaient la campagne en caravane pour rejouer *The Feast of all Saints*[1]. Il faisait honte à toute la famille, ce Kieran. Ensuite, le destin lui avait porté un nouveau coup avec l'inondation de 1982. Des pluies torrentielles avaient balayé la moitié des commerces du Main Mall comme si c'était la grande lessive de printemps. Elle avait failli rayer le Wilton Inn de la carte, cette inondation. L'eau avait jailli dans la rôtisserie et emporté les plats de viande rôtie dans la rue escarpée. Pendant des semaines, les gens avaient retrouvé des morceaux de panais détrempés et du jambon moisi sur les semelles de leurs chaussures. Remettre la vieille auberge en ordre de marche n'avait laissé à Thomas que peu de temps à consacrer à sa cause disco.

Satanée nature avec sa putain de pluie ! Thomas secoua la tête pour évacuer les gouttes de crachin de son épaisse tignasse. Mais qui pensait-il donc tromper ? La

1. Roman d'Anna Rice, non traduit en français.

vérité, c'était qu'il était devenu fainéant, qu'il avait laissé aller les choses. Il avait toujours tenu pour acquis que la pâtisserie serait disponible quand il serait prêt. L'idée que cet endroit puisse avoir une nouvelle vie sans son assentiment ne lui avait jamais traversé l'esprit.

— Bon Dieu! grommela Thomas en frappant de nouveau son volant.

Il aurait dû se douter que la vieille chouette avait de bonnes raisons de ne pas vendre la boutique, autres que les dernières volontés de son mari. Depuis le début, elle comptait revenir aux affaires. Eh bien, cette Estelle Delmonico allait au-devant d'une grosse surprise, se dit Thomas. Une grosse surprise.

Les vibrations synthétiques des rythmiques disco se remirent subitement à pulser dans la tête de patate de Thomas McGuire. Mais cette fois-ci, il allait écouter leur appel. Aucun doute là-dessus.

Dough
boisson fermentée au yaourt

2 tasses de yaourt nature
3 tasses d'eau minérale ou d'eau de source
3 cuillères à soupe de menthe fraîche hachée
1 cuillère à café de sel
1/2 cuillère à café de poivre noir
des feuilles de menthe pour la garniture

Mélanger les ingrédients dans une grande carafe ou un pichet. Ajouter lentement la glace tout en remuant. Garnir de feuilles de menthe.

Chapitre 4

Padraig Carey n'avait jamais eu beaucoup de chance avec les horaires. S'il avait su que Thomas McGuire l'attendait dans le parking de la mairie pour lâcher son courroux sur sa personne, il serait resté jouer neuf trous de plus au Westport Pitch and Putt. Au lieu de quoi il s'était éclipsé au milieu d'un excellent parcours en se sentant coupable d'avoir encore une fois passé sa matinée de travail à putter sur les greens. Padraig manœuvra pour entrer dans le parking de la mairie et coupa le moteur. Une nouvelle journée de travail de forçat avant de pouvoir retourner faire un parcours, songea-t-il avec mélancolie.

Maigre et inhabituellement hirsute, Padraig se trouvait dans une position peu enviable : vivre sous la férule des McGuire à la fois en public et en privé. Etant marié à la sœur de Thomas McGuire – Margaret, une Amazone qui, étant la plus intelligente de tout le clan McGuire, s'était vu confier la difficile tâche de tenir les livres de comptes de Thomas –, Padraig était totalement coincé dans sa vie privée. Il acceptait chaque décision que prenait sa femme, que ce soit pour déterminer qui s'occupait des finances du couple (c'était elle), quand il pouvait y avoir un peu de chahut dans la chambre à coucher (une fois par mois), ou ce qu'il y aurait au dîner (du bacon salé et du chou bouilli). Dans sa vie publique, Padraig semblait occuper une position confortable à la tête du conseil municipal qui ne comptait que deux personnes. Cette fonction avait beau être prestigieuse, elle n'exigeait pas grand-chose de lui : gérer de temps à autre le ratio route/terres arables et couper les rubans lors des inaugurations d'usines dont les propriétaires étaient des étrangers. Mais en réalité, Padraig ne trouvait pas de paix dans son travail. Son tyrannique beau-frère était toujours en train de se mêler du moindre aspect de l'administration quotidienne de Ballinacroagh. Il s'écoulait rarement une semaine sans qu'il reçoive une plainte de Thomas, qu'elle fût triviale comme celle concernant la hauteur des haies autour de la mairie ou aussi dangereuse que la fois où il avait essayé de faire enfermer Estelle Delmonico à l'Institut psychiatrique Saint Mary. Mais tant qu'il pouvait jouer au golf presque tous les matins, Padraig se disait qu'il parviendrait à supporter à peu près tout ce que son travail exigeait. Même s'il fallait pour cela se plier au moindre caprice de Thomas McGuire.

Sans s'apercevoir que Thomas s'approchait d'un pas lourd, Padraig tendit le bras vers la banquette arrière et passa distraitement la main sur la boucle de cuivre fixée à la bandoulière de son sac de golf.

— Padraig Carey !

La voix tonitruante de Thomas fit sursauter le petit conseiller municipal.

— Salut, Tom, bafouilla Padraig. Debout et en action aussi tôt que d'habitude, à ce que je vois.

Il sortit à la hâte de sa voiture et se posta de façon à masquer au regard de Thomas le sac de sport sur sa banquette arrière.

— On ne peut pas dire la même chose de toi, hein ? Je veux des réponses, Padraig Carey ! C'est pas parce que t'as mis ma sœur enceinte il y a quelques années que je ne vais pas te botter le cul avant que t'aies le temps de dire ouf !

— Désolé, Tom.

Padraig pouvait quasiment se sentir rétrécir devant le tyran en furie.

— Désolé, Tom ? Désolé, Tom ? T'as du culot, Padraig Carey ! Pourquoi personne ne m'a rien dit à propos du local de la vieille sorcière ? Qu'est-ce qui te fait croire que je te laisserai à ton poste de merde si tu me sers à rien ?

La figure d'aubergine de Thomas se tordit en un rictus grotesque. Debout sur la pointe des pieds, il dominait de toute sa taille le misérable et insignifiant Padraig, comme un gratte-ciel au-dessus d'un pigeon sans défense.

— Allons, allons, Tom. Calme-toi. Qu'est-ce que tu veux dire ? Tu parles de l'ancienne boutique des Delmonico, c'est ça ?

— Oui, le local des Delmonico, crétin ! Ça fait cinq ans que j'attends l'expansion qu'un homme dans ma position est en droit d'espérer. Et maintenant, elle rouvre ce trou à rats sans que tu me préviennes ! Je ne sais pas ce qui me retient de le démolir moi-même !

— Estelle Delmonico ? Une nouvelle boutique ? Je ne crois pas qu'elle y songe – pas à son âge.

— Et qu'est-ce que t'en sais ? Tu te balades avec tes clubs de golf dans le cul pendant que je trime comme un esclave pour faire tourner cette ville ! On en serait où, sans moi et mes affaires, hein ?

Thomas donna un coup de poing dans le vide qui frôla l'épaule de Padraig. Il remonta dans sa voiture comme un gorille en colère et baissa sa vitre.

— Je veux que tu découvres ce que cette vieille harpie est en train de tramer. Et entre-temps, dis à Margaret et à tous ses amis que s'ils veulent rester dans les petits papiers de Thomas McGuire, ils feraient mieux de continuer d'acheter leur pain quotidien chez Corcoran.

— Tu es sûr que c'est une pâtisserie qu'elle est en train d'ouvrir ?

— Quoi que ce soit, je veux que ça ferme dans la semaine.

Thomas fit marche arrière et sortit du parking en trombe, laissant Padraig étourdi et déstabilisé. Le pauvre conseiller municipal posa une main sur le capot de sa voiture pour garder l'équilibre tandis que le sang pompait furieusement dans son petit corps velu.

Estelle Delmonico manœuvra prudemment pour faire passer sa Honda toussotante dans l'allée pavée derrière le café. Ce matin-là, la petite veuve s'était levée plus tôt que d'habitude, et les gémissements des bourrasques soufflant sur le mont Patrick avaient fait écho aux siens lorsqu'elle avait extirpé ses jambes fragiles de sous sa couette en plumes.

Elle avait beau rire de bon cœur et avoir une bonne vue, elle était victime d'une dégénération des cartilages qui la faisait beaucoup souffrir. Cela avait commencé par des picotements saisonniers aux poignets et au bout des doigts, l'année où Luigi et elle-même étaient arrivés dans le comté de Mayo, puis ça s'était étendu lentement mais sûrement, comme un morceau de pâte qu'on étire, jusqu'à l'envelopper totalement dans un cannolo de douleur. Des décennies passées à aider Luigi à pétrir et à battre d'innombrables miches de pain avaient exacerbé sa maladie, et au cours des dernières années avant la mort de son mari, l'arthrite l'avait réduite à rester assise sur un tabouret derrière le comptoir pendant qu'il courait dans tous les sens pour s'occuper à la fois des clients et des fours.

Bien sûr, Estelle avait essayé les doses de stéroïdes qu'on lui avait prescrites, mais elle avait constaté que cela restait sans effet, hormis une croissance inhabituelle et ingérable de la pilosité de ses aisselles. Elle était même allée consulter un acupuncteur chinois qui, au plus fort des seventies et de l'amour libre, s'était établi dans Henry Street à Dublin. La force d'âme de ce Chinois l'avait impressionnée – Li Fung Tao pratiquait son tai-chi matinal en toute sérénité pendant que les vendeurs ambulants de fruits et de légumes appâtaient les chalands en beuglant tout autour de lui –, mais ses aiguilles n'avaient eu pour effet que de lui donner l'impression d'être un morceau d'anchois plongé dans une marinade d'*alici* à base d'origan et de poudre de piment.

Estelle avait même essayé sa propre décoction de romarin et de lavande, qu'elle cueillait dans le petit jardin d'herbes aromatiques derrière son cottage. Elle faisait bouillir les feuilles jusqu'à ce qu'il ne reste qu'une huile sombre qu'elle mélangeait alors avec une bonne dose d'huile d'olive d'Ombrie que sa nièce Gloria lui envoyait de Londres. L'huile tendait sa peau de Méditerranéenne comme une baie de garcinia, ce qui suscitait la jalousie des femmes âgées de la ville et avait poussé Dervla Quigley à répandre la rumeur qu'Estelle Delmonico avait conclu un pacte avec les fées, à coup sûr. Les regards soupçonneux ne dérangeaient pas Estelle. Pour être honnête, ils la réjouissaient plutôt, et elle aurait bien aimé qu'il y ait un fond de vérité dans tout cela. Parce que sa décoction de romarin et de lavande avait beau être aromatique et hydratante, elle n'était pas assez magique pour venir à bout de son arthrite.

Les douleurs de la veuve italienne se manifestaient en ce jour de printemps comme si c'était le Jugement dernier, mais elle ne comptait pas les laisser l'empêcher de préparer son célèbre osso buco pour ses sympathiques locataires. Elle avait même préparé la *gremolata* d'après la recette de sa mère en faisant griller les pignons au goût boisé jusqu'à ce qu'ils deviennent marron foncé. Ce chef-d'œuvre à base de veau était le plat préféré de Luigi, et Estelle le réservait aux occasions spéciales, quand la frangipane de son pays ensoleillé lui manquait particulièrement.

— Hello ?

Estelle frappa à la porte arrière de la boutique et se pencha pour jeter un coup d'œil à travers les verres bleus, jaunes et verts du vitrail. Vu de l'intérieur, son visage rond avait l'air d'un Arlequin médiéval vénitien revenu à la vie.

Bahar, assise juste à côté, sursauta en entendant ce coup inopiné. Ses grands yeux marron écarquillés d'angoisse, elle resserra sa prise sur le couteau aiguisé dont elle était en train de se servir. Cela faisait longtemps qu'un coup à la porte n'avait pas fait palpiter de peur sa poitrine, guère plus grosse qu'une cage à oiseaux, et ne l'avait pas poussée à se mettre à l'abri. Dix secondes comptées en violents battements de cœur s'écoulèrent avant qu'elle se rende compte que ces coups étaient bénins, mais entre-temps, sa peau était devenue de cendre, comme un porridge dégoûtant.

Des trois sœurs Aminpour, Bahar était celle qui avait le teint le plus sombre, et elle considérait que c'était un signe supplémentaire du fait qu'elle était la moins désirable des trois. En tant que cadette, Bahar était inévitablement coincée entre la compassion naturelle de Marjan et l'optimisme svelte de Layla. Et, comme de nombreux enfants qui se trouvent entre deux frères et sœurs extraordinaires, le désir mordant de se distinguer et d'être sous le feu des projecteurs était devenu pour elle une maladie dévorante, quoique non consciente. Le drame est essentiel à la survie de cette maladie, et de nombreux cadets sont trimbalés d'une émotion à une autre, passant en quelques minutes d'une colère extrême à une profonde tristesse ou à une gaieté euphorique.

Marjan mesurait le caractère imprévisible de Bahar à l'aune des anciennes et vénérées pratiques zoroastriennes de l'équilibre alimentaire qui opposaient la lumière aux ténèbres, le bien au mal et le chaud au froid. Certaines personnalités ardentes, ou *garm*, tendaient à avoir un tempérament volcanique, à dégager davantage d'énergie et à pousser leur entourage à l'action. Cette énergie les laissait souvent en lambeaux, aussi, pour combattre cette fatigue extrême, devaient-elles consommer des aliments froids, ou *sard*, comme des poissons d'eau douce, du yaourt, de la coriandre, de la pastèque ou des lentilles. La plupart des épices et des viandes étaient à proscrire, car elles ne faisaient qu'alimenter leur feu intérieur. (Le thé, bien que d'une température chaude, est un élément tout à fait neutralisant.) D'un autre côté, pour les personnes souffrant d'un tempérament trop froid, marqué par des crises de mélancolie et un désintérêt pour l'avenir en général, les plats chauds, ou *garm*, étaient recommandés. Des aliments tels que le veau, les haricots mungos, les clous de girofle et les figues étaient d'un grand secours pour remonter le moral et raviver les ambitions.

Diagnostiquer Bahar en tant que *garmi* (du fait de son extrême anxiété et son tempérament ardent) aurait été assez simple, si elle n'avait pas également souffert d'un désespoir qui lui causait souvent des migraines. Qu'elle fût d'une humeur *garm* ou *sard*, Bahar pouvait toujours compter sur sa grande sœur pour la guider vers un calme relatif. Depuis longtemps, Marjan gardait un œil sur Bahar et elle savait exactement quand il fallait lui donner du poisson grillé à l'ail avec des oranges de Séville pour calmer ses excès de chaleur, ou quand un bon *khoresh* aux pommes – un ragoût de pommes, de poulet et de pois cassés – était un meilleur choix pour la tirer de son cafard.

— Marjan ? Qui c'est ? s'exclama Bahar en se levant de la table où elle était en train de hacher des tiges de menthe, le couteau toujours serré dans son poing.

— Tout va bien. Ce n'est que Mrs Delmonico, la rassura Marjan. Tu as avalé quelque chose, ce matin ?

Si Marjan ne la forçait pas à manger un morceau, Bahar ne s'en préoccupait pas, et elle sautait souvent des repas.

— Non. J'avais trop à faire, répondit-elle d'une voix fatiguée tandis que sa mâchoire se décrispait.

Elle posa le couteau sur la table et ouvrit. Aussitôt, un sourire amical et des arômes acides de thym citron et de sauce tomate fraîche l'accueillirent.

— Bonjour, Mrs Delmonico. Entrez, s'il vous plaît. Laissez-moi vous aider.

Bahar se pencha pour prendre la cocotte en émail qu'Estelle avait lovée dans le creux de son bras comme un précieux bébé.

Marjan abandonna la soupe qu'elle remuait et, prenant Estelle par le bras, la conduisit gentiment vers une chaise.

— Mrs Delmonico, vous avez l'air tellement fatiguée! Vous êtes la bienvenue ici, bien évidemment.

— Je vous ai apporté mon meilleur plat. Un osso buco avec de la *gremolata* aux pignons. Ça porte bonheur, vous savez? A Napoli, on en mange dans les grandes occasions. Alors, je vous l'ai apporté pour votre Nouvel An et votre anniversaire.

Estelle, soulagée, s'assit au bout de la table.

— Vous n'auriez pas dû, voyons! répondit Marjan.

— S'il vous plaît, Mrs Delmonico, voulez-vous un peu de thé?

Bahar s'était déjà précipitée dans la salle de la boutique pour tirer une tasse d'eau bouillante du samovar doré. Pendant un an, elle avait été infirmière dans une maison de repos à Lewisham et elle avait donc immédiatement reconnu les signes de l'arthrite.

Estelle toussa en dépliant sa colonne vertébrale.

— Merci, ma chérie, dit-elle en grimaçant. Et appelez-moi Estelle. Mrs Delmonico, c'était ma belle-maman, et c'était une femme très difficile à aimer, vous savez? Croyez-moi!

Bahar revint et posa une tasse fumante de thé à la bergamote devant la vieille femme.

— Merci. Argh… ce climat irlandais va me tuer! s'exclama-t-elle en levant les mains avec tout le sens italien du drame qu'elle put réunir.

Elle se pencha au-dessus des vapeurs du thé et inhala les arômes amers de la fleur de bergamote.

— Mmm, c'est comme à Napoli!

— Oui, buvez. Et il faut aussi que vous goûtiez à ma soupe de lentilles rouges. Ça va vous réchauffer.

Marjan sourit à la gentille dame en lui versant une louche de soupe odorante dans un bol qu'elle plaça à côté de sa tasse de thé.

La combinaison du cumin, du curcuma et de la nigelle amena des couleurs très saines sur le visage d'Estelle Delmonico. L'odeur la transporta presque cinquante années plus tôt, lors de la première nuit de leur lune de miel au Maroc. Là, sous un croissant de lune magique, au milieu des parfums d'épices qui montaient du bazar sous la fenêtre ouverte de leur chambre d'hôtel, les corps bronzés des deux époux âgés de vingt ans avaient fait l'amour avec moult culbutes et toute la vigueur de leur sang latin.

— Mmmmm, merveilleux, merveilleux. Il y a tant de nourriture, ici, mon Dieu ! s'exclama-t-elle en émergeant de sa rêverie romantique.

Il n'était que neuf heures du matin mais la cuisine était déjà pleine à craquer : le moindre espace et la moindre surface avaient été réquisitionnés par les créations culinaires de Marjan. Des légumes marinés (*torchi* à la mangue, à l'aubergine et, dans leur recette la plus courante, aux sept épices) remplissaient jusqu'en haut les bonbonnes de verre de deux litres et demi posées sur la table en bois. De grands saladiers bleus regorgeaient de salades (lentilles à l'angélique, tomates, concombres et menthe, poulet frit à l'iranienne) et de dolmas, tandis que les sauces (fromage et noix, yaourt et concombre, *baba ghanoush* et houmous épicé), la feta, le Stilton et le cheddar étaient stockés sous cloche dans l'énorme réfrigérateur à porte vitrée. En face de ce dernier, on pouvait voir le colossal four à pain en briques. Les dernières miches de pain *sangak*, d'un mètre de long au moins, cuisaient dans son ventre rebondi où leurs crêtes dorées gonflaient, saupoudrées de graines de nigelle et de pavot. Les autres pains (le *lavash* fin comme du papier, le *barbari* croustillant, les pavés de *sangak* ainsi que l'habituel pain blanc en tranches) étaient déjà recouverts d'un tissu réconfortant qui conservait leur fraîcheur. Et sur la cuisinière, une petite casserole de soupe à l'oignon blanc (à ne pas confondre avec son homologue française, car celle-ci était agrémentée de feuilles séchées de fenugrec et de pâte de grenade), la dernière cocotte de soupe de lentilles rouges et une casserole plus grande d'*abgoosht* mijotaient sous la férule bienveillante de Marjan. Véritable festival d'agneau, de pois cassés et de pommes de terre, l'*abgoosht* rappelait toujours à Marjan les nuits du début du printemps en Iran, quand les fleurs de cerisier tremblaient encore sous les dernières gelées et les samovars claironnants aidaient à en faire passer l'arrière-goût de safran et de citron séché avec un thé Darjeeling noir et fort.

— Si vous pensez que c'est copieux, vous devriez aller voir la salle. On travaille depuis minuit ! dit Marjan en souriant à l'idée que la partie la plus dure de la journée était presque derrière elle.

Tout était finalement en train de se mettre en place et de prendre forme dans ce village au nom tellement étrange.

Bahar continuait de hacher la menthe sur la table ronde en jetant de temps à autre un coup d'œil à Estelle, qui aspira bruyamment sa dernière gorgée de soupe avant de s'enfoncer dans sa chaise, satisfaite et rafraîchie.

— Oh, c'était tellement délicieux. Je suis une femme neuve. Alors, c'est votre anniversaire, aujourd'hui ? Quel âge avez-vous ?

— Vingt-quatre ans.

Le sourire timide de Bahar se vit opposer une grande rangée de dents brillantes lardées de plombages en or.

— Ah ! Si jeune ! s'exclama Estelle en levant à nouveau les mains au-dessus de sa tête. Et qu'est-ce que vous faites avec la menthe, là ?

— C'est pour Layla. Je la hache pour son *dough*.

Le couteau de Bahar découpait avec habileté les feuilles de menthe, les transformant en émeraudes. Toutes ces années passées à aider Marjan en cuisine lui avaient donné une grande expérience en la matière. Si Bahar n'avait pas pris un poste d'infirmière à Londres, elle aurait fait une excellente sous-cheffe et aurait même pu travailler aux côtés de sa sœur dans un de ces restaurants anglais à la mode. Mais du coup, elle aurait dû passer des heures devant les feux d'une cuisinière, tandis que des casseroles bouillonnantes l'auraient dévisagée de leurs bouches béantes comme les creusets d'un passé qui menaçait de redevenir un présent. Non, Bahar était certaine qu'elle ne pourrait jamais faire ça. Et même aujourd'hui, elle ne se mettait devant les fourneaux qu'en cas d'urgence. Seulement quand Marjan ne disposait pas d'assez de temps ou de mains pour remuer tout ce qu'elle était en train de préparer.

— *Dou-ou-gghhh*? demanda Estelle en appuyant avec emphase sur la gutturale finale comme si elle lui chatouillait la gorge. Qu'est-ce que c'est?

— Le *dough* est un yaourt et une boisson à la menthe. En général, on en boit avec du *chelow kebab* – c'est-à-dire du riz et de la viande grillée. Mais ça fait environ une heure que Layla a le hoquet et ça n'a pas l'air de cesser, alors ce *dough* va y mettre un terme, dit Marjan en prenant un bac de yaourt dans le réfrigérateur.

Estelle la regarda mélanger le yaourt, la menthe, le sel, le poivre et l'eau dans un grand pichet, puis remuer vigoureusement jusqu'à ce que le liquide prenne une couleur uniforme d'un vert crémeux. Elle ajouta de la glace pilée et des feuilles de menthe hachées en garniture, pour rappeler à Layla les vertus apaisantes du breuvage.

Effectivement, Layla avait encore le hoquet, mais ça ne la faisait pas du tout souffrir. Elle était à l'étage, allongée sur le matelas qu'elles se partageaient toutes les trois, étalée comme une pomme de Goa, tandis que les soliloques d'héroïnes shakespeariennes transies d'amour résonnaient dans son esprit embrumé. L'image des yeux saphir de Malachy envoyait des frissons dans tout son corps ; le point chaud sous son nombril la titillait et générait des vagues de plaisir qui déferlaient jusqu'à ses orteils.

Alors, c'était comme ça l'amour, pensait Layla. Comme les cris d'extase de la grenade quand elle perçoit le couteau qui s'enfonce en elle, la césarienne qui libère les grains juteux à l'intérieur de sa matrice. Comme le rire joyeux de l'huile qui corrompt la farine aqueuse, la graisse chaude qui plie la pâte à sa volonté et qui, ce faisant, crée une plus grande douceur – les *zulbia*, les beignets sucrés qu'elle adorait. Tomber amoureuse était extraordinaire. Pourquoi personne ne le lui avait jamais dit ?

Layla hoqueta à nouveau. Ces yeux saphir. Elle les reverrait peut-être dès demain dans son nouveau lycée. Pour une fois, ça n'allait pas la déranger de se retrouver devant une classe pleine de visages scrutateurs.

— Layla ! Ton *dough* est prêt. Descends ! Mrs Delmonico est venue nous rendre visite !

— J'arrive ! répondit Layla.

Au ton de sa voix, Marjan semblait fatiguée, et Layla se sentit un peu coupable de ne pas avoir davantage aidé ses sœurs en cuisine.

Au rez-de-chaussée, Estelle Delmonico buvait sa deuxième tasse de thé.

— Alors, ma Gloria me dit que vous avez échappé à la révolution, c'est ça ?

Marjan arrêta de remuer le *dough* et glissa un coup d'œil vers Bahar. A part l'ombre qui voilait ses yeux expressifs, rien ne semblait indiquer que le mot « révolution » avait ému sa sœur.

— En réalité, nous sommes parties d'Iran un peu plus tôt. Juste avant, répondit timidement Marjan en regardant toujours Bahar.

Les tours de contrôle plongées dans le brouillard à Heathrow lui revinrent un instant à l'esprit. Le 1er février 1979 – une date dont elles apprendraient par la suite qu'elle avait également ramené au pouvoir à Téhéran un ayatollah en exil qui avait un penchant pour la poésie mystique. Quand on les avait poussées dans les boxes d'interrogatoire vitrés des services de l'immigration de l'aéroport, les filles n'étaient pas du tout prêtes à affronter le barrage de questions inquisitrices et les fouilles embarrassantes de leurs poches et de leurs sous-vêtements qui les avaient accueillies. Marjan se rappelait la façon dont on avait forcé la petite Layla à ôter son pantalon miteux, révélant ainsi la liasse de livres sterling échangées avant la révolution et dissimulées là où l'élastique de sa culotte aurait dû se trouver – la stabilité financière dans un âtre intouchable.

Marjan savait que la gentille veuve attendait impatiemment qu'elle lui raconte l'histoire de leur évasion, mais elle se dit qu'elle ne pouvait pas le faire. Pas encore. Du moins, pas devant ses sœurs, si sensibles.

— On a eu la chance d'obtenir des visas pour le Royaume-Uni, la chance de trouver du travail malgré la crise économique… Layla n'avait que sept ans, alors elle ne se souvient pas de grand-chose.

Malgré sa loufoquerie occasionnelle, Estelle avait un sens aigu des limites, aussi décida-t-elle de laisser tomber le sujet.

— Oui, c'est très jeune, sept ans. Et où est-elle, cette jolie fille, hein ? Elle n'est pas malade, au moins ?

— Non, c'est simplement une adolescente. Layla, allez ! cria Marjan en direction de l'escalier sans se rendre compte que Layla se tenait sur le palier du haut depuis le début.

Personne ne pouvait la voir, mais elle avait tout entendu. Et ce que Marjan avait dit n'était pas vrai. Elle se souvenait de tout.

Elle se rappelait les sirènes. Les haut-parleurs rugissants montés sur les jeeps de l'armée qui déboulaient sans prévenir pour annoncer le couvre-feu et patrouillaient dans les rues bordées de fleurs des banlieues résidentielles aux teintes pastel, et les maisons remplies de *dough* autant que de Coca-Cola. Peu après, les voiles étaient arrivés. C'était drôle qu'elle se souvienne de les avoir entendus avant même de les voir, les teintes funèbres de cette tente pour femme qui allait par la suite devenir si courante, même dans les banlieues plus aisées du nord de la capitale. *Tchador, tchador*. Trois mètres carrés de laine rêche stratégiquement drapés et fixés en claquant des dents, qui ne révélaient rien au-dessus des yeux qui clignaient, rien au-dessous des nez qui coulaient. *Tchador, tchador*.

Les images de ces corbeaux de tissu chaque jour plus nombreux apparaissaient sur les murs de l'université et dans les vitrines des magasins, agrémentées de menaces à peine voilées. Bahar, qui avait seize ans à l'époque du soulèvement et qui avait subi son emprise, s'était servie des mêmes menaces pour inciter Marjan et Layla à porter ces voiles couvrant tout le corps. Elle rentrait à la maison rouge d'excitation après avoir participé à l'une des nombreuses révoltes d'étudiants dans les rues du centre et du sud de Téhéran, et regorgeait d'histoires à propos de drapeaux troués de balles et de l'ayatollah aux sourcils sévères qui faisait se pâmer tant de femmes en tchador.

On entendait partout les slogans et les appels à la mise à mort. *Mort au shah, ce traître! Mort à tout ce qui vient de l'Occident pourri!* La fin d'une Amérique qui avait apporté à Layla les dessins animés de Tom et Jerry et les M&M's qu'elle aimait tant. Cela avait suffi à la faire fondre en larmes (secrètement, bien sûr) tard le soir dans son lit.

Bahar avait seize ans, donc, à peine plus âgée que Layla ne l'était aujourd'hui. Elle secoua la tête pour chasser ces sombres pensées. Marjan avait peut-être raison de changer de sujet, d'essayer de laisser tout ça derrière elles. Layla eut un nouveau hoquet, dont le son la fit sortir de sa cachette. Elle descendit l'escalier en souriant.

— Enfin! Ton *dough* est sur le comptoir, là. Bois-le avant qu'il ne se décante. Et dis bonjour à Mrs Delmonico, aboya Marjan dont les nerfs commençaient à lâcher.

— Estelle. Appelez-moi Estelle.

Abgoosht

2 kg de jarret d'agneau désossé (réserver l'os)
5 gros oignons émincés
1 cuillère à café de curcuma
10 tasses d'eau
1 tasse de pois cassés jaunes
1 cuillère à café de paprika
4 cuillères à café de sel
1 cuillère à café de poivre noir moulu
5 grosses pommes de terre, pelées et coupées en morceaux
7 tomates, coupées en tranches
2 cuillères à soupe de sauce tomate
1 citron vert séché
2 brins de safran dissous dans 7 cuillères à soupe d'eau
2 cuillères à café d'advieh*
*Facultatif : des quantités à parts égales de pétales de rose écrasés, de cardamome, de cannelle et de cumin passées au mixeur.

Faire dorer la viande, 1 oignon et le curcuma dans une grande cocotte. Ajouter l'eau, les pois cassés, le paprika et l'os. Réduire le feu et laisser mijoter à couvert pendant 2 heures. Ajouter les ingrédients restants. Laisser mijoter à couvert pendant 40 minutes. Oter l'os. Oter tous les légumes et la viande, les mélanger dans un grand saladier. Servir dans des bols, accompagné du bouillon.

Chapitre 5

Tout cela était peut-être la faute de Thomas McGuire. Comme il ne faisait pas confiance à Padraig Carey pour diffuser efficacement son message de haine, après son départ du parking de la mairie, le principal patron de pub de Ballinacroagh s'était aussitôt installé à l'intérieur du McGuire's Ale House. Assis sur son tabouret favori à un bout du comptoir en chêne, Thomas, tel un politicien aguerri sur le forum romain, exposait habilement les dangers liés aux odeurs étrangères.

Dervla Quigley avait peut-être quelque chose à voir là-dedans, car elle avait susurré la nouvelle d'un bout à l'autre du Main Mall jusqu'à ce que tout le monde à Ballinacroagh sache exactement ce qu'il fallait éviter.

— Oubliez les façons de faire infectes des Tinkers, murmurait-elle d'un air sombre à quiconque se tenait sous sa fenêtre. Ce sont ces hippies étrangers devant qui nous devons tenir bon.

Mais tout cela était peut-être simplement dû aux caprices incontrôlables de Dame Chance, à la cloque sur le pouce de Bahar et aux pluies persistantes venues de l'Atlantique, signes annonciateurs de troubles imminents.

Quel que fût le coupable, l'ouverture du Babylon Café en ce premier jour de printemps ne fut même pas à moitié aussi grandiose que Marjan l'avait espéré. Pour sa plus grande déception, de toute la journée du lundi, pas un seul client n'entra dans le café accueillant.

— On devrait peut-être mettre un grand panneau *Ouvert*. Qu'en pensez-vous ? demanda Marjan le mardi matin.

Perplexe, les bras croisés, les sourcils froncés, elle se tenait devant la vitrine.

— Un panneau ? Ouvre les yeux, Marjan. Hier, on avait tiré les rideaux et allumé toutes les lumières, et personne ne s'est même arrêté pour regarder à travers la vitre. Un panneau ! s'exclama Bahar en secouant la tête.

— Je n'y comprends rien. Pas même un client ! C'est peut-être à cause de la pluie.

Marjan pressa son front contre la vitre froide de sa devanture.

La tempête avait débuté lundi vers midi. La pluie qui tombait à grands seaux en secouant les gonds et les carreaux des fenêtres avait vidé le Main Mall de tous ses piétons. La plupart des boutiques avaient rapidement décidé de fermer pour la journée et leurs patrons épuisés lâchaient de gros soupirs en luttant contre le vent pour fermer leurs devantures. Ils bataillaient avec les bourrasques qui retournaient leurs parapluies avant de s'éparpiller à la hâte en direction de leurs domiciles respectifs, à pied, ou pour les plus chanceux, dans leurs voitures glaciales et détrempées. Dervla Quigley elle-même, qui ne considérait pas vraiment que la pluie qui tombait au quotidien sur le village était une raison suffisante pour quitter son poste, s'était retirée derrière les plis de ses rideaux de chintz au plus fort de la tempête.

— Eh bien, on dirait que ce n'est pas près de s'arrêter. Regarde-moi ça ! s'exclama Bahar. Je ne pensais pas qu'il existait un endroit plus humide que Londres.

Une soupe peu ragoûtante de verre brisé, de mottes de terre, de mégots de cigarettes et des larmes salées d'un ciel sombre qui n'avait pas encore fini de se purger coulait à flots dans la rue.

— Je parie qu'aujourd'hui, nous aurons au moins cinquante clients. Pas vrai, Marjan ? dit Layla en levant les yeux de son petit-déjeuner de *lavash* et de feta.

Comme elle était déjà en retard pour son premier jour au lycée, elle engloutissait sa nourriture aussi vite que possible.

— Bien sûr, *joon-e man*. Bientôt, toute la ville va se presser ici, répondit Marjan en essayant d'avoir l'air enthousiaste.

— C'est une bonne chose que tu aies demandé à Mrs Delmonico d'emporter des plats, hier. On n'aurait jamais pu venir à bout de toutes les cocottes de soupe et d'*abgoosht* que tu avais préparées, dit Bahar d'un ton désapprobateur.

— OK, souhaitez-moi bonne chance ! dit Layla en se levant brusquement sans avoir terminé son petit-déjeuner.

Elle arborait son nouvel uniforme amidonné, un pull bleu clair, un chemisier blanc impeccable et une jupe de tweed marron. Elle attrapa un parapluie, balança son sac sur ses épaules, adressa un sourire radieux à ses deux sœurs et sortit.

Le brouillard dense qu'on trouvait habituellement sur les contreforts du mont Patrick était tombé sur le village, s'insinuant subrepticement dans la moindre fissure et le moindre coin de rue. Layla rejoignit avec enthousiasme le train de lycéens qui bravaient la pluie froide et la brume en remontant le Main Mall vers le lycée Saint-Joseph. Elle marqua une pause pour saluer une dernière fois de la main ses deux sœurs avant de disparaître derrière le rideau de brume. Bahar, qui s'inquiétait du bien-être de sa cadette, agita nerveusement la main en retour, mais Marjan regarda Layla d'un air ravi, heureuse de la voir aussi pleine d'énergie. Dans cette décennie régulièrement marquée par les retransmissions télévisées de terroristes posant des bombes et de prises d'otages perpétrées par des criminels masqués originaires du Moyen-Orient, pour Layla, chaque nouvelle école devenait un terreau fertile pour des harcèlements sans fin : les accusations de « terroriste » et de « preneuse d'otages » fusaient dans la cour comme de simples passe-temps de récré. D'habitude, leur petite sœur était trop terrifiée pour arriver à dormir la veille du jour où elle débarquait dans un nouvel établissement. Mais ce matin, Layla les avait surprises en se levant tôt, les yeux brillants, pour emballer son déjeuner – basilic, tomate et yaourt au concombre enveloppé dans du *lavash* – et repasser son uniforme. Il n'y avait aucune nervosité dans ses gestes, aucune peur sur son beau visage tandis qu'elle remontait presque en bondissant le Main Mall inondé.

La gaieté inattendue de Layla était un bon signe, décida Marjan. Tout optimisme était le bienvenu, spécialement à la lumière de l'ouverture ratée de la veille.

Un sauveur, le premier client du Babylon Café, se présenta l'après-midi même en la joyeuse personne du père Fergal Mahoney.

Le père Mahoney se rendait chez Marie Brennan et sa sœur Dervla, dans le salon mal éclairé desquelles devait avoir lieu la première réunion du comité d'organisation de la Patrician Day Dance de 1986. Cela faisait trente-neuf ans que ce prêtre au bon caractère faisait office de coordinateur du bal qui célébrait le pèlerinage annuel au sommet du mont Patrick. Tous les étés, un flot de pèlerins gravissait les contreforts rocailleux de la montagne – certains le faisaient pieds nus – en pénitence pour les fois où ils avaient choisi les voies du péché au cours de l'année écoulée. Pour commémorer ce désir d'expiation, le premier dimanche de juillet, Ballinacroagh célébrait le Patrician Day en dressant des tentes de toile, en accrochant des lampions et en brandissant des affiches grandeur nature d'un saint Patrick plutôt imbibé. Les tables pliantes débordaient de la dernière brassée de bière de Thomas McGuire et d'assez de bacon et de chou provenant du gril du Wilton Inn pour donner à tout le monde des brûlures d'estomac – pour trois livres, bien sûr.

En tant que coordinateur du bal, le père Mahoney avait beaucoup de pain sur la planche : il n'était pas seulement chargé de choisir un orchestre (c'était toujours un succès, sauf l'année où un groupe de trois nonnes de Dublin avait choqué la foule avec leur reprise *a cappella* de *99 Red Balloons* et de *Relax*), il était aussi l'animateur de l'événement. C'était un rôle délectable pour ce prêtre extraverti qui agrémentait souvent ses messes et ses homélies de traits d'humour. Au cours de ces animations, le père Mahoney s'engageait joyeusement dans une bonne demi-heure de blagues qui, pour une fois dans l'année, n'étaient pas entravées par ses obligations religieuses.

Concentré qu'il était sur les chutes de ses nouvelles blagues, le prêtre rigolo ne remarqua la lumière accueillante du Babylon Café que lorsqu'il se trouva juste devant sa vitrine scintillante. Il s'était préparé à affronter l'habituel thé accompagné de biscuits digestifs rassis et de ragots, mais l'arôme savoureux de l'*abgoosht* à l'agneau le stoppa net. Interloqué, il jeta un coup d'œil à l'intérieur de la boutique, contemplant bouche bée la teinte chaleureuse de ses murs sans même remarquer les gouttes de pluies glaciales qui lardaient son visage rond et son manteau sacerdotal.

Marjan était en train d'entrer dans la salle du café avec un plateau de tasses propres quand elle aperçut le visage affamé du père Mahoney derrière sa vitrine.

— Bonjour ! N'hésitez pas, entrez ! Nous sommes ouverts pour le déjeuner, lança-t-elle d'un ton enthousiaste en ouvrant la porte.

Les prêtres avaient-ils le droit de manger en dehors de chez eux ? Marjan n'en était pas trop sûre. Mais l'heure n'était pas aux tergiversations.

— Déjeuner ? Ah, c'est donc cela qu'Estelle Delmonico tramait. Après la messe, j'ai entendu un ou deux commentaires des dames à ce sujet. Vous êtes une parente de Mrs Delmonico, alors ?

Le père Mahoney, un peu étourdi par l'arôme du safran qui l'avait frappé quand Marjan avait ouvert, avait oublié de se présenter en ajoutant une ou deux blagues sur le métier de prêtre, comme il le faisait d'habitude.

— Non. Nous avons fait connaissance la semaine dernière, en fait. Je m'appelle Marjan Aminpour. Mes sœurs et moi louons ce local à Mrs… euh, à Estelle.

Elle pointa le doigt vers l'enseigne au-dessus de sa tête en souriant. C'était un simple carré de bois où Bahar avait écrit le nom du café en lettres cursives avec les restes de peinture rouge, d'un côté en anglais, de l'autre en farsi.

— Ah, oui. Le Babylon Café. Très malin. Les jardins suspendus de Babylone. La ville où est né Nabuchodonosor II avec tout ce qu'il a créé.

— Ce n'est pas très loin de l'endroit d'où nous venons.

— Ah bon ? Et d'où venez-vous, si je puis me permettre ?

— D'Iran. Nous en sommes parties il y a sept ans, cela dit. Pour Londres.

— Londres. Une ville fabuleuse. Beaucoup de théâtres fantastiques dans le West End. Cependant, je ne suis pas un grand adepte de l'humour anglais. Les Monthy Python et toute leur histoire du Sacré Graal… Pour rigoler un peu, je préfère de loin les Américains. Richard Pryor et Bill Cosby. Ils sont géniaux.

— Oui, je suppose, répliqua Marjan en riant.

Elle était surprise par cette incongruité – un prêtre avec le sens de l'humour. Il lui rappelait un coing mûr à la peau pâle et au goût aigre. Inattendu.

— Je suis le père Mahoney. Vous faites partie de ma paroisse. L'église est en haut de la rue.

— Oh, mais nous ne sommes pas catholiques.

— Très bien. Je ne vous dénoncerai pas ! lança-t-il en riant tandis que ses petits yeux bleus pétillaient sous les plis de graisse et de peau.

— Bon, je suis un peu taquin, poursuivit-il. Vous allez vous en apercevoir rapidement, j'en ai bien peur. Mmmmm… mais cette odeur est fantastique. Qu'est-ce que c'est ? demanda-t-il en humant l'air.

Ses narines semblaient animées d'une vie propre.

— C'est de l'*abgoosht*. Un ragoût d'agneau avec des pommes de terre. Vous êtes sûr de ne pas pouvoir entrer, ne serait-ce que pour une tasse de thé ? Vous seriez notre premier client.

Le père Mahoney consulta sa montre ; il avait quinze minutes à meubler avant que Dervla Quigley n'appelle la paroisse pour s'enquérir de lui. Juste une tasse de thé. Ça ne pouvait pas durer bien longtemps.

— Votre premier client, dites-vous ? Eh bien, je peux vous garantir que je ne serai pas le dernier ! Vous êtes le premier café que nous ayons jamais eu à Ballinacroagh, du plus loin que je me souvienne. Pour sûr, le gril du Wilton Inn ne lui arrive pas à la cheville. On n'y trouve pas ces délicieux parfums de ragoût d'agneau et de pommes de terre, dit-il en entrant. Hum, l'Iran, dites-vous ? Vous connaissez celle du prêtre, du rabbin et du mollah ?

— Mais pour qui se prend-elle ? J'ai entendu dire que ce sont des Indiennes ou des Pakistanaises ou quelque chose dans le genre, lança Dervla Quigley d'un ton grossier.

La grincheuse commère, perchée comme d'habitude à la fenêtre de sa chambre, venait d'assister à la rencontre du père Mahoney avec Marjan, de l'autre côté de la rue.

— Je crois qu'elles sont iraniennes, répondit Marie Brennan en se penchant par-dessus le dos voûté de sa sœur, les yeux grands ouverts. Celle-là est allée au marché pour acheter de l'estragon, crois-moi ou non. De l'estragon ! Qu'est-ce que c'est, d'après toi ?

Les deux vieilles femmes virent le père Mahoney ôter son manteau et s'asseoir à l'une des tables de devant avec l'air d'un possédé.

— Quoi qu'elles soient, ce n'est certainement pas civilisé. Et qu'est-ce que le père Mahoney a dans la tête ? S'asseoir là comme un mendiant roumain, et juste avant l'heure du thé ? Il sait très bien que nous l'attendons. S'il a ne serait-ce qu'une minute de retard – et d'après ma montre, il est trois heures moins sept – je m'en vais lui dire une ou deux vérités.

— C'est un café. Le Babylon Café. C'est écrit sur l'enseigne.

— J'ai des yeux pour voir, Marie ! aboya Dervla à l'intention de sa sœur cadette. Babylone ! C'est le péché, ça.

— C'est dans la Bible, si je me souviens bien, murmura Marie, que le ton de Dervla avait blessée.

— Tout comme Sodome et Gomorrhe. Pff ! Non mais regarde-le, assis là-dedans ! Ce père Mahoney a intérêt à avoir une bonne excuse. C'est un repas qu'elle lui sert, là ? Marie ?

— On dirait que oui, répondit celle-ci d'une voix faible en sortant de la pièce.

Dervla savait vraiment comment s'y prendre pour saigner sa sœur à blanc. Les années que Marie avait passées à combler ses moindres désirs, que ce soit pour l'aider à aller aux toilettes ou à enfiler la jupe plissée noire qu'elle aimait mettre le dimanche pour aller à la messe, avaient fait d'elle un fantôme. Parfois, que le Seigneur lui vienne en aide, Marie avait souhaité qu'en rentrant chez elle, Dervla soit à la fenêtre, les yeux fixés sur rien de moins que les portes du Paradis. Néanmoins, chaque fois qu'elle imaginait cette scène, elle faisait un détour par Saint-Barnabas pour rendre visite au père Mahoney. Il accueillait toujours avec bienveillance et disponibilité les confessions de la vieille fille esseulée et rongée de culpabilité.

— Marie !

— Oui, Dervla ?

Marjan laissa le père Mahoney à sa fascination pour les raffinements de la salle du café et retourna devant sa cocotte d'*abgoosht* pour le goûter. Elle souleva le couvercle et huma le ragoût qui mijotait lentement, auquel elle avait ajouté un grand *limuomani* rond – un citron vert séché. Un seul de ces citrons suffit à conférer une saveur intense à n'importe quel plat, grâce à son goût acide toujours à la hauteur de la situation.

Tandis que le père Mahoney contemplait le vermillon radieux des murs et le ventre curieux d'un objet qui semblait tout droit sorti d'un conte de fées – le samovar qui gargouillait de satisfaction –, Marjan plaça un bol de bouillon sur un plateau d'argent gravé d'une scène villageoise, des petits enfants qui dansaient autour d'un âne. A côté du bol, elle posa un plat rempli de *goosht kubideh* (un mélange de viande et de légumes passé au mortier), du pain *lavash* chaud, un mélange d'épices – le *torchi* –, des oignons émincés et des radis. Elle aurait aimé pouvoir ajouter de l'estragon frais, mais c'était l'un des rares ingrédients qu'elle avait oublié de rapporter de Dublin, alors, à la place, elle s'était contentée de feuilles de menthe et de basilic frais, en notant mentalement de s'en procurer des semences lors de sa prochaine incursion en ville. Elle comptait bien transformer son arrière-cour miteuse en un florissant jardin d'herbes aromatiques.

Elle stabilisa son lourd plateau et poussa les portes battantes. Le père Mahoney, debout devant le mur orienté au nord, passait ses doigts sur le tapis qui y était accroché.

— Extraordinaire, absolument extraordinaire. C'est fait à la main, j'imagine ?

— Oui, ça vient d'Iran. Vous savez, chaque région a ses propres motifs. Chaque famille tribale tisse son histoire dans ses tapis et transmet ainsi ses secrets d'une génération à la suivante. D'une certaine façon, on pourrait dire que ce sont des tapis magiques.

— Enchanteur ! s'exclama le prêtre.

Marjan sourit en posant le plateau sur la table. Elle remarqua que sa tasse de thé au jasmin était déjà vide.

— Voici l'*abgoosht* que je vous avais promis. J'espère que vous l'aimerez.

— J'en suis sûr. Vous êtes trop gentille. Mon Dieu ! Quel parfum ! Quel parfum, vraiment ! Cet *ab-abba-goosht* ne serait pas un plat portugais, par hasard ? Quand j'étais jeune, j'étais plutôt fin connaisseur en cuisine portugaise, c'est pour ça que je vous le demande.

Le père Mahoney se rassit devant le plat, et quand il posa les yeux dessus, il oublia instantanément la réunion du comité pour laquelle il n'allait pas tarder à être en retard.

— Non, c'est persan de bout en bout. C'est copieux, mais ça contient des ingrédients très fins. Voulez-vous une autre tasse de thé ? Ou une théière, peut-être ?

— Oh, eh bien, je ne peux pas refuser, à présent, hein ?

Il regardait les divers composants de l'*abgoosht* en se demandant par où commencer. Il prit sa cuillère pour goûter le bouillon, mais interrompit son geste comme s'il allait lui faire mal.

— Le bouillon est assez clair. Vous pouvez le boire tout au long du repas, mais le plat de résistance, c'est le mélange de viande, là. Le pain fin s'appelle du *lavash*. On s'en sert pour prendre la viande et on ajoute au fur et à mesure les oignons et les herbes, ou tout ce qu'on veut. C'est un plat très nourrissant, spécialement pendant les mois d'hiver, expliqua Marjan tout en désignant chaque aliment.

Elle prit la tasse vide pour aller la remplir au samovar. Décrire la meilleure façon de manger l'*abgoosht* avait réveillé des souvenirs du pays. Elle baissa le levier du samovar et regarda le liquide jaune remplir la tasse en verre rehaussé d'or. Si elle avait été en Iran, ce thé aurait été accompagné de grains de grenade saupoudrés d'angélique moulue, de noisettes grillées ou d'un halva poisseux au safran et à la carotte. La nuit du solstice d'hiver, tous les membres de la famille se retrouvaient sur le tapis du salon pour partager ces mets et raconter des histoires. S'il faisait particulièrement froid, ils se pelotonnaient autour du *korsi*, une table basse recouverte d'une courtepointe et drapée d'un tissu joliment brodé. Sous cette table, un petit radiateur électrique leur réchauffait le cœur et les genoux quand ils y prenaient place pour raconter leurs souvenirs et les espoirs qu'ils entretenaient pour l'année à venir.

Une fois, au beau milieu d'un récit passionné, sa cousine Mitra avait donné un coup de pied dans le radiateur et s'était presque brûlé le gros orteil. Une autre fois, sa grand-tante Homa avait forcé tout le monde à ratisser l'arrière-cour et le jardin enneigés jusqu'à l'aube, pour finir par s'apercevoir au petit matin que le précieux bracelet de rubis qu'elle était convaincue d'avoir perdu s'était en fait subrepticement glissé dans les replis de la couverture sur laquelle était assise. Pourquoi ces souvenirs lui revenaient-ils maintenant plutôt qu'à un autre moment ? se demanda Marjan. Maintenant qu'elle se trouvait plus loin qu'elle ne l'avait jamais été de l'endroit où elle était née. Pourquoi ce mal du pays aujourd'hui ?

Le thé déborda de la tasse et coula par-dessus le bord de la soucoupe qu'elle avait dans les mains. Elle lâcha le levier du samovar qui remonta en claquant et, attrapant un torchon, essuya la flaque bouillante à ses pieds. Cela dit, le bruit ne tira pas le père Mahoney de sa rêverie. Il méditait paisiblement au-dessus de son *abgoosht*, ses joues rouges et rondes pleines de vie. Après avoir fini de nettoyer le thé renversé, Marjan s'appuya contre le comptoir. Elle ne voulait pas déranger le prêtre. Elle comprenait très bien ce qui lui arrivait.

Si Layla éveillait la luxure chez les hommes jeunes et des rêves de jeunesse chez ceux qui étaient plus âgés, la magie de Marjan fonctionnait sur les hommes et les femmes de façon plus concrète et pourtant tout aussi intrigante. Grâce à ses recettes, elle les encourageait à accomplir des choses qu'ils estimaient auparavant impossibles ; une bouchée d'un plat qu'elle avait préparé et ils commençaient non seulement à rêver, mais aussi à réellement envisager d'agir en conséquence. Il en allait de même pour le père Mahoney. Tandis qu'il mâchait sa dernière bouchée de *lavash* rempli de viande, il sentit une petite bosse dans son ventre. C'était une graine qui n'allait pas pousser avant un mois, mais qui changerait pour toujours le cours de sa vie. Pour l'instant, elle bruissait contre l'*abgoosht* et le mettait mal à l'aise. Le père Mahoney ne savait pas exactement ce qui lui était arrivé, mais il savait qu'il était un homme très différent de celui qui était entré au Babylon Café une demi-heure plus tôt.

Il se leva et prit d'une main légèrement tremblante son manteau sur la patère à côté de la porte.

— Oh, vous partez déjà ? lança Marjan en souriant devant l'euphorie qu'on lisait dans les yeux du prêtre.

— Il faut que je me dépêche, j'en ai bien peur. Je suis sûr que j'avais un rendez-vous quelque part, mais j'ai beau me torturer les méninges, impossible de me rappeler ce que c'est. C'est vraiment bête de ma part.

La perplexité du père Mahoney était charmante, enrobée qu'elle était d'une force plus grande. Il fallait qu'il s'allonge quelque part, n'importe où. Il y avait beaucoup de choses auxquelles il devait réfléchir. Il ne savait pas trop de quoi il s'agissait, mais il savait qu'il avait besoin d'y penser.

— J'espère que vous avez aimé votre *abgoosht* et votre thé.

— Aimé ? Au cours de toutes les années que j'ai passées à voyager, jamais je n'ai goûté à quelque chose d'aussi divin – pardonnez-moi, Seigneur, s'écria le prêtre rondelet en levant les yeux vers le ciel et en se signant. Jamais ! Ma chère, vous avez un véritable talent, une vocation. Je ne doute pas une seconde que cet endroit enchanteur sera plein à craquer en un rien de temps. Enchanteur !

Il secoua la tête et posa quelques billets sur la table.

— Oh, non, c'est offert par la maison, mon père. Vous êtes notre premier client, après tout !

— Ne dites pas de bêtises. C'est précisément pour cela que j'insiste pour vous régler. Je ne pourrais pas prétendre à cette distinction si c'était gratuit, non ? Et je reviendrai, vous pouvez y compter. Bien ! Au revoir. Et merci, jeune fille !

Là-dessus, il s'en fut en direction de l'église sans accorder une pensée au comité de la Patrician Day Dance.

Marjan passa la tête par la porte du café et gloussa doucement en regardant le père Mahoney remonter la rue pluvieuse en trottinant, trop distrait pour songer à ouvrir son parapluie. Entendant un bruit derrière elle dans le café, elle se retourna. Bahar, chiffonnée et vaseuse à cause du somme qu'elle avait fait à la suite d'une migraine, venait à sa rencontre.

— Comment va ton mal de tête ?

— J'ai connu pire. Ça va. C'était qui ? demanda Bahar en clignant des yeux.

— Notre premier client.

— Eh bien, espérons que ce ne sera pas le dernier.

— Ce ne sera pas le cas.

Marjan se tourna de nouveau vers la rue. Le prêtre rigolo disparaissait au loin, mais elle savait qu'il reviendrait bientôt manger son *abgoosht*. De l'avis de Marjan, ce déjeuner avait été un succès. Même si le père Mahoney se révéla être l'unique client de la journée.

Oreilles d'éléphant

1 œuf
1/2 tasse de lait
1/4 de tasse de sucre
1/2 tasse d'eau de rose
1/2 cuillère à café de cardamome moulue
3/4 de tasse de farine commune
6 tasses d'huile végétale

Garniture :
1 tasse de sucre glace
2 cuillères à café de cannelle

Battre l'œuf dans un bol. Ajouter le lait, le sucre, l'eau de rose et la cardamome. Mélanger lentement avec la farine en pétrissant le tout jusqu'à obtenir une pâte. Rouler la pâte sur une surface propre avec un rouleau à pâtisserie saupoudré de farine jusqu'à ce qu'elle soit fine comme du papier. A l'aide d'un verre à large ouverture ou d'une tasse, tracer et découper un disque dans la pâte. Pincer le centre du disque entre le pouce et l'index pour former un petit bol. Mettre de côté. Recommencer jusqu'à ce que tous les disques (approximativement 15) soient prêts. Chauffer l'huile dans une poêle profonde. Frire chaque disque pendant 1 minute. Mettre les pâtisseries à refroidir sur des serviettes en papier. Saupoudrer d'un mélange de sucre glace et de cannelle.

Chapitre 6

— Colm Cahill et les jumeaux Donnelly, là. Ils n'ont qu'une seule chose en tête. Ignore-les, Layla. Ces trois-là croient qu'ils sont sortis de la cuisse de Jupiter.

Les boucles blondes d'Emer Athey se balançaient tandis qu'elle montrait du doigt un groupe de garçons de terminale, les mêmes petites frappes qui retrouvaient Peter et Michael Donnelly pour partager leurs cadeaux au houblon avant les cours. Ce n'était que la récréation du matin, et le deuxième jour de Layla au lycée, mais chaque garçon du groupe était déjà décidé à attirer l'attention de cette nouvelle élève si exotique.

— Et reste à l'écart du reste de la bande !

Emer fronça les sourcils en regardant les ados baraqués avant de s'intéresser de nouveau à ses Jaffa cakes à la confiture et au chocolat.

La fille de Fiona Athey, dotée d'un tempérament fougueux, avait immédiatement pris Layla sous son aile et lui avait fait faire le tour de l'enceinte de Saint-Joseph, fort étendue. Au cours des âges, ce bâtiment médiéval avait été un monastère, la garçonnière expérimentale d'un vicomte français et un refuge pour mères célibataires avant de se réincarner en établissement secondaire mixte. Emer avait aussi présenté Layla à Regina Jackson, une rousse espiègle qui portait sur ses jambes maigrichonnes des chaussettes à losanges remontées jusqu'aux genoux. Bien qu'Emer et Regina ne fussent absolument pas impopulaires, elles s'impliquaient rarement dans la vie sociale de Saint-Joseph, laquelle se résumait essentiellement à des beuveries le vendredi soir et des matchs de foot le samedi matin. Elles préféraient aller jouer au bowling à Castlebar le samedi après-midi et, de temps à autre, assister à un *seisiún* de musique traditionnelle à Westport.

Layla était surprise par la facilité avec laquelle elle avait réussi à se faire des amis à Ballinacroagh. Emer et Regina avaient écouté attentivement le résumé de l'histoire de sa vie (Téhéran, Lewisham et, à présent, Ballinacroagh) et Layla appréciait les conseils qu'elles lui donnaient sur les garçons.

— Et Malachy ? Est-ce qu'il est comme eux ? demanda-t-elle en priant du fond de son cœur que ce ne fût pas le cas.

Malachy aux yeux saphir n'était dans aucun de ses cours et elle ne connaissait son nom que parce que Regina le lui avait appris le jour même.

— Malachy McGuire ? Nan… Même si c'est assez surprenant qu'il soit comme il est quand on regarde son père, répondit Emer.

Abritées sous le grand chêne, Emer, Regina et Layla posèrent les yeux sur le garçon en question. Malachy, qui traversait le terrain de rugby en élégantes enjambées, était plongé dans ses pensées énamourées quand il s'aperçut que les filles l'observaient. Il rougit abondamment et se dirigea vers elles en leur faisant timidement signe de la main.

— Qu'est-ce que tu veux dire ? demanda Layla. C'est qui, son père ?

Elle avait toujours les yeux rivés sur Malachy.

— Tu ne sais pas ? répondit Emer. Eh bien, tu ne vas pas tarder à l'apprendre. Thomas McGuire, un modèle d'ego surdimensionné. Il pense que la ville lui appartient, vraiment. Le pub à côté de ton café est à lui. Et les autres bars du Mall aussi. C'est pour ça que je vais acheter de la bière à Westport. Il ne risque pas de mettre la main sur mon argent de sitôt. Ma mère ne peut pas le voir en peinture et elle n'a pas peur de le dire.

Regina grommela.

— C'est vrai, Regina ! répliqua Emer avec flamme. Surtout quand c'est important. Tu ne te souviens pas de l'été de nos cinq ans ? Est-ce que je dois te rappeler ce qui s'est passé ?

Sa mère et elle avaient souvent des engueulades dont les échos résonnaient jusqu'en haut du Main Mall, mais Emer aimait beaucoup sa maman et elle était toujours la première à la défendre contre les ragots.

— Que s'est-il passé ? demanda Layla.

— Il a essayé de racheter le salon de coiffure, répondit Regina en prenant des chips à la crevette dans son sachet.

— Qu'il essaie, ce trou du cul !

Le visage d'Emer venait de prendre une teinte violet vif. A part le fond d'obstination propre à la famille Athey, Emer n'avait pas hérité grand-chose de Fiona. Elle tenait ses traits germaniques et son solide appétit brunswickois de son père, le marionnettiste frivole – des caractéristiques qui, pour Fiona, évoquaient constamment un enchevêtrement de fils de marionnettes et une douleur qui ne s'était pas estompée en dix-sept ans.

— Eh bien, la moitié du salon était quand même à lui, murmura Regina.

Elle aussi détestait profondément le roi sans couronne de Ballinacroagh. Son père, alcoolique, avait perdu soixante-quinze pour cent de sa ferme dans les trois pubs de Thomas McGuire, après y avoir laissé des ardoises aussi longues que la Shannon. Néanmoins, la bonne éducation catholique de Regina l'empêchait d'exprimer pleinement son ressentiment. Pour cela, elle s'en remettait à Emer. Souvent, elle titillait les leviers plus sonores de son amie pour évacuer la colère qu'elle-même avait emmagasinée.

— A lui ? Mon œil ! C'est plutôt qu'il s'est glissé là-dedans comme un serpent, quand personne ne regardait. De toute façon, tout ça, c'est la faute de mon grand-père. Ma mère ne doit rien à Thomas McGuire, répondit Emer d'un ton boudeur.

En août 1974, au bout de près de cinq ans de coupes de cheveux et de hochements de tête devant des vagues incessantes de ragots hallucinants, Fiona avait finalement économisé suffisamment d'argent pour racheter les parts de Thomas McGuire – mais c'est alors qu'elle avait découvert qu'il avait d'autres projets pour son salon. Dans un accès d'égoïsme caractéristique, Thomas avait investi la moitié de son argent (il avait même hypothéqué l'Ale House et le magasin de journaux auprès de la banque) dans Bronzage Minute – une chaîne de salons de bronzage promettant un teint parfait en dix minutes. De Cong dans le sud du pays à Belmullet au nord, Thomas McGuire – à l'aide du Turbo Bronzeur 200, une nouvelle ligne de bancs solaires tout droit sortis des hangars en tôle ondulée d'un grossiste de Limerick – était décidé à faire sortir pores blafards et cuisses veinées de bleu de leurs cocons de laine. En commençant par l'institut de beauté de Fiona Athey, qu'il voyait en vaisseau amiral de sa chaîne, Thomas comptait faire de Mayo le Saint-Tropez irlandais.

Des querelles sournoises et des manœuvres judiciaires s'ensuivirent, tandis que le patron de pub passait quotidiennement chez Fiona pour la menacer, mais tout cela ne fit que renforcer la détermination de l'ancienne reine des planches à aller jusqu'au bout. Elle embaucha un grand avocat de Galway (l'un de ses nombreux admirateurs datant de sa période théâtrale) et s'embarqua dans un procès qui, plusieurs mois durant, donna des os à ronger à Dervla Quigley. Une semaine avant que les deux parties ne se retrouvent au tribunal du comté, la tragédie frappa. Pour donner un aperçu des jours radieux à venir, Thomas avait installé un banc solaire dans l'un de ses pubs les plus tranquilles, le McGuire Ale House, et invité toute la ville à venir l'essayer. Filomena Fanning, la bibliothécaire de la ville et sa paroissienne la plus dévote, devait être la première (et la dernière) victime du Turbo Bronzeur 200 de mauvaise facture. A 8 h 30, une Filomena blafarde et rebondie entra dans l'Ale House en haletant sous le poids des soixante-dix kilos de trop que devait supporter sa petite taille. A 8 h 40, elle en ressortit sur un brancard à destination du Mayo General Hospital, brûlée et couverte de cloques par le banc solaire devenu chambre de torture. Le Turbo Bronzeur 200 n'était qu'un grand four à micro-ondes détraqué, et Thomas McGuire n'était que l'imbécile qui avait donné dans le panneau.

— Après ça, il a vendu ses parts dans le salon à ma mère. Thomas McGuire lui-même ne pouvait se permettre d'avoir deux procès en même temps. Si j'étais toi, Layla, j'en parlerais à mes sœurs. Selon la rumeur, il lorgne…

— Ça fait des années qu'il lorgne le local des Delmonico, l'interrompit Regina.

— Oui, merci Regina. Quoi qu'il en soit, tôt ou tard, il va vous harceler. Layla ?

Mais Layla n'écoutait pas. Elle s'était perdue dans les yeux bleus de Malachy McGuire, déjà bien trop captive de son propre enchantement pour écouter la mise en garde d'Emer.

Au cours de la première semaine d'ouverture, le Babylon Café pouvait compter ses clients réguliers sur les doigts d'une main. Mais au bout d'un mois, sa clientèle quotidienne avait grossi jusqu'à atteindre plus de vingt personnes, tandis que beaucoup d'autres, plus hésitantes, s'arrêtaient devant, l'air émerveillé. Pour la plupart, les reflets du samovar et l'odeur des oreilles d'éléphant en train de frire constituaient des raisons suffisantes pour entrer. Ne serait-ce que pour jeter un coup d'œil.

Comme les autres beignets, les *gush-e fil*, ou oreilles d'éléphant, sont frits jusqu'à ce qu'ils dorent et dégoulinent de toutes ces choses interdites. Par leur aspect, ces pâtisseries ressemblent à un grand arc, un peu comme les farfalles, mais leur goût les apparente plutôt à la famille des beignets. Normalement, on prépare les *gush-e fil* pour les moments festifs, quand des desserts plus complexes ne peuvent rivaliser avec la satisfaction que leur simplicité procure. En ce jour d'avril, Marjan avait décidé d'en préparer pour fêter la bonne fortune qui était la leur depuis qu'elles avaient emménagé à Ballinacroagh, il y avait presque un mois jour pour jour. Non seulement le service du midi abondait en commandes régulières, mais le nuage qui avait suivi Bahar au cours des deux premières semaines était en train de se dissiper. Qui sait, songeait Marjan, cette fois-ci, les choses allaient peut-être fonctionner.

Elle sourit de contentement en battant un œuf dans un grand bol. Après avoir ajouté la farine, elle pétrit vigoureusement la pâte, sans tenir compte de la sensibilité à la racine de son épaule gauche causée par ces gestes répétitifs. Cachée là, juste à l'articulation entre son bras et son épaule, une cicatrice de trois centimètres saillait, si fine et légère que personne n'aurait pu soupçonner l'arme vulgaire dont elle était la conséquence. A travers les oculus des portes battantes de la cuisine, Marjan voyait Bahar prendre la commande de Mrs Boylan, tandis que le père Mahoney hochait la tête d'un air approbateur. Le prêtre avait tenu parole, il était revenu déjeuner tous les jours, et parfois même à deux reprises, quand il repassait prendre le thé en entraînant plusieurs dames âgées dans son sillage. Les seuls jours où il ne faisait pas acte de présence, c'était le dimanche, et Marjan supposait que c'était le jour le plus chargé dans sa profession. Aujourd'hui, il avait amené sa femme de ménage et supplié Marjan de lui transmettre sa recette d'oreilles d'éléphant afin que Mrs Boylan puisse lui en préparer quand il avait une petite faim vers minuit. Plus qu'heureuse de partager ses talents, Marjan avait inscrit la recette sur une carte verte d'une écriture ronde et soignée :

Rouler la pâte sur une surface propre avec un rouleau à pâtisserie saupoudré de farine, jusqu'à ce qu'elle soit fine comme du papier. A l'aide d'un verre à large ouverture ou d'une tasse, tracer et découper un disque dans la pâte. Pincer le centre du disque entre le pouce et l'index pour former un bol. Mettre de côté. Recommencer jusqu'à ce que tous les disques (approximativement 15) soient prêts.

— Il est vraiment marrant, ton prêtre. Tu savais qu'ils ont le droit de boire ? Pas de femme… mais l'alcool, pas de problème !

Bahar était entrée en agitant la commande du père Mahoney. Ses yeux, d'habitude inquiets, étaient brillants et – Marjan osait-elle l'espérer ? – pleins de bonheur.

— Ici, ils boivent de la bière comme si c'était de l'eau, répondit Marjan avec étonnement. Samedi dernier, j'ai vu une famille entière avec de jeunes enfants sortir du bar d'à côté. A onze heures du soir !

Elle lut la commande du père Mahoney :

1. Théière de Darjeeling x 2
2. Plateau de pain et de fromage
3. 1 salade de poulet
4. 1 abgoosht

— C'est sûr qu'il aime l'*abgoosht*… Cette semaine, c'est la cinquième fois qu'il en commande ! s'exclama Bahar en secouant la tête d'un air abasourdi.

Elle aimait bien ce plat, comme tout le monde, mais quand elle en mangeait trop souvent, ça la rendait apathique.

— Le père Mahoney en a parlé à tous ceux qui voulaient bien l'écouter. Ce matin, le patron de l'épicerie m'a dit que « son Finnegan » – je pense qu'il s'agit de son fils – avait entendu parler de nous partout. Il se demandait si nous faisions des plats à emporter. Si ça continue, on aura remboursé nos dettes en un rien de temps ! lança joyeusement Marjan.

Outre le père Mahoney et Mrs Boylan, Evie Watson et Fiona Athey faisaient également partie des habitués du midi au Babylon Café. Ce n'était pas simplement les louanges du prêtre qui avaient attiré les deux coiffeuses dans l'établissement, mais aussi trois jours d'intense curiosité exacerbée par l'odeur des oreilles d'éléphant frites et des noix grillées à la cannelle. La brise de l'océan emportait ce parfum jusqu'à l'institut de beauté, où il pénétrait par les interstices de la porte et flottait au-dessus des permanentes et des vapeurs de laque. A présent, Evie et Fiona étaient installées à l'une des tables près de la fenêtre. Chacune buvait un bol de soupe de lentilles rouges tandis que de vagues ruminations – déclenchées par la magie de Marjan – leur traversaient l'esprit : Evie voyait son nom en lettres de néon au-dessus de la porte du salon de coiffure, et Fiona imaginait le sien scintiller de nouveau au fronton d'un théâtre.

Les vieilles dames du comité d'organisation de la Patrician Day Dance elles-mêmes avaient entendu les descriptions que faisait le père Mahoney des pâtisseries sucrées et exotiques qu'on pouvait goûter au Babylon Café. Renonçant au plat de viande aux deux légumes qu'elles prenaient habituellement au Wilton Inn, elles étaient maintenant assises à la longue table commune du café devant des assiettes de salade de poulet à la menthe et des bols de soupe à l'oignon sucrée.

Contrairement à sa sœur Marie, Dervla Quigley ne participait jamais à ces déjeuners entre filles. Elle considérait l'absence du père Mahoney à la première réunion du comité comme un affront personnel à sa dignité déjà bien insultée, et elle avait officiellement mis sa surveillance au service du camp de Thomas McGuire. A la demande de ce dernier, Dervla était censée lui rendre compte quotidiennement de la nature exacte des expériences épicuriennes qui se déroulaient au café. Thomas voulait savoir quelles sortes de denrées étaient achetées et livrées, l'heure à laquelle arrivait la vague de clients pour le déjeuner chaque jour et le taux moyen de remplissage des tables, espérant déceler dans ces informations élémentaires la mystérieuse alchimie à l'œuvre dans ces sourires radieux et ces ventres aussi satisfaits que rebondis. Excitée par sa nouvelle mission, Dervla avait acheté un petit carnet à spirales où elle notait de ses doigts crochus le nom de chaque personne qui entrait ou sortait du café, enregistrant même quand Marjan ouvrait la fenêtre ou quand Bahar traversait la rue pour aller chez le boucher. Tout en continuant à râler depuis la fenêtre de sa chambre, la vieille commère téléphonait à chaque paroissien dont elle avait noté le numéro dans son vieux carnet d'adresses et répétait le même baratin indigné : « On ne sait pas ce qu'il y a dans cette nourriture. À mon avis, ce n'est pas hygiénique. Absolument répugnant. Le Babylon Café ! L'antre du péché, voilà ce que c'est ! »

Après le déjeuner, les commandes marquaient le pas, ce qui donnait à Marjan l'opportunité de finir le dernier plateau d'oreilles d'éléphant. Celui du matin était déjà épuisé, englouti par les écoliers qui avaient laissé tomber leurs habituels bonbons au caramel en faveur de ces pâtisseries friables. Bientôt, les accros au thé de l'après-midi et les passants occasionnels ratisseraient à blanc les plateaux d'argent garnis de baklavas, de *zulbia* frites, de cookies semblables à des gaufres et d'oreilles d'éléphant, alors il fallait qu'elle soit prête.

Marjan plongea deux oreilles d'éléphant dans une poêle profonde pleine d'huile chaude pendant une minute, puis les transféra à l'aide d'une écumoire sur une serviette en papier. Les perles d'huile qui dégoulinaient voluptueusement de chacune des pâtisseries étaient aussitôt absorbées par les serviettes assoiffées. Une fois qu'elles avaient toutes refroidi, elle saupoudrait les oreilles chatoyantes d'un mélange de sucre glace et de cannelle qui lui chatouillait les narines. Depuis son enfance elle adorait ces pâtisseries. Après tout, songeait-elle, un peu d'huile de temps à autre ne peut faire de mal à personne. A condition de ne pas se tenir trop près de la poêle, bien sûr.

Malachy McGuire attendit cinq semaines avant de trouver le courage d'inviter Layla à sortir. Le jeune homme lui proposa une promenade sur les routes vallonnées qui menaient à la plage de Clew et, tendant la main vers elle, la captura dans les rets de son regard aux reflets de pierre précieuse. Assis au sommet de la crête d'une grande dune, les deux adolescents dissimulaient dans les hautes herbes leurs mains timidement jointes, les yeux posés sur la marée pleine d'écume, et ils sentaient le sable chaud et granuleux sous leurs corps brûlants.

Layla coula un regard effarouché vers le garçon à côté d'elle. Allait-il faire le premier geste, se demandait-elle, ou bien devait-elle prendre l'initiative ? Elle sentait les gouttes de sueur imbiber son uniforme scolaire et couler entre ses seins avant de se poser sur son nombril. Son parfum d'eau de rose et de cannelle, qui s'intensifiait d'une seconde à l'autre, émanait de sa peau en vagues entêtantes. Espérant que Malachy n'avait pas remarqué le rouge qui lui montait aux joues, elle détourna le visage et pointa le doigt vers le mont Patrick qui les contemplait avec l'approbation d'un grand-père pour ses petits-enfants.

— Cette montagne est magnifique. Un triangle si parfait, glapit-elle.

— Ce vieux tas ? Il n'a rien de particulier. Rien à voir avec les endroits où tu es allée. C'était comment, chez toi ? répondit Malachy en se rapprochant imperceptiblement.

— L'Angleterre ?

— Non. L'Iran. C'est un endroit très dangereux, non ?

Subitement, les yeux d'amande de Layla semblèrent se trouver très loin. Elle retira sa main de celle de Malachy et la planta dans le sable à côté d'elle, comme pour retrouver l'équilibre.

A présent, c'était au tour de Malachy de rougir. Il était vraiment doué pour mettre les pieds dans le plat ! A quoi pensait-il donc pour lui poser des questions aussi personnelles ? Elle ne voulait peut-être pas parler de l'Iran ; elle n'était peut-être venue ici que pour lui faire plaisir ; il fallait peut-être qu'il s'excuse… Au beau milieu de sa consternation, le baiser arriva. Un baiser rapide sur les lèvres, mais ça comptait quand même.

— Oh ! murmura Malachy d'une voix brisée de plaisir.

Il rendit à Layla son doux baiser en l'attirant contre son cœur battant et s'imprégna de son parfum de cannelle et d'eau de rose.

Les bras accueillants de Malachy étaient comme des coussins confortables où Layla pouvait lover ses émotions contradictoires. Qu'est-ce qui n'allait pas chez elle ? se demandait-elle. Avait-elle honte de l'Iran ? Honte d'être iranienne ? Pourquoi avait-elle interrompu Malachy si brusquement ? Il avait simplement envie d'en savoir un peu plus sur la maison de son enfance ; il n'y avait rien de compliqué là-dedans, non ? Ce garçon aux beaux yeux saphir n'avait pas peur de son exotisme, il n'allait pas la juger parce que son pays d'origine était violent. Mais que pouvait-elle lui dire exactement ? Par où commencer ?

Son bras droit fut pris de picotements. Sa main était engourdie. Quand elle la retira du sable, elle remarqua l'empreinte que sa paume y avait laissée. Une empreinte parfaite. Les profondes lignes du destin, les fourches qui prédisaient son sort saillaient en petites crêtes courbes dans le creux du sable. Elle les suivit d'un doigt léger, et un frisson lui parcourut la colonne vertébrale lorsqu'elle crut reconnaître d'autres empreintes, celles qui venaient brusquement de lui voiler l'esprit.

La nuit où elles avaient quitté Téhéran pour toujours était une nuit de septembre à nulle autre pareille. L'été touchait à sa fin, mais dehors, les arbres anorexiques avaient déjà perdu toutes leurs illusions en éparpillant leurs feuilles sur le trottoir. Par la fenêtre de leur cuisine, au quatorzième étage de l'immeuble vétuste où elles habitaient, Layla, âgé de sept ans, regardait le soleil se coucher derrière la mosquée du quartier, dont le dôme turquoise prenait une teinte plus mystique, un azur sombre dans le crépuscule naissant. Ce soir-là, il n'y avait pas eu d'appel à la prière, aucune dévotion ardente n'avait jailli de son grand minaret. En fait, il n'y avait pas eu de prière du tout depuis le vendredi précédent. Même les habituels coups de feu s'étaient tus et on n'entendait plus qu'un *rat-tat-tat* occasionnel en provenance de l'ancien bazar de South Street. La plupart des révolutionnaires du quartier se terraient dans le bazar désert depuis que la garde impériale avait tiré sur les manifestants à Jaleh Square. Il y avait trois jours que les étudiants qui défilaient pacifiquement contre le régime du shah avaient été accueillis par les balles que les militaires avaient tirées dans la foule. Des milliers d'entre eux étaient morts sur le coup, tombés sur les dalles claires de la place.

Layla jeta un coup d'œil à la rue qui menait au bazar, puis fixa le flot de sang qui coulait encore comme un ruisseau de larmes sur le boulevard recouvert de feuilles mortes. Les empreintes de mains ensanglantées, encore brillantes et fraîches, parsemaient les trottoirs sales, même si ces mains qui s'étaient levées pour la cause avaient disparu depuis longtemps. Plusieurs maculaient les murs des maisons, et le sang qui gouttait au pied des palmiers dessinait des lignes semblables à des doigts. Les rigoles rouges s'insinuaient dans les fissures des trottoirs et accueillaient leurs compatriotes sur le sol avec un soubresaut, une vague de méfiance qui reconnaissait la source commune de leur malheur. Jaleh Square, à dix pâtés de maisons à peine de leur appartement.

Le Vendredi noir, c'est ainsi qu'ils appelaient le massacre, mais Layla ne voyait que du rouge. Partout du rouge.

— Bahar, est-ce que je pourrai aller à l'école demain ? avait demandé Layla tout en connaissant déjà la réponse.

Le lendemain, il n'y aurait pas cours ; cela faisait plusieurs jours que les écoles étaient fermées. C'était ça que signifiaient les mots *loi martiale*, comme le lui avait expliqué Marjan. C'était ce que le shah avait déclaré quand il avait envoyé sa garde impériale, les « Immortels », patrouiller dans les rues à la recherche de rebelles et de quelques rares communistes égarés.

— Arrête de me poser des questions stupides et descends de cette chaise ! Tu veux que quelqu'un te tire dessus ? s'était écriée Bahar en la poussant de son perchoir.

Quand elle avait tiré le rideau à la fenêtre, le foulard sur sa tête avait glissé, révélant une entaille croûteuse près de son oreille droite. La peau autour de sa blessure était marbrée et jaunâtre, assortie aux taches jaune et violet sur son front et sur ses joues. Des hématomes. Layla ne pouvait pas s'empêcher de les fixer.

— Reste dans le salon jusqu'au retour de Marjan, lui avait ordonné Bahar. Dieu fasse qu'elle ait nos passeports, avait-elle ajouté plus pour elle-même que pour Layla en retournant devant la cuisinière.

— Mais j'ai faim, s'était plaint Layla.

Elle couvait des yeux la casserole de soupe à la grenade que Bahar était en train de remuer.

— Tu es vraiment une gamine. Marjan s'est peut-être fait arrêter par la garde, et toi, tu ne penses qu'à ton ventre avide. Va-t'en ! avait crié Bahar en frappant la casserole avec sa cuillère de bois.

Layla avait retenu ses larmes et était sortie de la cuisine. Elle n'avait pas pensé au fait que Marjan était dans la rue après le couvre-feu. Et si Bahar avait raison ? Si Marjan se faisait arrêter par la garde impériale ? Si elle ne revenait jamais et qu'elle-même devait passer le restant de ses jours avec Bahar ?

L'eau salée avait brouillé la vue de Layla, puis avait coulé sur sa langue tandis qu'elle se dirigeait lentement vers sa cachette favorite, le cellier où Marjan stockait ses denrées sèches et ses épices. Elle avait ouvert la porte de la remise et s'était glissée dans la pénombre réconfortante pour caresser les étagères en bois, les graines et les poudres qui dormaient dans leurs bocaux. Tendant la main derrière une grande jarre de terre cuite, les petits doigts de Layla avaient saisi le bocal de verre du sumac, une épice rouge brique tirée de l'âpre baie de *Rhus*, dont Marjan se servait avec parcimonie dans ses kebabs. Layla entrait dans le cellier au moins une fois par jour, et plus souvent quand elle se sentait particulièrement triste, pour glisser un peu de cette épice citronnée dans sa bouche plissée. Elle était sur le point d'en prendre une deuxième pincée quand elle entendit Bahar crier.

C'était un hurlement sauvage, primitif. Un cri à glacer le sang qui fut subitement interrompu par un coup terrible. Pour les jeunes oreilles de Layla, ce son ressemblait à celui que faisait Marjan avec le *kubideh*, quand elle aplatissait la viande de kebab avec un maillet en frappant le filet de bœuf encore et encore jusqu'à ce qu'il soupire, enfin vaincu. Ce martèlement s'intensifia, tant en volume qu'en fréquence. Tout autour de Layla, les sombres épices sursautaient dans leurs bocaux, comme si elles mimaient les réactions acides de son estomac. Elle serra très fort la pincée de sumac dans son poing, tellement fort que l'épice lui brûla la paume. Soudain, un cri aigu résonna entre les murs suffocants du cellier et heurta ses sens fragiles. C'était elle qui criait.

Elle ne s'était pas rendu compte que le martèlement avait cessé tant elle criait fort. Elle n'avait pas entendu les légers sanglots féminins à l'extérieur du cellier ni même senti Marjan venue la chercher dans la pénombre. Quand sa sœur aînée la sortit d'entre les bocaux de haricots secs et de sirop de coing au citron vert qui s'étaient renversés, les yeux et les oreilles de Layla étaient scellés par la douleur.

— Doucement… Layla *joon. Joon-e man.* Doucement… Ne pleure pas.

Marjan était dans la cuisine, elle tenait Layla dans ses bras et posait des bisous sur son visage et ses mains teintées de sumac. Les baisers de sa sœur étaient comme un onguent sur les paupières de Layla, qui se sentit enfin suffisamment en sécurité pour ouvrir les yeux. Le corps mutilé qui gisait sur le sol lui fit regretter de les avoir ouverts.

Des jambes revêtues d'un pantalon masculin foncé étaient étalées sur le lino. Des chevilles osseuses et enfantines, que des touffes sporadiques de poils noirs rendaient plus matures, rejoignaient une paire de bottes militaires vertes maculées de boue. Un liquide sombre et épais suintait sous ces chevilles fines, se répandant si rapidement qu'il avait soulevé un instant le corps de l'homme avant de l'engloutir dans son flot pourpre. Layla suivit des yeux le pli aigu du pantalon récemment repassé, taillé dans cette toile de gabardine bon marché que les vendeurs de rue portaient souvent. Son regard s'arrêta sur les genoux écartés de l'homme, juste avant que Marjan ne recouvre à nouveau de baisers ses yeux tachés de larmes.

Layla se souvint d'avoir remarqué avec surprise qu'elle n'avait jamais descendu aussi vite les quatorze étages de leur vétuste cage d'escalier. N'importe quel autre jour, ses sœurs l'auraient grondée si elles l'avaient vue sauter les marches deux par deux, mais Marjan et Bahar les dévalaient elles-mêmes quatre à quatre pour gagner la rue. Les feuilles mortes et les empreintes de mains ensanglantées étaient sous ses pieds, mais Layla gardait les yeux rivés sur le ciel nocturne en serrant fermement les mains moites de sa sœur. Un tchador soulignait le visage de Marjan, blême mais déterminé, tandis que de son autre main, elle tirait une lourde valise. Bahar était à droite de Layla ; sa robe longue et son voile recouvraient tout son corps à l'exception de ses yeux striés de sang qui clignaient frénétiquement sous l'effet de la peur. Aucune d'elles n'avait parlé à Layla, ni lorsqu'elles avaient franchi les limites de leur quartier, ni quand elles avaient traversé les voies ferrées désertes, ni même quand elles étaient arrivées à la gare routière du centre-ville de Téhéran qui grouillait d'autres visages silencieux enchâssés dans des tchadors et traînant des valises, et qu'elles étaient montées dans un car qui partait vers l'est.

Vers l'est, vers la ville sans foi ni loi de Zahedan, un repaire de trafiquants d'opium situé dans une bande de terre de transit, une trépidation de sables mouvants. Le désert de Dacht-e Lout, la province des seigneurs tribaux, avec ses ressources vitales, les chameaux, les tapis et les caravanes. Et la dernière étape avant la frontière du Pakistan.

Le car les avait laissées aux abords de Zahedan, où plusieurs hommes d'une tribu baloutche étaient en train de monter leur campement pour la nuit. Chacune de leurs vingt tentes était bordée de kilims confectionnés à la main, des tapis aux couleurs vives qui s'étalaient derrière les ouvertures en toile cirée. Certains de ces hommes leur en prêtèrent une, qu'ils montèrent pendant que leurs femmes versaient du *mast-o khiar*, la soupe traditionnelle au yaourt et au concombre, dans des bols de terre cuite. Le liquide rafraîchissant avait apaisé la gorge sèche de Layla et ramené des couleurs bienvenues sur les visages de Bahar et de Marjan.

Néanmoins, la soupe avait beau être bonne, elle n'avait pas desserré les lèvres de ses sœurs. Pas un mot ne fut prononcé à propos de ce qui s'était passé là-bas, au milieu de la cuisine de leur appartement, en pleine révolution, à Téhéran, au plus profond de la nuit.

— Mon Dieu !

Malachy siffla doucement.

— Tes sœurs t'ont raconté ce qui s'est passé ce soir-là ? Qui était cet homme dans la cuisine ?

Layla secoua la tête, incapable de parler à cause de la boule qu'elle avait dans la gorge. Elle avait fini par le savoir, mais cette histoire n'était pas encore prête à être racontée. Elle n'aurait peut-être pas dû dire tant de choses à Malachy, mais elle avait besoin de se confier à quelqu'un après toutes ces années de silence.

— Ne t'inquiète pas, Layla, dit tendrement Malachy. Tu es en sécurité en Irlande. Avec moi.

Il avait encore envie de poser plein de questions, mais comme il sentait qu'une tristesse particulière avait envahi Layla, il préféra la prendre dans ses bras et l'embrasser une nouvelle fois.

La jeune fille éprouvait plus que jamais la brûlure de l'amour, mais elle demeura d'humeur solennelle. Elle plissa de nouveau la bouche, la chair de ses joues se souvenait d'une époque plus amère et d'un goût de sumac subitement omniprésent.

Pain lavash

1 cuillère à soupe de levure à levée rapide
1/2 tasse d'eau chaude
1/4 de tasse d'huile d'olive
1 tasse de lait
2 cuillères à soupe de sucre
2 cuillères à café de sel
4 tasses de farine
1/2 tasse de graines de sésame et de pavot

Préchauffer le four à 260 °C. Mélanger la levure et l'eau dans un grand saladier. Laisser reposer pendant 15 minutes, puis ajouter l'huile, le lait et le sel. Ajouter lentement la farine. Pétrir jusqu'à obtenir une pâte. Diviser en trois boules de tailles égales. Recouvrir d'un linge propre et laisser lever la pâte pendant 30 minutes. Étaler une boule sur une surface propre à l'aide d'un rouleau à pâtisserie enduit de farine jusqu'à ce qu'elle soit fine comme du papier. Saupoudrer de graines de sésame et de pavot. Poser sur un papier de cuisson beurré et passer au four à 260 °C pendant 5 minutes. Recommencer avec les boules restantes.

Chapitre 7

Thomas ne fut pas autrement surpris quand il finit par apprendre que son plus jeune fils gambadait avec l'une de ces « étrangères ». Dervla Quigley l'avait vu se pavaner dans le Main Mall – en plein jour, avec ça – main dans la main avec cette bronzée.

Aucune honte, ce Malachy, un bon à rien et un crétin. C'était bien son genre de tremper les pieds dans cette merde, se dit Thomas. Cet imbécile était probablement en train de revenir à ses origines, pour autant qu'il sache. Parce que Thomas avait beau être sûr de lui, il n'était pas aveugle devant l'évidence : Malachy, avec ses étranges bouclettes brunes et une bouche qui débitait les noms des constellations avant même de savoir dire *pa-pa* ou *ma-man*, n'était pas comme ses autres enfants. Si Thomas avait pu attribuer la haute taille et l'intelligence acérée de Malachy aux gènes de sa femme, il aurait peut-être été capable de le regarder sans avoir envie de taper sur quelque chose. Mais Cecilia, trapue, des traits plats, des cheveux blond filasse et un triple menton, était aussi différente de son fils que lui-même. Qu'il le veuille ou non, il devait bien admettre que ses soupçons à propos de l'été 1967 étaient fondés.

A cette époque-là, Thomas était occupé à développer son empire en ouvrant un deuxième pub dans le Main Mall. Alors qu'il était enfoncé jusqu'aux genoux dans la fosse septique de l'Ale House qui s'était fissurée, toute une cargaison de pêcheurs andalous basanés avait sournoisement débarqué sur la plage de Clew Bay. Les fougueux Espagnols venaient de Galway et ils avaient confondu la baie de Clew avec les îles d'Aran après une nuit de poker bien arrosée au Poteen. Leur bateau de pêche, *La Hermosa*, avait heurté un écueil acéré de roche calcaire qui avait ouvert un trou de trente centimètres dans la coque de chêne et ne leur avait laissé d'autre choix que de camper sur la plage en attendant de réparer la voie d'eau. Hormis quelques virées pour chercher de la nourriture et du *vino*, les marins espagnols étaient restés entre eux, aussi Thomas n'avait-il pas trouvé grand-chose à leur reprocher. Ce n'est qu'une semaine après leur départ vers leur patrie ensoleillée qu'il avait commencé à remarquer un sourire de satisfaction inhabituel sur le visage de sa femme. Ce n'est qu'à ce moment-là qu'il avait détecté l'étrange odeur d'écrevisse qui avait envahi le moindre recoin de sa maison et noté pour la première fois les chapelets d'algues qui flottaient bizarrement dans les baignoires et les vasques chaque fois qu'il ouvrait un robinet. Et huit mois plus tard, un Malachy aux cheveux noirs était arrivé, prématuré et complètement différent.

Putain d'étrangers, avait songé Thomas, qui posaient leurs sales pattes sur ce qui lui appartenait de droit. Et voilà que ça recommençait. Non seulement son prétendu fils désobéissait à ses ordres de manière flagrante en mettant les pieds dans ce café puant, mais il baisait aussi une de ces Arabes. Tout ça dans son dos. Aussi déloyal que sa mère, ce Malachy.

Déterminé à passer un bon savon au jeune homme, Thomas envoya son fils aîné, Tom Junior, chercher son frère rebelle. C'était une mission dont le tyranneau sadique en devenir s'acquitta avec le plus grand plaisir, car il n'y avait que peu d'amour pour son petit frère dans son cœur exigu. Marqués depuis l'enfance par leurs différences physiques, les enfants McGuire n'avaient jamais entretenu le moindre lien fraternel. Malachy ne comprenait pas les penchants de Tom Junior pour les beuveries au pub et les films d'arts martiaux violents, et Tom Junior détestait la façon qu'avait Malachy de s'enterrer avec ses livres et son télescope en affichant ce sourire lointain, comme s'il savait quelque chose que le reste du monde ignorait, comme si fréquenter les pubs était au-dessous de sa condition. Tom Junior avait hâte de voir le sort que leur père réservait à ce foutu bâtard. Il gloussait cruellement en descendant le Main Mall, et il trouva Malachy à l'épicerie, plongé avec le patron dans une conversation sur l'origine des fées.

— Tu sais, mon garçon, chaque pays a sa propre race de fées. Il n'y en a pas deux pareilles. Nulle part, déclara Danny avec sagesse en remontant ses verres épais sur l'arête de son nez bulbeux.

— Il y a des fées en Iran ? demanda Malachy avec des étincelles dans les yeux.

— Oh oui ! Les *péri* de Perse. Des petites choses ailées adorables. Mais attention, on ne peut pas les voir avec un œil humain, bien qu'elles soient là. Elles aiment vagabonder dans la forêt à la recherche de fleurs parfumées.

— Des fées ! J'aurais dû me douter que c'était le genre de truc qui t'intéressait ! trancha Tom Junior en lâchant un rire gras depuis le seuil du magasin.

Malachy lança un regard noir à son frère sans rien dire, même s'il était surpris de l'entendre s'adresser à lui. Il pouvait s'écouler des semaines sans qu'ils se parlent, et quand cela se produisait, en général, c'était Tom Junior qui l'insultait.

— Bouge-toi, crétin. Papa veut te voir à l'Ale House.

— Pour quoi faire ?

— Bouge-toi le cul en vitesse, grosse tantouze ! beugla Tom Junior.

Malachy se tourna vers Danny Fadden, qui avait battu en retraite derrière une pile de boîtes de sauce Bisto posée sur le comptoir.

— Désolé, Mr Fadden. Je reviendrai bientôt pour en apprendre plus sur ces fées perses.

— Prends ton temps, mon gars, murmura docilement Danny.

Tom traîna Malachy jusqu'à l'Ale House en murmurant des insultes à chaque pas. Thomas, furieux, les attendait dans un box au fond du bar.

— Alors, petit gars ! ricana-t-il en se levant. Qu'est-ce que j'entends à propos de toi et de cette pute arabe ?

Resté derrière Malachy, Tom Junior ne put réprimer un large sourire. A présent, l'argent des McGuire était à lui, c'était comme si c'était fait. Aucune chance qu'un des pubs tombe entre les mains de Malachy quand leur père finirait par casser sa pipe.

— Elle est iranienne, pas arabe. Et ne la traite pas de pute ou je…

— Ou tu quoi ? Tu ferais mieux de faire attention à qui tu parles, mon gars ! Et je vais te dire autre chose, pute ou pas, c'est quand même l'ennemi. Elle et ses bronzées de sœurs. Elles volent ce qui nourrit ta grande gueule tous les soirs, et t'as pas intérêt à ce que je te voie traîner avec elles.

Le visage de Thomas était si proche que Malachy pouvait compter les poils sur ses joues flasques d'un rouge betterave. Malachy tint bon et plissa les yeux, alors même que son père le menaçait en brandissant ses poings.

— C'est quoi cet intérêt subit pour ce que je fais ? Je pensais même pas que tu savais que j'étais en vie, répliqua Malachy.

— Un mot de plus et tu vas te mettre à souhaiter d'être mort. Est-ce que je me fais bien comprendre ?

Certes, Thomas avait été très clair, mais ses menaces n'allaient pas empêcher Malachy de voir Layla tous les jours après les cours. Après tout, son attitude de défi n'était qu'une preuve supplémentaire du penchant pour l'indépendance qu'il manifestait depuis sa naissance. Malachy savait que l'avenir lui réservait quelque chose de plus grand que des nuits à cracher sa nicotine et sa misère dans l'un des pubs de son père. Il allait surprendre Orion dans le ciel d'un désert de l'Arizona et regarder Cassiopée danser au-dessus d'un fjord norvégien. Et il allait accomplir tout ça avec Layla à ses côtés.

C'était ce qu'un garçon de dix-huit ans pouvait faire de mieux comme demande en mariage, et de son côté, Layla acceptait de tout son cœur cette vie d'aventures palpitantes en compagnie de Malachy. Néanmoins, aucun des deux ne mentionna leurs plans d'avenir devant Bahar et Marjan quand, deux semaines après leur premier rendez-vous, Layla le présenta à ses sœurs. Vêtu d'une chemise soignée et de sa veste d'uniforme scolaire, Malachy se présenta au café après la fermeture. Quand ils s'installèrent à la table de la cuisine, le jeune homme fut tour à tour découragé par le regard indifférent de Bahar et enhardi par la nourriture chaleureuse de Marjan.

— Layla nous a dit que tu es un as en astronomie. C'est ce que tu as envie d'étudier après le lycée ? demanda Marjan en lui adressant un sourire d'encouragement tandis qu'elle posait une tasse d'oolong devant lui.

Malachy acquiesça.

— J'aimerais d'abord prendre une année sabbatique et voyager. Découvrir le monde.

— Voyager ? s'écria Bahar abruptement.

Elle plissa les yeux, l'air désapprobateur et les lèvres serrées en une ligne dure.

Marjan lui jeta un regard de reproche.

— Malachy adore tes plantes dans l'arrière-cour, Marjan, risqua Layla pour désamorcer le moment de gêne.

— C'est un magnifique jardin ! renchérit Malachy. L'astronomie et le jardinage ne sont pas si différents que ça, quand on y pense. Du point de vue des mythes.

Avec cette remarque inspirée, Malachy s'était frayé un chemin jusqu'au cœur de Marjan. Quelques minutes plus tard, il avait rejoint Layla devant l'îlot de cuisine, où ils épluchaient des oignons et passaient au tamis du riz basmati pour le *chelow* de Marjan. Le jeune homme n'avait jamais pris conscience qu'on pouvait trouver une telle joie à cuisiner, soumis qu'il était au régime de saucisses de porc caoutchouteuses et de carottes flasques qui constituaient l'ordinaire de ses repas. Marjan, jardinière dans l'âme, n'était que trop heureuse de répondre à ses questions sur la nature changeante du sol irlandais et les usages médicinaux des douces feuilles de basilic. Ils passèrent la soirée à détailler les similarités entre les cieux au-dessus de leur tête et la terre sous leurs pieds, s'émerveillant de la diversité de la palette de la création. Bahar demeura silencieuse pendant tout le temps quc

Malachy passa chez elles, mais il n'échappa à personne qu'elle s'était levée pour remplir sa tasse de thé non pas une, mais deux fois.

Après le départ du jeune homme, qui avait emporté une bonne quantité de *zulbia* dans son sac à dos du lycée, Layla se tourna vers Bahar et Marjan, incapable de dissimuler son excitation plus longtemps.

— Alors ? Il est beau, non ? Vous l'aimez bien ?

— Il est merveilleux, Layla ! Ton premier petit ami ! Et ces yeux, mon Dieu ! Il me rappelle un garçon que j'avais connu à l'école. Avant la révolution, bien sûr. Il avait les yeux verts, dit Marjan avec nostalgie.

Elle cessa d'essuyer l'îlot de cuisine et son regard se perdit dans le vague tandis qu'elle songeait à Ali, le garçon aux yeux verts de son enfance. En général, ce type de pensées était réservé aux moments intimes où elle avait le loisir de se glisser dans la minuscule salle de bains bleue de l'appartement et de verrouiller la porte derrière elle. Sur la plus haute des quatre étagères d'une armoire à pharmacie que les Delmonico avaient rapportée de leur lune de miel marocaine, Marjan prenait alors une petite boîte à bijoux en cuivre gravée de magnifiques roses du désert. A l'intérieur, elle gardait quelques babioles en or et les bracelets d'identification postnatale que son père lui avait donnés. Le rembourrage en satin rose de la boîte était usé par endroits et des grains de sable s'étaient insinués dans les trous, vestiges de leur fuite à travers le désert de Dacht-e Lout.

Assise sur le couvercle de la cuvette, Marjan tirait ensuite de la boîte la photo qui se trouvait sous les bijoux. Le cliché, à présent légèrement jauni et froissé sur les bords, avait été pris pendant un voyage scolaire à Istanbul. La classe était montée à bord d'un ferry sur les rives de la mer Noire et ils étaient arrivés à Istanbul juste au moment où le soleil se couchait derrière le Grand Bazar de la ville. Ali l'avait guidée à travers le labyrinthe d'allées du marché couvert ; ils étaient passés devant les *bazaari* qui proposaient avec empressement leurs marchandises, les étals de tapis et les tentes remplies de plateaux de service et de samovars en cuivre. Au centre du Grand Bazar, on trouvait les échoppes des joailliers regorgeant de gemmes et de pierres que des maris passionnés rapporteraient chez eux. C'était dans l'un de ces étals recouverts de joyaux que Marjan avait vu pour la première fois, à côté d'une rangée de bracelets multicolores en solde, cette boîte à bijoux en cuivre. Elle avait beau être humble d'aspect, elle lui semblait pouvoir contenir tous les trésors du Magi. Dans le ferry qui les ramenait en Iran, Ali avait surpris Marjan en la lui offrant et il lui avait fait promettre de toujours conserver une photo de lui dans ses replis de satin.

Pendant dix ans, Marjan avait tenu cette promesse. Chaque fois qu'elle sentait la mélancolie l'envahir, elle se raccrochait à la photo d'Ali assis avec son pull en polyester blanc et ses jeans à pattes d'éléphant effilochés tandis que le soleil turc se reflétait dans ses yeux. Il souriait, et la vie pulsait dans son corps magnifique. Mais bien sûr, se rappela Marjan, c'était avant la révolution, avant que tout change.

Elle avait oublié ses sœurs, témoins de sa tendre réminiscence, et elle adressa un sourire triste au torchon qu'elle avait dans la main. Mais la voix sévère de Bahar la ramena à la réalité, et sa complaisance la fit rougir.

— Eh bien, il est intelligent, je suppose. Mais ça ne signifie pas que tu es prête à avoir un petit ami, Layla. Tu n'as que quinze ans ! Tu n'es qu'une enfant ! s'écria

Bahar en claquant la main sur la table. En plus, ça ne fait même pas deux mois que nous sommes ici. Certainement pas assez longtemps pour commencer à faire confiance aux gens.

Elle repoussa sa chaise et monta les escaliers d'un pas fatigué. Elle porta une main à ses tempes et serra fermement la rampe de l'autre.

— Je vais m'allonger. Marjan, c'est à toi de voir, à présent.

— Ne t'inquiète pas, murmura Marjan en remarquant que le pessimisme de Bahar avait douché l'excitation de Layla. Elle va s'y faire. Tu as vu comment elle a proposé à Malachy de reprendre des baklavas quand elle pensait qu'on ne la regardait pas ?

Layla acquiesça lentement, mais la tristesse de Bahar était contagieuse ; elle sentait son goût métallique dans sa bouche. Cela dit, le comportement névrotique de Bahar avait beau l'agacer, Layla comprenait pourquoi sa sœur était si anxieuse et si peu confiante.

— Marjan ?

— Oui, *joon-e man* ?

— Qu'est-il arrivé à ce garçon aux yeux verts ?

— On s'est perdus de vue après la mort de papa, quand on est parties dans le Sud. Ce sont des choses qui arrivent.

Pour l'instant, il n'était pas nécessaire de dire la vérité à Layla, songea Marjan. Il valait mieux lui épargner les détails.

Javid Aminpour était mort peu après ce voyage scolaire à Istanbul. Son cœur avait été victime de la solitude plutôt que de la crise cardiaque diagnostiquée par les médecins, mais s'il était enfin heureux d'avoir rejoint son épouse au cimetière de Zahirodoleh, pour Marjan, cela avait été une insupportable tragédie. A dix-sept ans, elle était devenue l'unique soutien de Bahar, quatorze ans, et de la petite Layla, qui n'en avait pas encore cinq. Leur grand-tante Homa, la cousine Mitra et toute leur proche famille avaient senti venir les vents mauvais de la révolution et s'étaient enfuies vers un pays de soleil éternel et de vallées fertiles – la Californie. N'ayant aucune famille susceptible de les accueillir, Marjan avait été obligée de vendre leur maison d'enfance et d'emménager dans un petit appartement dans les faubourgs sud de Téhéran, où les sommets immaculés de l'Elbourz étaient obscurcis par New City, une colonisation rampante de bordels à quelques pâtés de maisons de distance à peine. Marjan avait trouvé du travail dans le célèbre restaurant du Hilton, le Peacock, où elle faisait la plonge, et c'était là qu'elle avait appris les astuces du métier en nettoyant derrière le chef. Deux années s'étaient écoulées avant qu'elle ne revoie Ali, cette fois-ci dans les labos de l'université de Téhéran où elle tentait de passer une licence en calant des cours entre deux services au restaurant.

Cela faisait quatre heures que Marjan était dans le labo, les jambes posées sur le tabouret en face d'elle, les mains sur le menton. Elle écoutait le son de la pluie qui tombait dehors en faisant de son mieux pour ignorer la germination rapide qui se produisait sur une lamelle sous son microscope. Il n'y avait rien de valorisant dans la parasitologie moléculaire, avait-elle décrété. Elle abhorrait les sentiers de massacre que dessinaient les cellules cannibales, leur manque de compassion, ainsi que les innombrables lamelles d'échantillons. La botanique, c'était son premier choix, mais la botanique n'allait pas mettre du pain sur la table, ou des uniformes scolaires sur le dos de Bahar et de Layla.

Elle ferma son œil gauche et regarda de nouveau à travers le microscope. Quand elle releva la tête, Ali la dévisageait, bouche bée. Il se tenait sur le seuil du labo, ses documents de transfert à la main, ses cheveux châtain clair rasés de près sur les côtés. Il s'était laissé pousser une barbe qui lui chatouilla le visage quand elle se lova contre lui.

Peu après ces retrouvailles, Ali la présenta aux étudiants révolutionnaires qui formaient son cercle d'amis. Ils avaient commencé à distribuer leur journal clandestin, *The Voice*, qu'ils imprimaient dans la cave de la maison d'un oncle d'Ali avec une presse rotative datant de l'époque du shah Reza, une ère de stupidité et d'ignorance crasse, comme Ali le lui avait expliqué. Et à présent, son taré de fils pressurait le pays jusqu'à la dernière goutte. En se réclamant d'un lien improbable avec les grands dirigeants zoroastriens de l'empire perse, le petit shah s'était autocouronné roi des rois et avait dérobé au peuple perse ses derniers lambeaux de dignité. Tandis que la plupart de ses sujets pourrissaient dans des huttes de terre sans électricité ni tout-à-l'égout et survivaient avec des salaires leur permettant à peine d'acheter de quoi se nourrir, le shah remplissait ses coffres d'armes achetées aux Américains, de diamants africains et de fourrures parisiennes en finançant tout cela avec la ressource la plus vitale du pays, le pétrole. Mais ils ne comptaient pas le laisser continuer ce pillage, lui avait dit Ali. Voulait-elle se joindre à lui pour ce voyage vers la liberté ?

Au début, Marjan avait trouvé le radicalisme d'Ali effrayant. Elle se sentait particulièrement mal à l'aise en présence des filles de son groupe, dont les visages gris et les tchadors noirs étaient si différents de ceux des autres femmes sur le campus, qui préféraient les rouges à lèvres libéraux et le balancement des minijupes. Marjan ne voyait pas en quoi le fait de cacher son corps allait améliorer la société, mais elle en vint bientôt à accepter cette idée comme l'une des facettes du nouvel Iran dont ils rêvaient tous. Porter le tchador était une évolution trop drastique pour elle, mais elle avait arrêté de mettre des minijupes et de se maquiller, et elle se couvrait la tête avec un *roosarie*, un foulard de couleur sombre. De son côté, Ali n'avait fait aucun commentaire sur cet ajout à sa garde-robe. Il s'était contenté de lui adresser un de ses magnifiques sourires. Il ne la forçait jamais à faire quoi que ce soit, mais il l'amadouait avec ses yeux, tout simplement. Rapidement, Marjan s'était retrouvée mêlée à tout ça, elle écrivait et imprimait des articles révolutionnaires pour *The Voice*, elle organisait des réunions hebdomadaires, elle peignait des slogans sur des bannières et remplissait de paille des pantins à l'effigie de l'Oncle Sam dans les locaux souterrains du journal, sans prendre la mesure des conséquences et du prix inévitable de son implication. Car sans qu'elle en eût conscience, son monde était sur le point d'éclater et de saigner comme des jaunes d'œufs de caille qu'on casse au-dessus d'une poêle.

En 1978, par une fin de matinée de printemps, tandis qu'elle disposait des caractères sur la vieille presse à imprimer, une hache avait fracassé la porte de la cave et l'avait immédiatement transformée en petit bois. Plus tard, Marjan se souviendrait qu'elle avait été soulagée qu'aucun coup de feu n'ait été tiré, car le bureau d'Ali se trouvait à côté de la porte et il aurait certainement été blessé. Quelle naïveté de sa part, vraiment, d'être aussi vite soulagée, et d'avoir de telles croyances ! Elle avait fait une tentative désespérée pour atteindre le téléphone posé sur son bureau, mais les menottes avaient été plus rapides. Le métal froid avait entaillé sa chair tendre quand on lui avait mis les mains derrière le dos. Là où on l'emmenait, téléphoner chez elle n'était pas au programme.

On lui avait brutalement bandé les yeux. La dernière chose qu'elle avait aperçue avant que toute lumière disparaisse derrière le bandeau noir, c'était l'arrière de la tête rasée d'Ali. Ce fut la toute dernière fois qu'elle le vit.

Centre de détention de Gohid. Un labyrinthe d'injustices interconnectées, où les murs suintaient de honte. Une enceinte temporaire où la police secrète du shah emmenait les révolutionnaires pour subir une mort rapide ou des jours de torture et d'interrogatoires hallucinés. Si, que Dieu ne veuille, tu te trouves un jour derrière les murs de Gohid, ne dis pas un mot, l'avait prévenue Ali. Ne leur dis rien, Marjan.

Une main avait saisi Marjan par le cou et l'avait conduite, les yeux toujours bandés, au plus profond des niveaux souterrains du centre. Ces étages en sous-sol, réservés aux femmes révolutionnaires, résonnaient et sentaient le kérosène et la peau brûlée. Un gémissement aigu avait retenti au loin, puis s'était estompé. D'incessants bruits de pas et de gonds métalliques claquaient, des portes qu'on ouvrait et fermait brutalement. Et soudain, on lui avait ôté son bandeau et la porte de fer de sa cellule s'était refermée derrière elle.

Les pupilles de Marjan s'étaient lentement adaptées à la lumière crue ; l'ampoule nue qui se balançait à une chaîne au milieu de la cellule éclairait les murs marron qui dessinaient un demi-cercle à partir de la porte. Une étrange créature bavait, recroquevillée dans un coin sur un matelas de paille. Au début, Marjan avait pensé que ses yeux lui jouaient des tours, parce que la femme qui la regardait était presque la jumelle de sa cousine Mitra. Ou, plutôt, elle aurait pu être sa cousine si Mitra avait passé la plus grande partie de sa vie à s'activer sur des lits infestés de puces dans des bordels.

Khanoum Zanganeh était une prostituée assez joviale dont le corps dessinait des bosses aux endroits où la graisse s'était accumulée, et des creux qui plongeaient dans des zones affamées et osseuses, noires et bleues d'hématomes. Elle était vêtue d'une chemise noire en lambeaux et d'une minijupe rouge dont elle arrachait les sequins pour se distraire.

— Bienvenue au palais ! avait-elle gloussé. Assieds-toi ! Assieds-toi ! avait-elle ajouté en tapotant la dalle de béton à côté d'elle.

Marjan ne bougeant pas, la prostituée avait plissé les yeux en faisant la moue.

— Tu travailles pour qui ? Non, ne me dis rien… T'es l'une des filles de Taraneh l'édenté, c'est ça ?

Marjan avait dégluti et s'était laissée glisser sur le sol en fermant les yeux. Des pensées se bousculaient dans sa tête tandis qu'elle imaginait ses sœurs en train de l'attendre à l'appartement. Qui allait leur préparer le dîner si elle n'était pas là ? Qu'allait-il arriver à Bahar et Layla si elle ne parvenait pas à sortir de cet endroit terrifiant ? Comment avait-elle pu être assez stupide pour s'embarquer avec Ali et ses amis ? Elle avait remonté ses genoux contre son menton, posé la tête sur ses bras et fondu en larmes. Heureusement, Khanoum Zanganeh avait mis un terme à ses plaisanteries avinées et laissé un peu de place à

Marjan pour qu'elle puisse déplorer tranquillement son sort. Elle avait pleuré pendant la plus grande partie de la nuit sans jamais lever la tête, jusqu'à ce que la porte de la cellule s'ouvre à nouveau brusquement.

Une femme aux os épais et à la peau jaune, vêtue d'un treillis militaire, était entrée en faisant résonner ses lourdes bottes sur le béton humide. Quand elle avait noué un bandeau de laine autour des yeux de Marjan, son haleine sentait la viande grillée bon marché et le ragoût de gombos. Deux paires de mains musclées l'avaient douloureusement saisie par les aisselles et traînée à travers les couloirs vétustes, ses pieds effleurant à peine les carrelages fêlés avant de dévaler les escaliers très raides qui menaient à des niveaux encore plus enterrés. Peu après, on avait glissé un tabouret sous elle et des voix masculines s'étaient déchaînées autour de sa tête et de son corps.

C'était quoi, ton rôle dans le journal ? Qui est cet Ali pour qui tu travailles ? Qu'est-ce que vous aviez prévu de faire avec toute cette propagande ?

Les voix tonitruantes résonnaient au-dessus et au-dessous d'elle comme un tremblement de terre.

Ton copain Ali va écoper d'une bonne et longue séance bien sanglante si tu ne parles pas. Tu m'as entendu ? Ton petit éditeur va pourrir ici ! On t'a parlé de son accident ? Non ? On ne t'a pas dit qu'en glissant sur sa propre merde, il s'est arraché un de ses yeux de fouine ? Tout ça à cause de vos actes répugnants. On sait déjà tout ce que tu as fait !

Des rires d'animaux en chaleur ; elle était entourée de halètements et d'une odeur de sueur. Alors, quelqu'un lui avait palpé les seins, les avait pris dans ses mains crasseuses avant de lui tordre les tétons tellement fort qu'elle n'avait pu éviter de rompre son silence et de gémir.

Dis-moi, qu'est-ce que tu préfères, les lèvres de ton maquereau ou sa saucisse que tu aimes manger si souvent ? On sait qu'elle est ta véritable activité, journaliste Khanoum !

Elle avait gardé le silence au milieu des rugissements, se rappelant le conseil d'Ali. Ne dis rien, Marjan, s'était-elle murmuré. Ne dis pas un mot sur Ali, sur *The Voice*, et pour l'amour de Dieu, ne leur parle pas de Bahar et Layla, qui t'attendent toutes seules à l'appartement. Tous les jours, la routine était la même pendant une heure ; une salve d'attouchements violents et de questions qui restaient sans réponse, après quoi les voix la jetaient de nouveau dans sa cellule sans avoir obtenu satisfaction. Même la faim – la privation de sa ration quotidienne d'eau, de pain *lavash* et d'âcre fromage de brebis – n'était pas parvenue à la faire parler.

— Khanoum Aminpour, prends ce petit bout de pain *lavash*. Vas-y ! Ne sois pas timide ! J'ai assez de graisse pour tromper la faim, crois-moi.

Le morceau de pain *lavash* rassis s'était effrité entre les mains de Khanoum Zanganeh. Quand Marjan avait enfin accepté son cadeau, la prostituée usée par la vie s'était adossée au mur de la cellule et lui avait raconté comment elle s'était fait arrêter par la police secrète du shah.

— Ces salauds pensent que je sais quelque chose à propos du Comité. Moi ! Qu'est-ce que j'y connais à tous ces trucs politiques ? Je ne suis qu'une pute avec de jolies dents !

Marjan avait entendu parler de cet infâme Comité, une minorité activiste qui était apparue du jour au lendemain, apportant dans ses bagages une pléthore de barbes mal nourries et une soif de vengeance contre ce shah arbitraire et ses partisans. Enclin au fondamentalisme, ce groupe hétéroclite de gardiens de l'islam ne répondait de ses actes que devant l'Enturbanné, l'ayatollah exilé qui détenait toutes les réponses, tandis que ses membres avaient entrepris d'intimider les quartiers du voisinage au nom de Dieu. Le Comité avait beau être la faction la plus puissante qui avait émergé au cours de l'année écoulée, il entretenait quand même des liens lâches avec de nombreux mouvements révolutionnaires, spécialement ceux où les étudiants de l'université étaient impliqués. Les amis d'Ali, les partisans de *The Voice*. Le Comité.

— Ne t'inquiète pas, avait poursuivi Khanoum Zanganeh en désignant la porte de sa tête aux cheveux teints au henné. Tu vas sortir en un rien de temps. La police secrète n'a aucune patience avec les femmes. Ce sont les hommes qui les intéressent.

D'une certaine façon, c'était à ce moment précis qu'elle avait su qu'elle ne reverrait jamais Ali. Elle s'était trompée sur tellement de points, elle s'était mêlée de choses qu'elle ne comprenait pas vraiment, auxquelles elle ne voulait pas vraiment prendre part. Et pourquoi ? Par amour ? Comment avait-elle pu troquer sa sécurité contre une bouffée de romance ?

Quand on avait fini par la relâcher, quatre jours plus tard, en la jetant d'un van anonyme avec un coup de pied de dégoût, Marjan avait préparé une excuse pour expliquer sa disparition. Elle comptait dire à Bahar et Layla qu'une urgence l'avait empêchée de leur téléphoner, peut-être un incendie dans les cuisines du Peacock. Elle leur dirait qu'elle avait été blessée – juste une petite brûlure, rien de grave – et qu'elle avait passé ces quatre derniers jours à l'hôpital pour se remettre. Puis elle prendrait ses sœurs avec elle et s'enfuirait. Elles iraient en Amérique, en Californie. Elles feraient n'importe quoi pour y parvenir. Elles vendraient tout et tenteraient une nouvelle vie, loin de cette révolution, de ce massacre. Partir, tout simplement.

Mais il était trop tard. Le temps qu'elle arrive chez elle, la révolution avait déjà commencé.

Khanoum Aminpour, prends ce morceau de pain lavash.

Huit ans plus tard, le souvenir du cadeau de la vieille prostituée agitait encore l'estomac de Marjan d'une faim inexplicable. Et elle avait beau adorer l'odeur du pain *lavash* en train de cuire, elle ne pouvait nier le soupçon de peur qui la prenait chaque fois qu'elle roulait la pâte pour une nouvelle fournée.

Elle se pencha sur l'îlot en bois de la cuisine, tandis que la douce lumière du matin éclairait ses mains pleines de farine en train de pétrir la pâte qui lui résistait. Sa technique n'était décidément pas bonne aujourd'hui, songea-t-elle. Elle ne cessait de presser et de malaxer la masse blanche de farine et de levure, mais celle-ci s'effritait en morceaux crayeux entre ses doigts.

— Hello ? Il y a quelqu'un ?

La voix chantante qui résonna dans son dos la fit sursauter. La porte de derrière, qui n'était pas verrouillée, grinça et s'ouvrit lentement sur Fiona Athey, dont le visage arborait une expression contrite. Elle avait une pile de prospectus sous le bras.

— J'espère que je ne vous ai pas réveillée. Je peux repasser plus tard, sinon. Désolée !

Elle se retourna pour s'en aller.

— Non, restez, répondit Marjan. Je suis debout depuis cinq heures. Je prépare une nouvelle fournée de pain. Pourquoi n'entrez-vous pas prendre une tasse de thé ?

— Je ne peux pas !

— Ne dites pas de bêtises. S'il vous plaît. Je ne dirais pas non à une pause.

— Très bien, alors ! Juste une tasse, et je vous laisse tranquille, dit Fiona en refermant derrière elle.

Marjan s'essuya les mains dans une serviette à damiers, puis remit dans un bol la pâte qu'elle pétrissait et la recouvrit d'une étamine propre. Elle était contente qu'on la libère de ses souvenirs, même l'espace d'un instant. Tandis que Fiona s'installait à l'une des tables près de la fenêtre, Marjan déposa trois grosses cuillères à soupe de feuilles de Darjeeling dans une jolie théière jaune. Le samovar bouillonnait déjà joyeusement quand elle baissa son levier pour verser l'eau bouillante. Fiona Athey, qui s'était liée d'amitié avec beaucoup de troupes de théâtre d'Europe de l'Est à l'époque où elle jouait à Galway, reconnut instantanément l'étincelante bouilloire électrique.

— C'est un samovar russe, n'est-ce pas ?

— Oui ! Comment le savez-vous ?

Marjan était surprise.

— Je n'ai pas toujours vécu à Ballinacroagh. J'étais actrice, autrefois. J'ai rencontré beaucoup de comédiens venus des quatre coins du monde, à l'époque, répondit Fiona avec un sourire de fierté.

— Comme c'est excitant ! Et vous avez joué récemment ? demanda Marjan en plaçant des oreilles d'éléphant, des *zulbia* et d'autres pâtisseries délicieuses sur un plateau.

— J'ai arrêté juste après la naissance d'Emer. Sur le moment, j'ai cru que laisser tomber le théâtre était ce dont j'avais envie, mais aujourd'hui, je me rends compte de mon erreur. J'ai gâché tant d'années, tellement de choses que j'aimais, et tout ça pour un homme.

Fiona soupira et raconta à Marjan toute l'histoire avec Gerhard, qui l'avait séduite puis laissée en plan.

— Oui, c'est étonnant, ce que nous faisons pour les hommes, renchérit Marjan.

— Vous avez déjà été mariée, Marjan ? J'espère que je ne suis pas trop indiscrète en posant la question.

— Moi ? Non, jamais. Je n'aurais pas pu faire entrer ça dans mon planning ! répondit Marjan avec un sourire ironique et un haussement d'épaules.

— Ah ! Mais je suis sûre que les hommes seront là quand vous serez prête. Regardez donc tout ce que vous avez fait ! Ce café, vos plats... Ça, c'est vraiment quelque chose ! Cette ville ne sait pas la chance qu'elle a ! s'exclama Fiona.

Elle tendit la main et pressa affectueusement le bras de Marjan.

— Merci ! Ça signifie beaucoup, pour moi ! dit Marjan en ressentant une subite poussée de gratitude pour la bienveillante coiffeuse.

Il fallait vraiment qu'elle s'astreigne à sortir de sa cuisine plus souvent, songea-t-elle.

— Alors, allez-vous me dire à quoi sont destinés ces prospectus ?

— Oh, ça ?

Fiona passa nonchalamment la main au-dessus de la pile de flyers, mais le ton aigu de sa voix trahissait son excitation.

— En fait, tout ça me terrifie un peu. Ça fait tellement longtemps que je n'ai plus mis les mains dans un théâtre.

— Vous allez monter une pièce ?

Fiona acquiesça.

— Je me suis dit que ce serait le truc idéal pour le Patrician Day.

Elle tendit à Marjan un des flyers violets de la pile.

— Ce n'est que pour s'amuser, vraiment.

Marjan le porta à ses yeux pour examiner tout à loisir ses lettrages fuchsia.

Over The Hill Productions présente :

LES FRUITS DU TRAVAIL

pièce en deux actes

par le père Fergal Mahoney

Les personnes désireuses de participer

peuvent se rendre aux auditions :

Mercredi et jeudi, 15 h

Nouveau gymnase, lycée Saint-Joseph

BALLINACROAGH

— Le père Mahoney a écrit une pièce ? s'exclama Marjan.

— Moi aussi, ça m'a surprise. Mais il a connu la scène, semble-t-il. Avant, il était comédien. Incroyable, non ? Il me l'a dit lui-même au téléphone, l'autre soir.

En effet, le père Fergal Mahoney avait été un comique chevronné avant d'entrer au séminaire. Une star montante de la comédie, pour être exact. Quand il était jeune, il avait tourné dans le circuit des salles municipales vétustes, dans les festivals et les foires tout autour de Listovel, sa ville d'origine, perfectionnant ainsi son répertoire d'imitations de célébrités et de blagues grivoises. Le spectacle de Fergal Mahoney était devenu si populaire qu'à l'âge de vingt ans, il faisait la première partie du grand Jimmy O'Dea sur la scène du célèbre Gaiety Theatre à Dublin. Ce jour-là, tout le théâtre s'était écroulé de rire devant sa présentation de l'étiquette régissant les lieux d'aisance de la famille royale britannique, mais c'était en coulisse que Fergal avait appris vraiment ce que signifiait l'inconvenance. Après son spectacle, il ne s'était pas simplement mêlé au groupe de célébrités de troisième ordre et de politiciens louches, mais il avait aussi profité de moments intimes avec une danseuse portugaise particulièrement flexible qui s'appelait Pepita. L'un dans l'autre, c'était la belle vie pour un garçon né dans une ferme du comté de Kerry. Fergal ne pouvait se douter que cette année-là le verrait plongé jusqu'au cou dans l'étude des sacrements et d'interminables lectures du Pentateuque, dans un séminaire à Tipperary.

Par une brumeuse nuit d'automne de 1945, après une soirée d'alcool et de blagues au Brazen Head, le meilleur pub de Dublin, Fergal Mahoney traversait le pont O'Connell pour rentrer dans le studio cossu où il vivait en célibataire. Il était tellement occupé à repenser aux blagues qu'il avait racontées sur scène ce soir-là, aux hurlements de rire et aux tonnerres d'applaudissements qui avaient suivi, aux gémissements d'amour gutturaux de Pepita dans sa loge lumineuse après le spectacle, qu'il ne remarqua pas la peau de banane sous ses souliers vernis. Avant qu'il ait le temps de réagir, il glissa dessus et passa par-dessus la belle rambarde georgienne du pont pour tomber la tête la première dans les eaux infestées de la Liffey.

Alors, le temps s'arrêta pour Fergal. Il n'entendit rien quand son corps mou dégringola dans la nuit dublinoise. Pendant les cinq secondes les plus longues de sa vie, il ne fut entouré que d'un silence total. Juste au moment où il se disait que son saut périlleux allait l'emmener jusqu'au sommet de l'Himalaya, le corps de Fergal, comme un personnage de dessin animé, cessa brutalement de défier la gravité et plongea vers les eaux sombres de la rivière.

Dans un dernier effort pour s'en sortir, Fergal ferma les yeux et pria vite et fort pour une intervention divine. Il supplia Dieu de le sauver ; il lui promit qu'il ferait tout ce qu'il voulait, si seulement il pouvait voir une fois encore le doux visage étincelant de Pepita. Il ne pensait pas que ses prières seraient entendues, mais il priait quand même, espérant, comme tous les convertis de la dernière heure, un signe.

Le jeune comédien ne mourut pas cette nuit-là. Il ne tomba même pas dans les eaux boueuses de la Liffey. La vie de Fergal fut épargnée et ses prières exaucées quand son ventre plein de whisky atterrit sur le plus fiable des bateaux de rivière – un robuste petit remorqueur. Il lui fallut une bonne minute pour se rendre compte qu'il était en vie et que sa chute avait été amortie par la cargaison sur le pont – des cartons de rosaires guatémaltèques ornés d'un crucifix en argent et emballés dans du papier bulle.

Le père Mahoney savait reconnaître un *signe* quand il en voyait un. Le Patron en personne venait de lui donner une deuxième chance, et à présent, il avait une promesse à tenir. Il dit au revoir à une Pepita en larmes et partit dès le lendemain pour le meilleur séminaire de Tipperary.

Ce n'est qu'en goûtant pour la première fois à l'*abgoosht* de Marjan que le père Mahoney s'était de nouveau autorisé à envisager de renouer avec ses ambitions scéniques. Et au terme d'un mois de lutte avec sa conscience, il avait finalement pu cerner les raisons de l'étrange l'exubérance qui saisissait son corps chaque fois qu'il goûtait le délicieux ragoût d'agneau de Marjan. Un après-midi, après avoir avalé à la hâte son déjeuner, le prêtre fonça chez lui, à la paroisse, sortit sa vieille machine à écrire électrique et commença à taper. Il ne s'arrêta pas pour l'habituel *colcannon* au jambon et à la ciboulette que Mrs Boylan lui préparait le jeudi et faillit même louper le baptême des jumeaux Henley le dimanche suivant, tant il était plongé dans son nouveau projet. Une semaine plus tard, quand il cessa enfin d'écrire, il avait devant lui une pièce en deux actes consacrée aux plaisirs du corps et de l'esprit.

— Et j'ai accepté de la diriger pour lui !

Fiona déglutit, les yeux papillonnant d'excitation.

— C'est merveilleux ! Pour vous deux ! s'écria Marjan. Je vais prendre deux flyers, s'il vous plaît. Un pour cette fenêtre et un autre pour la porte, comme ça, on ne pourra pas les rater. Vous allez remonter la rue pour distribuer les autres ?

— C'est ce que je m'étais dit. M'y mettre tôt et tout ça, avant d'ouvrir le salon. En plus, ça me donne un peu d'avance avant que ces satanées langues de vipère commencent à s'enflammer.

Fiona pressa amicalement le bras de Marjan et agita la main en sortant du café par la porte de devant.

Marjan débarrassa les vestiges de leur petit-déjeuner impromptu et regagna sa cuisine d'un pas plus joyeux. Elle ne l'aurait pas cru, mais c'était agréable d'avoir discuté avec Fiona. D'une certaine façon, cette conversation positive avec une de ses nouvelles relations l'avait rendue plus forte. Elle se sentait plus légère aussi, comme si on venait de lui ôter un poids de la poitrine.

Elle souleva lentement l'étamine posée sur le bol de pâte à *lavash*. La masse blanche et légère, qui avait levé pendant son absence, semblait ne peser quasiment plus rien dans sa main. Elle roula de nouveau la pâte, s'émerveillant de voir qu'elle se travaillait bien plus facilement à présent. Elle-même était peut-être comme le pain *lavash*, songeat-elle ; avec du temps et un environnement réconfortant et chaleureux, tout devenait possible.

Torchi

2 grosses aubergines coupées en dés
500 g de petits concombres coupés en dés
500 g de carottes coupées en dés
2 grosses pommes de terre coupées en dés
8 gousses d'ail épluchées
3 tasses de bouquets de chou-fleur
500 g de petits oignons blancs épluchés
250 g de haricots verts
4 litres de vinaigre de vin blanc
4 tasses d'herbes fraîches hachées (persil, basilic, estragon, menthe, coriandre)
2 cuillères à soupe de sel
2 cuillères à café de poivre noir moulu
1/2 cuillère à café de poivre de cayenne
1 cuillère à soupe de graines de nigelle
Mélange d'épices torchi (1/2 cuillère à café de curcuma, 1 cuillère à soupe de cumin moulu, 1 cuillère à café de safran moulu, 1 cuillère à soupe de cardamome moulue, 1 cuillère à café de cannelle moulue)

Laver les légumes et les essuyer soigneusement avec une serviette en papier. Mélanger tous les ingrédients dans un grand saladier. Verser le mélange dans des bocaux de conserve stérilisés. Laisser les bocaux scellés dans un endroit frais et sec pendant un mois au minimum.

Chapitre 8

Contrairement aux concombres marinés et bourgeoisement coupés en tranches ou en morceaux qu'on trouve habituellement dans la plupart des supermarchés occidentaux, le véritable *torchi* se présente dans toutes sortes de tailles, de formes et de couleurs. Sur une table persane ou sur un vénérable *sofreh* – une toile tissée à la main qui exige des pique-niqueurs une certaine souplesse quand ils s'assoient autour en tailleur –, le *torchi* est quasiment toujours le premier plat qu'on sert. La variété la plus courante est un mélange de légumes frais et d'herbes marinés dans un vinaigre de vin blanc de qualité, mais la liste s'étend au chutney à la mangue, aux pickles de dattes, au *torchi* d'aubergine et au chutney aux fruits, assaisonnés avec un assortiment d'épices et une ou deux pincées de sel. Présent dans la plupart des repas persans, le *torchi* n'est pas seulement un accompagnement, car son croquant au goût vinaigré de saumure rappelle au palais qu'il ne doit jamais rien tenir pour acquis.

Bahar s'était vu confier la tâche de préparer les vingt bocaux de *torchi* que Marjan avait promis aux dames du comité d'organisation de la Patrician Day Dance pour leur buffet destiné aux œuvres caritatives. Elle avait beau adorer le chou-fleur, elle n'était pas enchantée par l'odeur persistante de vinaigre dont elle savait que plusieurs douches seraient nécessaires pour en venir à bout. Elle essuya soigneusement les légumes qu'elle venait de laver, puis les ajouta au sel, au poivre noir et de cayenne et au mélange d'épices dans un grand saladier. Ensuite, à l'aide d'une louche, elle remplit de *torchi* six bocaux de conserve et les scella de ses mains puissantes avec une vigueur renouvelée.

Les muscles de Bahar l'avaient toujours bien servie, spécialement quand elle était infirmière au Green Acres, un établissement pour jeunes retraités à Lewisham. Ses bras robustes avaient repoussé de nombreux Anglais décatis et rebelles dans leur bassin hygiénique quand ils insistaient pour lui montrer leur zizi tout fripé. Néanmoins, malgré sa poigne de fer, le cœur de Bahar se brisait chaque fois qu'elle était témoin des tristes tentatives de ses vieux patients pour afficher leur virilité. Elle savait que c'était très précisément cette façon qu'avait la vie de se faner qui motivait la seconde définition du mot *torchi*, bien moins appétissante que l'autre.

Dans une culture traditionnelle où une femme se mariait en moyenne à quinze ans et où vingt ans était l'âge de l'épanouissement dans la maternité, à vingt-cinq ans on était une vieille fille. Voilà pourquoi en Iran, beaucoup de célibataires avaient été marquées par le mot redouté qui commençait par *t*. Bien sûr, dans la dernière partie du XXe siècle, l'âge moyen du mariage en Iran avait beaucoup reculé, mais l'usage du mot *torchi* pour désigner une femme dont la date de péremption approchait et qu'on laissait prendre la poussière sur les étagères de l'amour était encore courant dans les cercles de commères. Quand elle était adolescente, Bahar n'aurait jamais cru qu'à vingt-quatre ans, elle serait non seulement célibataire, mais aussi très contente de voir la longue route solitaire qui se profilait devant elle. A son avis, le célibat était très satisfaisant ; certes, Layla avait un petit ami, quant à Marjan, eh bien, Marjan avait ses plantes et son café et, qui sait, probablement des visées sur un Irlandais au visage pâle doté d'un gros appétit, mais Bahar était contente d'envisager un avenir solitaire, et en paix, grâce à Dieu. Elle ne voulait pas d'un homme dans sa vie – plus jamais.

Secouant la tête, Bahar noua fièrement des rubans d'un violet brillant autour des couvercles des bocaux de *torchi*. Non, elle n'aurait pas honte qu'on la traite de *torchi*, décida-t-elle. Malgré les assauts du vinaigre, les légumes du *torchi* parvenaient à survivre à leur période de marinade. Et c'était ça, ce qu'elle voulait être : une survivante, qui n'a peur de rien.

Une fois les gros bocaux fermés et décorés, Bahar les aligna sous l'escalier, où ils allaient reposer jusqu'à acquérir leur piquant distinctif, quand les nuances de cayenne et de nigelle seraient atténuées par l'âcreté du vinaigre. Le *torchi* aurait le temps de mariner d'ici la Patrician Day Dance, en juillet.

— Mrs Delmonico vient juste d'arriver. Elle voudrait un bol de soupe de lentilles, un taco au houmous et à l'aubergine grillée, ainsi qu'une théière de bergamote. Ensuite, elle voudrait des baklavas et deux parts de *zulbia*, dit Layla en faisant claquer le ticket de la commande d'Estelle sur l'îlot de la cuisine. Est-ce que je peux y aller, maintenant ? demanda-t-elle à Marjan. Cet après-midi, Mrs Athey va afficher les résultats des auditions devant les bureaux du lycée.

— Oui, mais dépêche-toi de rentrer. On risque d'avoir un coup de bourre tout à l'heure, comme samedi dernier.

— Merci ! s'écria Layla en partant comme une flèche.

— J'imagine que je vais devoir passer en salle, dit Bahar d'un ton irrité. Tu sais bien qu'elle ne reviendra pas avant au moins une heure.

— Ne lui mène pas la vie trop dure, Bahar. Cette pièce est très importante pour elle. Elle a auditionné pour le premier rôle, tu sais. Fiona a dit qu'elle était vraiment douée.

— Pourquoi ne suis-je donc pas étonnée ? répondit Bahar avec plus d'irritation qu'elle n'en éprouvait réellement.

La vérité, c'est qu'une partie d'elle-même était fière de Layla. Sa petite sœur semblait avoir un vrai talent pour se faire des amis dans cette nouvelle ville, une chose qui n'avait jamais réussi à Bahar nulle part. Pour se lier d'amitié, il fallait révéler des secrets, partager des émotions, et Bahar ne se voyait rien faire de tout ça avec de parfaits inconnus. A l'époque où elle travaillait à Green Acres, sa réticence avait tenu la plupart de ses collègues à l'écart ; elle n'était jamais invitée à aller boire un coup au Doc Watson, le pub du coin, et elle ne passait pas ses déjeuners à la cafétéria à échanger des anecdotes sur des patients irascibles, mais plutôt à fouiller les brocantes d'Aldersgate Street à la recherche de bonnes affaires. D'une certaine façon, se perdre dans la poussière de bibelots autrefois aimés la réconfortait ; chaque bonne affaire, qu'il s'agisse d'un tapis de Toscane ou d'une théière usagée mais toujours digne d'amour, l'empêchait de songer à son grand sentiment de solitude.

Son carnet de commandes à la main, elle pénétra dans la cacophonie de la salle, de nouveau résignée à passer l'après-midi à servir les tables toute seule. Quelques instants plus tard, elle se précipitait dans la cuisine, le visage voilé par l'inquiétude.

— Tu ferais mieux de venir, Marjan. Mrs Delmonico n'a pas l'air d'aller très bien. Sa peau est rouge vif et elle est baignée de sueur.

Marjan laissa tomber la salade au poulet grillé qu'elle était en train de préparer pour les jumeaux Donnelly et fonça vers la salle. Dès qu'elle entra, il lui parut évident que quelque chose clochait chez la vieille dame.

Depuis qu'elle avait apporté son célèbre osso buco à ses nouvelles locataires, Estelle Delmonico était devenue l'une des adeptes les plus fidèles du Babylon Café. Beaucoup de femmes de son âge étaient attablées devant leur dose quotidienne d'infusion à l'eau de rose, mais elle prenait toujours son thé toute seule. Elle fermait les yeux, léchait la sueur sucrée sur sa lèvre supérieure et sirotait une gorgée de sa boisson préférée, le thé à la bergamote, puis croquait une ou deux oreilles d'éléphant. Parfois, la veuve italienne fredonnait doucement une aria, une des nombreuses chansons que son Luigi chantait souvent à tue-tête en sculptant des enjolivures dans un morceau de chocolat noir sur l'îlot de cuisine.

En général, Marjan attendait qu'Estelle ait fini sa première tasse de thé avant de s'asseoir à sa table pour bavarder un peu. Que ce soit le coup de feu du déjeuner ou pas, elle échappait toujours quelques minutes au chaos de sa cuisine pour dire bonjour à la minuscule vieille dame à l'ossature frêle et au gros appétit. Mais elle n'avait jamais contemplé Estelle pendant un long moment. Ce qu'elle faisait à présent. Et en la voyant toute seule à sa table, elle prit conscience que la réclusion qu'Estelle s'imposait n'était pas entièrement volontaire.

C'étaient ses yeux qui la trahissaient. Toutes les trente secondes environ, elle coulait un regard vers la longue table où les dames du comité d'organisation de la Patrician Day Dance étaient assises, avant de fixer à nouveau la cuillère sur sa table. Ensuite, elle tamponnait ses narines enflées avec un mouchoir en soie brodée qu'elle tirait de son petit sac à main en cuir verni. Les dames du comité étaient trop occupées à décider du thème à retenir pour la décoration (devaient-elles s'en tenir à l'hommage tricolore habituel ou se tourner vers des tons plus caribéens, terre cuite, bleu océan et rose hortensia ?) pour remarquer qu'on les observait. Contrairement à Marjan, qui reconnaissait les signes d'une solitude pleine de désespoir, elles n'avaient pas conscience des discrètes suppliques d'Estelle.

Peut-être pourrait-elle demander à Marie Brennan de l'inviter à la réunion de la semaine prochaine ? se dit Marjan. A coup sûr, un coup de main serait utile à ces dames, avec toutes les activités qu'elles avaient programmées. En outre, raisonna-t-elle, une fois qu'Estelle sentirait qu'on avait besoin d'elle, elle aurait moins peur de prendre les devants pour se faire de nouvelles amies. Contente de son idée, Marjan s'approcha de la table d'Estelle avec enthousiasme, et elle était sur le point de la saluer quand quelque chose dans l'expression de sa gentille propriétaire l'arrêta. Seconde après seconde, le teint de la veuve italienne rougissait dangereusement et la sueur dégoulinait littéralement sur ses joues, bien trop vite pour qu'elle ait le temps de l'essuyer. Surprise, Marjan regarda de plus près le visage congestionné d'Estelle et s'aperçut qu'en fait, ce n'était pas de la sueur, mais des larmes. De grosses larmes bien épaisses. Elle se précipita vers elle au moment même où la veuve tombait par terre en lâchant la rose froissée qu'elle serrait contre sa poitrine.

Une mélancolie oppressante s'installa, qui dura tout l'après-midi.

Les jumeaux Donnelly aidèrent Marjan à soulever Estelle, qui s'était évanouie et gisait avachie, et la portèrent à l'arrière du van hippie. Le père Mahoney, qui était passé prendre un sandwich à l'agneau et au concombre, grimpa à côté du corps amorphe d'Estelle et lui donna la main en priant, tandis que le van fonçait vers le Mayo General Hospital à Castlebar. Peu après, les autres clients quittèrent également le café, comme chassés par le mauvais temps, abandonnant derrière eux dans un fatras pétrifié leurs baklavas à moitié mangés et leurs sirops.

Bahar verrouilla la porte du Babylon Café et se mit à ramasser les pétales de rose sous la table d'Estelle. Elle était la première à admettre que l'évanouissement de la vieille veuve l'avait profondément secouée. Cela lui avait rappelé que tout n'était pas aussi sûr que ce que Marjan voulait leur faire croire. N'importe quel accident pouvait les déraciner de nouveau et renvoyer au rayon des souvenirs le succès que rencontrait ce café. Car maintenant, qu'allaient penser les habitués ? Que leur nourriture était indigeste, probablement, qu'elle n'était pas saine, qu'on la préparait dans une cuisine grouillant de rats et de microbes. Que c'était peut-être ce qu'Estelle avait mangé qui l'avait mise aux portes de la mort.

Marjan et Layla étaient peut-être trop plongées dans leurs fantaisies personnelles pour le remarquer, mais Bahar n'était pas aveugle aux regards qu'on lui lançait chaque fois qu'elle mettait le pied dehors. Comment faire abstraction des silences subits, des conversations qui cessaient dès qu'elle passait à côté d'un groupe ? Cela s'était produit pas plus tard que l'autre jour, alors qu'elle réglait leur commande hebdomadaire d'agneau et de viande hachée pour les kebabs. Les trois commères grincheuses qui se tenaient à côté de l'étal de tranches de bacon de Galtee l'avaient regardée de haut en bas avec leurs petits yeux myopes dès qu'elles avaient cru qu'elle avait le dos tourné. Elle aurait dû les fusiller du regard, elle aussi ! Remettre ces vieilles pies à leur place. Mais elle s'était contentée de garder la tête basse et de sortir rapidement de la boucherie, heureuse d'échapper à l'examen sans merci des vieilles femmes.

Cela dit, que pouvait-on attendre d'autre dans une aussi petite ville ? Et à présent, qui pouvait dire quand leurs habitués se sentiraient suffisamment rassurés pour revenir, s'ils le faisaient un jour. Bahar soupira en balayant des miettes dans la pelle à poussière.

En réalité, tant qu'elles étaient en mesure de survivre, de s'en sortir dans cette ville endormie, Bahar ne se souciait guère de la taille ou des préjugés de Ballinacroagh. Tant que personne du monde extérieur, au-delà des limites escarpées de ce village de l'Ouest, ne savait où elles se trouvaient. C'était la seule chose qui comptait.

Estelle Delmonico se réveilla dans un lit d'hôpital, réhydratée et rassérénée après la crise cardiaque et le mal de tête qui avaient provoqué son évanouissement. Du moins, telles étaient les raisons données par le médecin pour expliquer le teint peu ordinaire de la vieille femme et son souffle écumeux quand Marjan et le père Mahoney l'avaient fait admettre à l'hôpital. Une heure plus tard, après qu'on l'avait soigneusement réalimentée par intraveineuse, Estelle leur révéla la véritable raison de son malaise.

— Allons donc! Une crise cardiaque! Il ne fait pas assez chaud dehors pour avoir une crise cardiaque!

Elle marqua une pause et son regard dériva vers la fenêtre de sa chambre et la vue des collines vertes et brunes qui roulaient sous un ciel gris de nuages pressés.

— Je vais vous dire la vérité. Aujourd'hui, mon Luigi et moi, on serait mariés depuis cinquante ans. J'étais simplement malheureuse, vous comprenez?

Elle s'interrompit, subitement consciente de la présence du père Mahoney et des hochements de tête préoccupés de Marjan, et rougit de nouveau. Au cours des quarante-cinq années qu'elle avait passées à Ballinacroagh, et particulièrement depuis la mort de son mari cinq ans auparavant, Estelle n'avait jamais montré à quiconque sa vulnérabilité, son besoin primal de compagnie. Même lors de ses confessions hebdomadaires avec le père Mahoney, elle racontait en détail la relation aimante, mais à distance, qu'elle entretenait avec sa nièce Gloria, sans jamais mentionner son isolement, le désir qu'elle avait de fréquenter d'autres formes de vie que le rosier douloureusement beau qui poussait devant son cottage. Et aujourd'hui, l'anniversaire du jour même où, jeune mariée, elle espérait entendre plus tard les platitudes dorées de ses petits-enfants amoureusement réunis à ses genoux, elle avait regardé la tablée de femmes impliquées dans le comité et réconfortées par des liens d'amitié entre personnes de leur âge, puis elle avait fixé sa table vide en abandonnant toute idée de partager son intimité et, contre toute attente, elle s'était évanouie.

Heureusement, le père Mahoney brisa le silence gêné avec son humilité et son sens de la comédie.

— Estelle, nous allons avoir besoin de vos compétences pour les répétitions de la pièce. C'est une sorte d'adaptation moderne des *Bacchantes* – tous ces rapports sexuels et cette consommation de vin, pour moi, c'est du grec. Mais c'est dans vos cordes, je pense.

Marjan avait rougi en entendant les mots *rapports sexuels* sortir de la bouche souriante du prêtre, mais ils avaient fait glousser Estelle Delmonico. La générosité du père Mahoney avait brisé la glace et offert à la veuve esseulée la camaraderie et la communauté qu'elle avait tant désirées pendant quatre décennies.

— Où est-elle, Marjan ? Il est presque six heures. Et s'il lui était arrivé quelque chose en chemin ?

Bahar avait l'air d'une évadée de l'asile, elle faisait les cent pas dans la salle déserte du café en se tordant les mains. Cinq heures s'étaient écoulées depuis que Layla était partie consulter les résultats des auditions, une expédition qui, selon Bahar, aurait dû durer une heure tout au plus.

— Je te l'ai déjà dit, Bahar. J'ai appelé Fiona. La dernière fois qu'elle l'a vue, Layla était devant les bureaux du lycée avec Malachy. Ils ont tous deux obtenu les premiers rôles dans la pièce. Elle est probablement en train de fêter ça avec ses amis, répondit doucement Marjan en essayant d'avoir l'air calme.

— Malachy ! Mais qui est-il vraiment, ce Malachy ? Oui, je sais bien qu'il est poli et intelligent, mais qu'est-ce qu'on sait de sa famille ? Et ses parents, quelle sorte de gens sont-ils ? Si c'étaient des fous meurtriers ?

— Bahar, s'il te plaît.

Marjan secoua la tête. Par moments, sa sœur pouvait sombrer dans le mélodrame. Il n'était pas exclu qu'elle s'effondre, prise d'une crise de larmes hystérique, au beau milieu du café. Au moins avait-elle cessé de tout nettoyer. Dès son retour de l'hôpital, Marjan avait compris que quelque chose allait de travers. Elle avait trouvé Bahar dans la cuisine avec un tampon à récurer en cuivre et une bouteille d'eau de Javel dans les mains, en train d'astiquer frénétiquement la porte du four. Bahar ne se lançait dans ces récurages déments que lorsqu'elle était trop inquiète pour se plaindre ; alors, elle frottait les sols et les comptoirs jusqu'à ce que toute son énergie nerveuse soit épuisée.

— OK, très bien, peut-être pas des meurtriers, mais on ne sait quand même pas grand-chose à propos de ce Malachy, et elle le voit tous les jours. Elle devrait m'aider à servir les tables au lieu de faire Dieu seul sait quoi avec cet Irlandais. Et toi, Marjan – tu ne m'aides pas ! s'exclama-t-elle en pointant un doigt accusateur vers sa sœur.

— Moi ? Qu'est-ce que j'ai fait ?

— Tu la laisses sortir sans lui donner de couvre-feu. Il est presque dix-huit heures dix, maintenant !

— Très bien ! acquiesça Marjan, qui ne souhaitait pas discuter. Je vais aller jeter un coup d'œil au lycée. Elle s'y trouve probablement encore. Mais reste calme, d'accord ?

Marjan grimpa dans le van et sortit en trombe de l'allée pour la deuxième fois de la journée, en essayant de son mieux de faire taire les pensées effrayantes et glauques qui lui traversaient l'esprit. Elle avait beau feindre la sérénité devant Bahar, elle était extrêmement inquiète, elle aussi. Cela faisait cinq heures que Layla était partie, sans même un coup de fil pour leur signaler où elle était. Certes, Ballinacroagh n'était pas la ville la plus dangereuse où elles aient vécu et Layla aurait pu tester les limites propres à l'adolescence dans des endroits bien pires. Mais quand même, rien n'était jamais totalement sûr.

Le lycée Saint-Joseph se trouvait au sommet d'une petite colline, à quatre cents mètres environ de l'extrémité supérieure du Main Mall, aussi Marjan s'engagea-t-elle dans l'allée gravillonnée de l'établissement quelques minutes après son départ du café. Son niveau de panique augmenta brusquement comme elle parcourait des yeux la pelouse déserte et détrempée par la pluie devant le lycée. Les portes principales étaient ouvertes mais aucune lumière ne filtrait des fenêtres gothiques en surplomb. Le seul son qu'elle entendait était le tintement de la cloche rouillée de l'église Saint-Barnabas au loin. Mais on était samedi, après tout, se rappela Marjan en essayant de reprendre contenance. Elle se gara devant l'entrée et se précipita à l'intérieur.

Les lourdes portes en bois des salles de classe s'alignaient dans la pénombre de part et d'autre du vestibule, contrastant avec les murs vert pistache. Tous les dix mètres environ, des appliques fixées aux arches dispensaient une lumière pâle qui dessinait des disques inquiétants sur le carrelage tacheté. Les bureaux devaient se trouver par là, se dit-elle en remontant d'un pas vif un long couloir. Layla s'y trouvait peut-être encore avec Malachy et ses amis, regroupés autour du panneau affichant les résultats des auditions, trop excitée pour s'apercevoir que dehors, la nuit tombait rapidement. En tournant à l'angle d'un couloir, Marjan distingua des voiles sombres.

Ils furent sur elle si rapidement qu'elle poussa un cri de terreur. Elle s'appuya sur une vitrine à trophées, les jambes subitement flageolantes.

Les voiles, ou plus précisément les robes, étaient portés par deux bonnes sœurs âgées. Sœur Agatha et sœur Bea se dirigeaient vers le couvent après la réunion du club du Cantique populaire qui s'était tenue dans le nouveau gymnase du lycée.

Marjan se remit de sa frayeur et retrouva sa voix.

— Excusez-moi ! Le lycée est fermé ?

Sœur Agatha, qui avait renoncé à une vie festive à l'ère du jazz pour rejoindre le Christ, lui sourit avec bienveillance.

— Vous êtes la femme qui a repris le local d'Estelle Delmonico, n'est-ce pas ? demanda-t-elle en donnant un petit coup de coude à sœur Bea. C'est d'elle que le père Mahoney nous a parlé ! Le père Mahoney ! cria-t-elle à l'oreille de sœur Bea. Elle est dure d'oreille, précisa-t-elle à l'intention de Marjan.

Sœur Bea, apparemment perplexe, fixait Marjan d'un œil vague et opaque.

— Oui, c'est moi. En fait, je cherche ma sœur cadette, Layla Aminpour. Elle est en seconde.

Les battements frénétiques du cœur de Marjan se calmèrent un peu.

— Eh bien, désormais, je ne peux pas dire que je connaisse les élèves. Ça fait pas mal d'années que sœur Bea et moi-même n'avons pas enseigné, voyez-vous ?

Sœur Agatha se pencha à l'oreille de sœur Bea.

— On n'a pas enseigné depuis longtemps, hein ? N'est-ce pas, sœur Bea ?

La voix rauque de sœur Agatha parvint enfin à vaincre la surdité de sa consœur. Celle-ci acquiesça avec un large sourire qui dévoila ses dents nacrées.

— Vous avez peu de chances de les trouver ici aujourd'hui, j'en ai bien peur, poursuivit sœur Agatha. Comme on est samedi et tout ça. Cela dit, c'est une excellente chose que sœur Bea et moi-même ayons la chance de vous rencontrer. D'ailleurs, je me demandais si vous pourriez m'indiquer où trouver le délicieux plat au safran dont le père Mahoney nous a parlé ?

A la suite des nombreuses louanges du prêtre, les deux sœurs étaient au fait de l'existence du puissant *abgoosht* de Marjan. Et sœur Bea avait beau être à moitié sourde, elle avait entendu parler des divins ingrédients de ce ragoût dont la recette résonnait entre les murs du couvent bien après qu'elles avaient murmuré leurs dernières prières. Une fois qu'elle eut répondu du mieux qu'elle pouvait aux questions culinaires des deux nonnes, Marjan fit rapidement retraite vers son van. Le cœur toujours battant, elle s'installa derrière le volant et introduisit la clé de contact dans le démarreur, mais interrompit son geste avant de la tourner. Une étrange sueur froide lui recouvrait la peau et la faisait claquer des dents de façon incontrôlable. Pour comiques que fussent ces deux bonnes sœurs, leurs robes bleu marine lui rappelaient trop à son goût les tchadors étouffants. Si elle ne s'était pas trouvée à Ballinacroagh, Marjan aurait certainement vu en elles le signe d'un malheur imminent.

Une touche ambrée, dernier soupir d'un horizon gagné par l'obscurité, guidait Bahar dans la recherche de sa sœur égarée tandis qu'elle remontait à la hâte le Main Mall. Elle n'était jamais allée aussi haut dans la rue à pied. Ses achats ne l'amenaient que dans le proche voisinage du café : la boucherie et l'épicerie ne se trouvaient qu'à deux minutes de son pas-de-porte. Néanmoins, elle avait décidé de braver l'inconnu, certaine qu'elle allait devenir folle si elle restait une seconde de plus dans le café. Si Layla était sortie avec ses amis (et Bahar espérait que c'était le cas, à la grâce de Dieu), elle était peut-être allée boire des milkshakes au burger sur la grand-place, ou s'essayer à des breuvages moins licites dans l'un des trois pubs de la ville. Bahar était déterminée à la retrouver, où qu'elle fût. Et quand elle lui mettrait la main dessus, Layla pouvait s'attendre à ce que sa sœur lui passe un sacré savon.

Mais Layla n'était ni au burger Blue Thunder, ni au Paddy McGuire's. Dieu merci, Bahar avait pu le vérifier sans entrer ni dans l'un ni dans l'autre ; ils avaient tous deux de larges baies vitrées donnant sur la rue, depuis laquelle on pouvait voir les clients descendre des pintes et engloutir des frites au curry bien graisseuses. Bahar songea qu'elle pourrait peut-être demander aux propriétaires des magasins du Mall s'ils avaient vu une fille aux cheveux noirs avec trop de temps libre à sa disposition. Elle s'arrêta net devant le premier qui semblait ouvert, la boulangerie Corcoran. Un endroit aussi valable qu'un autre pour commencer son enquête, décida-t-elle en hochant silencieusement la tête. Quand elle poussa la porte jaune et entra innocemment, elle n'était absolument pas préparée à l'accueil glacial que lui réserva Assumpta Corcoran.

Beaucoup de choses avaient changé dans le foyer des Corcoran depuis que Layla avait croisé la route de Benny et de sa brouette remplie de pain, presque sept semaines auparavant. La promesse de jeunesse de Layla avait plongé le boulanger réticent dans un kaléidoscope de regrets, l'amenant à examiner les choix qu'il avait faits dans sa vie.

Le mariage sans amour de Benny et son amitié particulièrement intense avec Mr Jack Daniel's avaient transformé le corps autrefois athlétique du boulanger en un pitoyable tas de graisse et de taches de rousseur, tandis que la grandiose chevelure rousse de sa jeunesse s'était réduite à une poignée de mèches rebelles. Mais une fois que cette inspiration l'avait pris, il s'était lancé dans un programme de remise en forme complet digne des camps d'entraînement les plus exigeants. Il avait installé une barre de traction dans l'encadrement de la porte de service de la boulangerie, sur laquelle il s'exerçait à trois heures du matin, et il avait commencé à rabattre ses mèches sur son crâne et à tester des lotions censées redonner du volume à ses cheveux, qu'il avait achetées à l'Athey's Shear Delight (uniquement après avoir fait jurer à Fiona de garder le secret). Il avait même repêché sa veste en cuir à larges revers dans le grenier plein de toiles d'araignées de la boutique, ainsi que les trophées qu'il avait gagnés en jouant au football gaélique quand il était adolescent, des récompenses qu'il avait oubliées au cours de toutes ces années passées à pétrir les miches propres à son métier et celles de son épouse glaciale, Assumpta.

Elle avait beau porter un nom qui célébrait l'ascension de la Vierge Marie, Assumpta Corcoran considérait que son âme était damnée pour l'éternité. Ses confessions hebdomadaires regorgeaient d'une culpabilité liée aux fonctions corporelles, aux exigences charnelles de son mari et aux obligations maritales à la hauteur (ou la bassesse) desquelles elle ne pourrait jamais se montrer. Après cela, elle fonçait chez elle se laver dans un bain brûlant avec une éponge végétale rêche, espérant ainsi purifier son âme égarée. Quand elle remarqua que le ventre de Benny ne pressait plus le dernier trou de son ceinturon et que son teint rougeaud prenait des nuances roses plus agréables à l'œil, elle sut que ses prières n'avaient eu aucun résultat – son mari s'était finalement abandonné à ses vicieuses pulsions et avait pris une maîtresse, comme tant de gens en ville croyaient depuis des années qu'il l'avait déjà fait. En dépit de sa frigidité et malgré les ragots, Assumpta avait toujours supposé que la sainteté de son mariage était assurée. Mais ce nouveau Benny, qui refusait de boire un coup et s'absorbait dans des livres de cuisine diététique, ne respectait certainement pas les règles ! Aucune chance ! Benny Corcoran était en train de changer, et Assumpta était certaine que ce n'était pas pour elle. Mais qui donc était la traînée qui avait attiré l'œil dégénéré de son mari ? Les pièces du puzzle ne s'étaient emboîtées qu'au moment précis où une Bahar toute rouge et visiblement angoissée était craintivement entrée dans la boulangerie.

— Bonjour, je suis Bahar Aminpour. Mes sœurs et moi possédons le café en bas de la rue.

Assumpta plissa les yeux. Elle était passée plusieurs fois devant ce nouveau restaurant depuis qu'il avait ouvert ses portes, espérant apercevoir les étrangères qui le dirigeaient. Mais à part la jeune fille aux cheveux noirs qui passait devant la boulangerie pour aller en cours, Assumpta n'avait jamais croisé les bronzées dont Dervla Quigley parlait à tout bout de champ. A présent, elle voyait bien que les soupçons de la vieille commère étaient fondés. La femme à la peau sombre qui se tenait devant elle était l'incarnation de la mise en garde de saint Jean dans le Livre des Révélations : la Catin de Babylone venait de se présenter. Que Dieu les protège tous.

— Que puis-je faire pour vous ? demanda Assumpta d'une voix glaciale.

— Je cherche ma petite sœur Layla. Elle a quinze ans, de longs cheveux noirs, et elle est à peu près de cette taille, répondit Bahar en levant la main à une quinzaine de centimètres au-dessus de sa tête avant de la laisser retomber mollement.

— Non. Je n'ai vu personne qui ressemble à *ça* dans le coin, rétorqua Assumpta en crachant le mot *ça* comme s'il était sale.

— Oh… Eh bien, merci quand même.

Bahar se retourna timidement pour s'en aller. Elle sentait approcher une autre terrible migraine.

Juste à ce moment-là, Benny sortit de l'arrière-cuisine en haletant. Il venait de terminer de faire le tour du centre-ville, un exercice insoutenable, et les bandeaux de velours qu'il arborait à la tête et aux poignets étaient trempés de sueur. Il reconnut immédiatement Bahar, l'une des trois créatures angéliques du café, qu'il avait vue au cours de ses livraisons de pain quotidiennes dans le Main Mall.

— Tiens, bonjour ! En quoi puis-je vous être utile aujourd'hui ?

Les yeux de Benny devinrent vitreux, ce qui conforta Assumpta dans la certitude qu'elle était en train de regarder sa maîtresse.

— Tout va bien. Désolée de vous avoir dérangé.

Bahar fit un discret signe de la tête et sortit à la hâte de la boulangerie. Submergée par une fatigue soudaine, elle porta la main à sa tempe et s'éloigna d'un pas chancelant vers le haut de la rue.

Benny la suivit des yeux, puis se tourna vers Assumpta. L'expression d'intense satisfaction qui s'affichait sur le visage habituellement désenchanté de sa femme l'interloqua.

— Qu'est-ce que tu lui as dit pour la faire fuir comme une *banshee* en détresse ?

— Ne commence pas à me dire ce qui est juste ou pas, Benny Corcoran. Je sais ce que tous ces joggings et ces régimes signifient. Tu m'as humiliée, vraiment ! Toute la ville en parle ! Et ne crois pas que je vais rester dans le coin pendant que tu folâtres avec une garce d'étrangère !

Assumpta, au bord des larmes, saisit son manteau et courut vers la porte.

— Assumpta ! glapit Benny. Où vas-tu ?

— A la messe ! Prier pour nos âmes, sale individu ! Et tu ferais mieux d'être au pub quand je vais revenir !

Le van vert était à l'arrêt dans le parking du lycée et les pensées de Marjan flottaient à travers le triste pare-brise devant elle. Les robes sombres des bonnes sœurs avaient ressuscité d'inattendus fantômes, des souvenirs dont elle avait espéré qu'ils étaient morts et enterrés. Peut-être que certains esprits ne sont pas censés rester dans l'au-delà, se dit-elle. Peut-être vous hantent-ils à jamais.

Ces fantômes étaient ressortis de leurs tombes macabres quand elle regardait ailleurs, en ce jour de printemps de 1978 où on l'avait relâchée du centre de détention de Gohid. La première personne qu'elle avait vue quand elle était péniblement arrivée dans leur appartement après son incarcération secrète était la petite Layla. Engraissée par la cuisine au beurre, sa tête de pomme enveloppée dans un foulard de mémère, Layla était assise sur le tapis du salon, une photo du chef enturbanné de la révolution entre ses doigts potelés. Marjan la lui arracha des mains en tremblant, et elle était sur le point de la déchirer en mille morceaux – autant qu'il en faudrait pour effacer ce visage aux sourcils froncés qui était peint sur tous les murs du quartier – quand elle vit les fantômes.

Ils grouillaient dans la cuisine. Des tchadors noirs et des visages de gremlins dont les dents écartées plongeaient dans des bouillons gras et des *chelow* trop cuits. Marjan faillit tomber à la renverse quand elle se rendit compte que sa sœur était parmi eux.

A seize ans, et en moins de quatre jours, Bahar était devenue une militante du Parti des femmes.

Petite sœur chérie d'un Comité uniquement composé d'hommes, le Parti des femmes était une association locale dirigée par leur voisine, une femme au visage large et pointu du nom de Khanoum Jaferi. Née d'un père charmeur de serpents et d'une mère gitane dont les hobbies allaient de la lecture des feuilles de thé aux rendez-vous galants en milieu d'après-midi avec des bergers pubères, Khanoum Jafery avait grandi dans la détestation de tous ces excès. A vingt ans, elle avait adopté le voile et le tchador, et avait peu à peu gravi les échelons dans les groupes de femmes pieuses en assistant aux réunions mensuelles où l'on débattait de la longueur appropriée des tchadors et des techniques pour éviter de prendre du plaisir pendant les nécessaires copulations conjugales.

Khanoum Jaferi, maligne comme elle était, avait en un rien de temps réussi à se frayer un chemin vers les premiers rangs des mouvements révolutionnaires en fondant son propre collectif de femmes fondamentalistes : le Parti des femmes. Les réunions hebdomadaires du parti se tenaient dans son appartement aux tapis luxueux. Là, les dévotes passaient des heures à vanter les vertus de l'Enturbanné, le mollah qui promettait de débarrasser le pays de la décadence maléfique et d'y instaurer une société islamique. Avec des tasses de thé noir, bouillant et sans sucre, et du ragoût de langue de chèvre, Khanoum Jaferi prêchait passionnément la nécessité de purger sa Perse bien-aimée de toute influence occidentale – le shah, cet enfant chéri de l'Amérique, y compris. Pendant trente ans, elle avait attendu que la révolution islamique purifie leur société, disait-elle aux femmes enveloppées dans leur tchador, et elle ne comptait pas cesser avant de voir son rêve advenir.

Plus tard, Marjan apprit que dès que la nouvelle de sa disparition s'était propagée, Khanoum Jaferi était passée chez elle avec des casseroles de riz et de soupe aux pois cassés. N'étant pas du genre à gâcher une occasion de recruter, la matrone militante avait aussi apporté de la peinture et des banderoles blanches, et avait mis Bahar au travail pour qu'elle écrive des slogans antiaméricains pendant qu'elle réchauffait ses plats insipides.

Sans Khanoum Jaferi et le Parti des femmes, Layla et moi serions mortes de faim, avait déclaré Bahar en faisant abstraction des avertissements de Marjan à propos du groupe de tchadors réactionnaires qui proliféraient dans leur cuisine. *Indépendance, Liberté, République islamique ! Marg bar Amrika ! Mort à l'Amérique*, s'était-elle exclamée avant de se lancer dans la récitation de passages du Coran si longs et si compliqués que Marjan avait été réduite au silence, abasourdie par les capacités de mémorisation de Bahar. Néanmoins, la chose la plus effrayante n'était ni le tout récent zèle de Bahar pour la révolution ni les réunions hebdomadaires auxquelles elle voulait qu'elles assistent toutes les trois, mais la loyauté inconditionnelle qu'elle affichait envers le fils unique de Khanoum Jaferi, l'homme qui allait devenir son mari.

Hossein Jaferi. Un homme qui n'était pas plus conscient qu'une salamandre des responsabilités allant de pair avec l'appartenance à la race humaine. Hossein, qui, à la naissance, avait été gravement blessé par des forceps qu'on n'avait pas utilisés correctement, portait ses cicatrices comme des médailles, fier qu'il était d'avoir survécu au premier obstacle d'une vie qui en compterait beaucoup. Les outils métalliques avaient tellement défiguré son visage que sa mère était tombée du lit d'accouchement et s'était brisé la hanche en deux endroits à la suite du choc qu'elle avait eu en le voyant. Quand il était jeune homme, il avait été arrêté par la police secrète pour avoir brûlé une effigie de ce minus de shah, mais six années de prison n'avaient guère atténué son impétuosité et, dès sa libération, la mosquée locale avait été le premier endroit où il s'était rendu. Au sein de ses murs frais et tapissés de mosaïques, il avait écouté des oracles l'encourageant à se poser en chef des croyants. Alors, poussé par Dieu et par sa mère zélée, il s'était joint à une initiative promue par la base du quartier – le Comité. Une plateforme idéale à partir de laquelle Hossein, à trente et un ans, pouvait exercer son sadisme et faire carrière dans le territoire vierge de la révolution.

Marjan faillit s'évanouir quand elle entendit son nom. Le Comité. Mais ses objections n'avaient que peu de poids ; Bahar avait pris sa décision, et toute une communauté de tchadors clandestins allait la soutenir.

Au cours des nuits sans sommeil qui précédèrent la date du mariage de Bahar et Hossein, Marjan vécut des heures sombres, les mains plongées dans la farine poisseuse, à essayer de trouver le moyen d'empêcher sa sœur de ruiner sa vie. Elle était censée confectionner les pâtisseries pour la fête du mariage, les baklavas, la pâte d'amandes aux mûres et les cookies aux noix, aux pois chiches et au riz. Tandis qu'elle roulait la pâte pour les baklavas (de quoi nourrir les deux cents membres du parti militant), Marjan, le ventre creux, essayait de raisonner cette voix qui lui disait de prendre ses deux sœurs et de s'enfuir. Ce Hossein, et tout ce qui l'accompagnait – les fêtes aux cocktails Molotov qu'il organisait, l'oncle martyr qu'il vénérait et sa mère dominatrice qui semblait avoir lancé un sort indestructible sur Bahar – était maléfique. Totalement maléfique. Et elle ne pouvait rien faire pour modifier le destin de sa sœur.

Le lendemain de ce mariage funeste, Bahar emménagea avec la famille de son nouveau mari. Ce départ, qui permit à ses sœurs d'échapper aux réunions hebdomadaires du Parti des femmes, laissa un vide et un manque indicibles dans le cœur de Marjan. Et bien qu'elle ne vécût qu'à quelques pâtés de maisons, après ce mariage, Marjan ne vit plus sa sœur pendant quasiment quatre mois.

Le regard glacial d'Assumpta Corcoran semblait s'être imprimé sur les tempes de Bahar. Les premières notes d'une migraine naissante l'accompagnaient quand elle entra dans l'Ale House de McGuire en espérant trouver Layla dans l'un de ses boxes miteux.

Mais Thomas McGuire n'était pas homme à laisser pénétrer une femme attirante dans son établissement sans le faire remarquer. Même s'il réservait ses véritables coups de cœur à Donna Summer, Gloria Gaynor, Thelma Houston et leurs semblables, et s'il n'exposait ses parties intimes grassouillettes qu'aux étreintes vigoureuses de son épouse, Thomas n'était certainement pas aveugle au roulement de hanches d'une femme. Quand Bahar pénétra dans le pub, il était en train de jeter un œil sur le planning hebdomadaire avec son barman, mais il s'interrompit au milieu d'une phrase pour lorgner la jeune femme qui venait perturber le brouillard stagnant de fumée de cigarette et de flatulences discrètes.

Ça, ce n'est pas une femme ordinaire, songea-t-il avec un frisson. C'est l'une de ces pétasses du café ! Il détourna les yeux de Bahar et, incurvant ses lèvres boudinées en un rictus, il adressa un signe de tête complice à son employé. Putains d'Arabes !

Bahar s'approcha du comptoir comme un agneau va à l'abattoir.

— Excusez-moi, bonjour ? dit-elle en levant la main comme une écolière.

Le barman, un homme enrobé avec de gros favoris roux, imita le ricanement de son patron. Il tourna le dos à Bahar et fit semblant de discuter avec un vieux poivrot affalé sur son tabouret.

— Je me demandais si quelqu'un n'aurait pas vu ma...

Tous les gens présents dans le bar, de Thomas McGuire à la vieille lady Lennon qui couvait son gin tonic à la table d'angle, lui tournèrent le dos. Silence. Plusieurs secondes s'écoulèrent pendant que la voix de velours de Chaka Khan s'élevait d'un gros jukebox dans un coin. Quelqu'un toussa, tandis qu'un paresseux nuage de fumée dérivait devant Bahar. Elle baissa les yeux vers la moquette à motifs adamantins, encore jonchée des restes de la soirée de la veille, miettes de chips, mégots de cigarettes et sachets de noisettes. Chaka Khan poussa une note anormalement haute, puis le bras du jukebox souleva le disque, le replaça sur une pile de 33 tours brillants et se tut. Mais personne ne se tourna vers elle.

Une gêne mêlée de colère délava les joues de Bahar et lui tordit les tripes. Quelque chose allait vraiment mal ici, non seulement dans ce pub dégoûtant mais aussi dans la boulangerie. Quelque chose qui allait au-delà de la lugubre curiosité des vieilles femmes à la boucherie. Quoi qu'elle pense de cette étroitesse d'esprit, ce n'était rien en comparaison de la haine pure qu'elle voyait devant elle. C'était une exclusion aussi infâme que celle dont elle avait souffert au cours de ces premières années effrayantes à Londres, quand toute la ville était en alerte à cause des menaces terroristes et que quiconque avait l'air un tant soit peu étranger était regardé avec suspicion.

Elle tourna les talons, qui crissèrent sur le sol, et poussa la porte du pub, désireuse d'échapper à la terreur qui lui comprimait la poitrine. Quand la porte claqua derrière elle, une voix sinistre se fit entendre :

— Retourne voir tes chameaux qui puent !

Des rires rauques de fumeurs enveloppèrent l'élégante insulte.

— Par là. A côté de ce cumulus qui ressemble à un lapin – c'est Jupiter. Elle est toujours là, même pendant la journée. Mais tu devrais la voir la nuit, avec un télescope.

Le long bras de Malachy pointait vers le ciel au-dessus de la baie de Clew.

— Tu peux la voir depuis ton lit ?

Layla se lova un peu plus contre lui sur le tapis d'algues étonnamment chaud où ils s'étaient allongés.

— Ouais, mais j'aimerais apporter mon matériel ici quand je pourrai. Même si ça tape sur les nerfs de mon père.

— Ton père ?

Layla avait oublié la mise en garde d'Emer. Elle se demanda si les rumeurs disant que le père de Malachy avait des visées sur le local du Babylon Café étaient vraies, mais sentant que c'était un sujet épineux, elle laissa tomber. A la place, elle posa la tête sur la poitrine de Malachy et contempla le ciel d'un œil rêveur.

— Toutes les constellations portent des noms de dieux et de déesses grecs ?

Malachy, soulagé d'avoir évité un débat sur son père despotique, sourit et acquiesça.

— Ouaip. Bien que les Babyloniens les aient découvertes avant les Grecs. Ils avaient tout compris au fonctionnement du système.

De la main, il balaya la voûte céleste, s'arrêtant sur un morceau de ciel qui brillait plus fort que les pâles nuages tout autour.

— A côté de cette zone, on trouve Vénus. Tu ne peux pas la voir, mais crois-moi, elle est là.

Layla déglutit en acquiesçant. Vénus. La déesse de l'amour. Oui, c'était sûr qu'elle était là.

D'une certaine façon, quelque part entre les bénédictions des planètes, le bercement doux de la marée océanique et la canopée de leurs doigts entremêlés sur le fond du ciel, ils s'étaient endormis. La chose suivante dont elle eut conscience, c'était le trou noir et gloussant de la bouche d'un édenté de six ans.

— Vous croyez qu'ils sont morts ?

— Non, le plus probab', c'est juste qu'y baisent.

Les rires et les postillons atterrirent sur les yeux de Layla et de Malachy, qui s'entrouvraient. Une bande de gamins des rues, trois filles et un garçon entre six et douze ans en survêtements gris et bleu marine s'étaient regroupés autour d'eux. Leurs tignasses rousses et leurs taches de rousseur étaient maculées de terre. Ils avaient les yeux chassieux et la bouche entourée de chocolat fondu.

— Allez ! Dégagez !

Malachy les chassa à coups de pied vers le groupe de caravanes stationnées au pied d'une colline sablonneuse. Un fil à linge de fortune pendait entre deux mobil-homes et plusieurs chaises pliantes étaient disposées en cercle autour d'un feu de camp. Trois femmes, dont les cuisses émaciées étaient moulées dans des jeans délavés, frissonnaient à côté du feu en se passant une longue cigarette. Elles posaient un regard blasé sur un coq maigre qui se pavanait à proximité des deux terriers galeux en train de ronfler. Layla était étonnée de ne pas avoir aperçu le campement plus tôt. Il faut dire qu'elle était surtout concentrée sur Malachy. La simple idée que ce garçon se trouvait à côté d'elle la faisait trembler.

Les enfants rirent aux éclats avant de détaler. Le plus âgé leur fit un doigt, une insulte glorifiée par le temps, puis disparut derrière la crête d'une dune énorme et sombre. Reprenant ses esprits, Layla s'aperçut que les alentours étaient plongés dans la pénombre. Les étoiles elles-mêmes commençaient à montrer leur sourire scintillant dans le ciel nocturne.

Bahar, assise à la table de la cuisine, la tête entre les mains, pleurait et priait pour la première fois depuis très longtemps. C'était de sa faute si elles étaient coincées dans ce méchant village du bout du monde, sans autre perspective que des brûlures en cuisine et des remugles d'oignons frits. Tout était de sa faute, et elle ne pouvait rien faire pour y remédier.

— Bahar ? murmura Layla.

Elle se tenait sur le seuil, effrayée à l'idée d'avancer ne serait-ce que d'un centimètre.

Bahar leva la tête et la dévisagea sans rien dire. Les rayons opalescents de la lumière extérieure convergeaient autour de Layla comme un halo. Aveuglée, Bahar fut obligée de cligner plusieurs fois avant de distinguer son visage, mais une fois qu'elle fut convaincue que sa sœur était toujours en vie, son sang ne fit qu'un tour.

— Tu étais où ? J'ai failli devenir folle en t'attendant ! hurla-t-elle en bondissant de sa chaise.

— J'étais avec Malachy. A la plage, répondit Layla d'un ton nonchalant.

— Il est sept heures !

— Je sais. Désolée.

Choquée par l'insouciance de Layla, Bahar la regarda bouche bée. A l'évidence, sa sœur se moquait de ce qu'elle venait d'endurer, songea-t-elle avec une rage croissante. Tout ce temps passé à la chercher frénétiquement dans la rue, à être obligée de s'humilier devant des personnes si ignorantes. Comment osait-elle ? Comme si elle méritait cette liberté, comme si, à son âge, elle avait gagné le droit de sortir avec un garçon. Avait-elle oublié toutes les épreuves que sa sœur avait endurées ? Bahar chercha les mots qui instilleraient la peur des hommes en Layla, mais ceux qui finirent par sortir de sa bouche étaient :

— Tu vas finir comme moi ! C'est ce que tu veux ? Je t'interdis de revoir ce garçon !

— Bahar !

— Non ! Je suis sérieuse, Layla ! On n'a pas fait tout ce chemin pour que tu atterrisses dans le lit d'un stupide Irlandais ! cria Bahar d'une voix suraiguë.

— Tu veux que je devienne aussi amère que toi ? rétorqua Layla. Je mérite un peu de bonheur, tu sais ? N'oublie pas que c'est à cause de toi qu'on a été obligées de venir ici !

Layla partit en trombe dans l'escalier et claqua la porte, laissant Bahar s'étouffer avec sa peur colérique et mal placée.

Chelow

3 tasses de riz basmati long grain
6 tasses d'eau
2 cuillères à café de sel
1/2 tasse d'huile d'olive

Placer le riz dans un grand saladier et le rincer à l'eau tiède. Vider l'eau et répéter l'opération deux fois. Faire bouillir l'eau salée dans une cocotte. Ajouter le riz, le recouvrir, et laisser cuire 30 minutes, ou jusqu'à ce qu'il soit al dente. Dans une seconde grande casserole, faire chauffer l'huile. Étaler une couche de trois centimètres de riz cuit au fond de la casserole. Par-dessus, verser doucement le riz cuit en formant une pyramide dont la pointe est vers le haut. Couvrir et cuire à feu doux pendant 30 minutes. Le tadig va se former au fond de la casserole.

Chapitre 9

Le lendemain matin, Marjan alla chercher Estelle Delmonico à l'hôpital. Les médecins du Mayo General auraient préféré qu'elle y reste un jour de plus, au cas où elle s'évanouirait de nouveau, mais la fougueuse Italienne avait insisté pour qu'on la laisse partir aussi tôt que possible.

— Je vais bien, inutile de s'inquiéter comme ça. Et vous savez, je ne pourrais pas passer une journée de plus à manger leur horrible poulet. Aucun goût, mon Dieu ! avait-elle protesté.

Même aux jours les plus sombres de la guerre, quand sa famille était obligée de rationner son quota hebdomadaire de linguine et de sauce à la seiche, elle n'avait jamais avalé une nourriture aussi fade et peu inspirante.

Se souvenant des récriminations d'Estelle, Marjan avait emballé des oreilles d'éléphant qu'elle venait de préparer ainsi qu'un grand sac en papier kraft rempli de *kuku* aux herbes. Une simple bouffée de l'odeur de ces pâtisseries et le goût des repas bouillis de l'hôpital tomberait aussitôt dans l'oubli, avait-elle songé en partant.

Marjan ne put s'empêcher de remarquer à quel point la petite veuve avait l'air frêle dans sa mince blouse d'hôpital. Pourtant, Estelle avait repoussé la proposition de l'infirmière de s'asseoir dans un fauteuil roulant, et si son arthrite ne l'avait pas fait souffrir, elle aurait gagné la sortie toute seule. A la suite de sa crise cardiaque, l'inflammation avait gagné ses articulations, et les fragiles tendons de ses hanches et ses genoux la torturaient à chaque pas, aussi Marjan dut-elle la soutenir par le coude et l'épaule sur le chemin du parking. Heureusement, le van était assez étroit pour emprunter la route escarpée qui menait chez Estelle. Marjan l'aida à descendre du siège passager et elles remontèrent ensemble l'allée gravillonnée menant à la porte rouge vif de son cottage.

— Ce rosier est magnifique, dit Marjan avec admiration.

— Merci, ma chérie. Oui, c'est mon Luigi.

— Comme vous avez de la chance qu'il soit si près de vous, reprit Marjan en comprenant immédiatement ce que les roses signifiaient pour la veuve.

— Il est toujours près de moi.

Estelle lui tendit une grosse clé rouillée accrochée à un grand anneau de métal. La porte s'ouvrit sur un salon peu éclairé mais avenant, une petite pièce bien rangée aux meubles capitonnés de cuir crème et aux rideaux de dentelle, décorée de vases de gardénias. Les deux femmes s'arrêtèrent sur le seuil pour contempler les feuilles du rosier qui dansaient sous la brise de mer, l'accueil personnel que leur réservait Luigi. Marjan aida Estelle à traverser le salon coquet au dallage ciré.

— Où se trouve votre chambre, Estelle ?

— Juste au bout de ce couloir, ma chérie. Prenez à gauche.

Elles s'engagèrent dans un couloir tapissé de papier peint et brillamment éclairé, où une série de portraits pendaient aux murs. On voyait Estelle le jour de son mariage, ses cheveux réunis en un chignon espiègle recouvert d'un délicat voile de dentelle ; sur une autre, aux couleurs sépia, elle était en robe de mariée à côté d'un petit homme dont le visage jovial arborait une épaisse moustache aux extrémités recourbées. Luigi.

— Ah ! Tous ces souvenirs ! s'exclama Estelle.

Elle passait ses doigts affaiblis sur les photos en avançant le long de ses années de bonheur : les Delmonico pendant leur lune de miel au Maroc ; posant devant le Papa's Pastries le jour de son inauguration ; et même une de sa nièce, Gloria, dans son costume de cheffe cuisinière avec sa toque.

Elles passèrent devant une cuisine ensoleillée couleur jonquille, où une table en bois peinte en violet et des chaises et des placards ornés de pâquerettes bleu pervenche au pochoir prenaient toute la place. Une fois dans la chambre, Marjan aida Estelle à enfiler une robe de chambre en coton et la borda dans son grand lit d'ébène sous sa couette en duvet de canard.

— Attendez ! J'ai quelque chose pour vous dans le van, dit Marjan.

Elle revint rapidement avec le sac de papier kraft.

— Des oreilles d'éléphant ! s'écria Estelle en battant des mains, heureuse comme une enfant.

Marjan déballa les sachets de sucreries sur la courtepointe brodée à la main d'Estelle, et aussitôt le riche parfum des pâtisseries et du pancake aux œufs et aux herbes apaisa les articulations glacées de la vieille femme. Après les avoir mangées, elle avait l'air si calme et en bonne santé que Marjan sauta sur l'occasion pour lui demander un précieux conseil.

— Laissez-les régler ça entre elles, répondit Estelle avec sagesse quand Marjan eut fini de lui raconter son histoire. Elles sont grandes, à présent.

— Je sais, mais parfois, je ne peux pas m'empêcher de me sentir responsable de tout ce qu'elles font. Je suis l'aînée, après tout, dit-elle en tordant le sac entre ses mains.

— La grande sœur, oui. La mère, non. Je n'ai jamais eu la chance d'avoir des enfants, mais j'ai Gloria, et laissez-moi vous dire que les filles, ce n'est pas facile. Ce Malachy. Vous dites que c'est un bon garçon ?

Estelle avait l'air sceptique : elle connaissait trop bien Thomas McGuire pour attendre quelque chose de bon de sa progéniture.

— Il est merveilleux. Un très bon garçon.

— Alors, tout va bien, non ? J'ai rencontré mon Luigi quand j'avais quinze ans. Je ne prétends pas que Layla doive se marier maintenant, mais si c'est un bon garçon, alors tout va bien. Son père, c'est Thomas McGuire ?

— J'avais l'intention de vous poser des questions sur lui.

Marjan en avait déjà entendu des vertes et des pas mûres sur l'homme d'affaires imbu de lui-même qui, la veille, avait si mal traité Bahar à l'Ale House. Elle répéta à Estelle l'information donnée par Emer Athey que Layla s'était finalement souvenue de rapporter.

— Apparemment, le père de Malachy veut que nous fermions boutique.

— Je vais vous dire quelque chose à propos de Thomas McGuire et du reste de ces imbéciles, répondit Estelle. Ils ont tous peur. Vous auriez dû les voir quand on a emménagé ici, Luigi et moi. Deux à trois clients par jour pendant tellement longtemps ! Vous savez ce que mon Luigi a fait ? Il a sorti une table dans la rue et tout ce qui se trouvait dessus était gratuit ! Les biscuits, les amaretti, les cannoli ! Tout gratuit ! Même les expressos ! Ces gens-là adorent ce qui est gratuit !

Estelle se redressa et se mit à parler avec ses mains, qui s'étaient à présent réchauffées.

— D'après moi, vous n'avez pas à vous inquiéter. Vous leur souriez, à eux, à McGuire et à toutes ces femmes à l'église qui ont l'air d'avoir mangé un œuf pourri. Vous leur enseignez la bonté.

Ragaillardie par la sagesse d'Estelle, Marjan décida de ne pas se faire de souci, mais plutôt de sourire et de garder sa porte ouverte. Le café marchait bien avec sa clientèle d'habitués, et elle pouvait toujours compter sur le père Mahoney et Fiona Athey pour venir, même si personne d'autre ne le faisait. Quant au reste de la ville, songea-t-elle, ils finiraient bien par succomber à l'odeur de ses oreilles d'éléphant et de son *kuku* aux herbes. Elle n'allait peut-être pas parvenir à attirer toute la ville au Babylon Café, mais elle savait qu'il y aurait toujours assez de clients pour que Bahar, Layla et elle-même soient occupées du matin au soir. C'était ce dont elle avait toujours rêvé pour elles, et maintenant c'était devenu la réalité.

Et une chose était sûre. Elles n'avaient pas fait tout ce chemin pour succomber devant un type comme Thomas McGuire. Ou qui que ce soit d'autre, d'ailleurs.

Le *chelow*, ou riz à la vapeur, est essentiel à la cuisine persane, car il est le socle qui soutient les autres plats principaux. C'est un excellent accompagnement, non seulement pour les ragoûts, les grillades d'agneau, les poules de Cornouailles, le bœuf ou le poisson, mais il peut aussi être servi avec un assortiment de denrées telles que pistaches, lentilles, cerises séchées et haricots de Lima, qui en font un repas complet. Néanmoins, la recette la plus simple et la plus populaire, c'est le *chelow* blanc. Le riz – dont chaque grain est en soi une perle de sagesse – doit être cuit lentement pendant une demi-heure pour donner le célèbre *tadig*.

Marjan s'affairait pour préparer le *tadig*, la couche croustillante au fond du *chelow* qu'on fait frire jusqu'à transformer le riz en un grand gâteau dégoulinant de bonnes choses. Elle avait pris une grande cocotte pour chauffer l'huile d'olive jusqu'à ce qu'elle crépite d'impatience, puis étalé une couche de riz épaisse de trois centimètres. Il fallait alors couvrir le *tadig* et le laisser cuire à feux doux pendant trente minutes avant que se forme le croquant qui, plus que toute autre chose, attirait les convives à la table.

La touche simple, la touche d'élégance, se dit Marjan en hochant la tête avec solennité tout en réduisant le feu sous la cocotte. C'était ainsi qu'il convenait d'aborder les problèmes, en cuisine ou dans la vie. Elle était contente d'avoir écouté le conseil d'Estelle Delmonico.

Trois mois après son ouverture, le Babylon Café marchait si bien que Marjan avait été obligée d'embaucher Jerry Mulligan – l'un des garçons qui travaillaient dans la quincaillerie de Healey, et qui arrondissait ses fins de mois en faisant des livraisons pour elle. Jerry, dix-neuf ans, sec et nerveux, poussait courageusement sur les routes vallonnées son vélo lesté de sacs marron pleins de *lavash* et de dolmas qu'il empilait dans un panier sur son porte-bagages. Le service de livraison n'était disponible que le midi, car c'était tout ce qu'elles étaient en mesure de gérer pour l'instant, particulièrement depuis que l'horaire de fermeture du Babylon reculait chaque jour un peu plus. Au début de l'été, les buveurs de thé de l'après-midi prolongeaient leur extase en faisant de leurs théières d'oolong et de jasmin les prémices de leur dîner, ce qui avait conduit Marjan à préparer des doubles puis des triples fournées de tous ses plats. En juin, les cours avaient pris fin pour les vacances et, entre deux répétitions de la pièce, Layla pouvait travailler à plein temps : elle faisait le service et nettoyait la cuisine. Le fait qu'elle effectue sa part de travail avait beaucoup contribué à apaiser les tensions entre elle et Bahar, qui était épuisée, et bientôt, les deux sœurs furent de nouveau en bons termes, entretenant une relation aussi paisible que la luxuriante vallée qui les entourait.

En ville, tout le monde était surpris par la chaleur de ce mois de juin. En effet, si le passage de ces six premiers mois marque l'arrivée du solstice, dans l'ouest de l'Irlande, les étés sont généralement pourris par de gros nuages menaçants qui déversent des pluies glaciales sur les terres agricoles. D'autres pays peuvent bien baigner dans les premiers jours ensoleillés, en général, dans le comté de Mayo et plus particulièrement à Ballinacroagh, le mois de juin n'apporte que davantage de pluie. Mais pas cet été-là. Juin 1986 était marqué par un soleil suffocant et constant qui rappelait à un Thomas McGuire amer ses doux après-midi à Majorque et plongeait les dames du comité d'organisation de la Patrician Day Dance dans un état de panique, car elles ne savaient que faire des chauffages d'appoint de plein air qu'elles avaient achetés l'été précédent pour affronter le froid qui régnait habituellement pendant la nuit de juillet du festival.

Cela dit, la plupart des habitants de Ballinacroagh accueillaient favorablement ce brutal changement de climat et l'exubérante déclaration de soleil et de fleurs qui l'accompagnait. Des bourgeons inconnus poussaient du jour au lendemain sur les murs couverts de lierre ; des cottages tout à fait banals se réveillaient entourés d'une explosion de fleurs magenta, terre de Sienne ou lilas qui avaient dormi bien trop longtemps sous les roches recouvertes de mousse. L'herbe détrempée des vallons alentour, striée de teintes dorées, s'étalait sous le soleil, tandis qu'au-dessus de Ballinacroagh, le ciel prenait des nuances immaculées de bleu qu'on avait seulement vues dans le cobalt des fresques murales de Pompéi. Rien d'étonnant à ce que cet hommage inespéré à son Italie d'origine ait donné à Estelle Delmonico beaucoup de raisons de se réjouir !

Malheureusement, Marjan avait loupé la magnificence de ce début de saison, trop occupée qu'elle était à honorer les commandes quotidiennes de riz à la cerise et de dolmas que Bahar et Layla apportaient à un rythme effréné. Ce n'était qu'après le coup de feu du midi qu'elle pouvait souffler un instant. Laissant à ses sœurs la corvée de nettoyage, elle sortait dans la rue chaude de soleil et traversait le Main Mall en direction de la boucherie. Là, appuyée contre le panneau d'aluminium vantant les mérites du Clonakilty Blackpudding sur la façade en briques du boucher, elle contemplait ce que ses sœurs et elle avaient créé.

Les fenêtres du café étaient ouvertes et la brise tiède qui soufflait depuis la baie de Clew charriait les effluves des *zulbia* à la cannelle et de la confiture de cerises qu'elles avaient préparées le matin même. Les pieds de lilas et de jasmin persan qu'elle avait plantés avaient enfin pris racine et leurs fleurs s'épanouissaient dans deux grands pots qui se balançaient aux fenêtres. Les yeux de tigre du jasmin papillonnaient avec séduction sous le doux zéphyr. En fermant les siens, Marjan pouvait quasiment imaginer qu'elle était de retour dans les jardins de son enfance, dans le nord de Téhéran.

Le Babylon Café. Les jardins suspendus de Babylone. Cette rangée de devantures, songea-t-elle, ce Main Mall, était désormais leur jardin suspendu, leur petit coin de paradis.

La gratitude envers les trésors simples de la vie et la bonne fortune qui était la sienne, voilà une chose que Thomas McGuire, centre autoproclamé de tout à Ballinacroagh, n'apprendrait que trop tard. S'il n'avait pas senti l'aiguillon de l'ambition lui titiller les tripes avec autant d'insistance, il aurait compris qu'il possédait déjà tout ce dont il avait besoin dans la vie – des enfants en bonne santé, plus d'argent qu'il ne pourrait jamais en dépenser et une épouse qui, en véritable rhinocéros excité, savait rendre les choses intéressantes au lit (avec l'aide d'un catalogue de vente par correspondance que lui avait envoyé Hans, un entrepreneur hollandais borgne qui vendait des sex-toys). L'un dans l'autre, Thomas McGuire était un homme chanceux, mais il était le seul en ville à ne pas s'en être aperçu.

Le tyranneau s'était rendu compte que son boycott et ses intimidations n'avaient pas empêché le succès du café. La plupart de ses amis et tous ceux qui lui devaient quelque chose s'étaient gardés de franchir le seuil aux senteurs de jasmin du Babylon Café, mais beaucoup d'autres habitants ne les avaient pas imités. Quand certains comprenaient que le simple fait de mettre les pieds au café était un acte de défi envers Thomas, l'*abgoosht* de Marjan n'en devenait pour eux que plus attirant. Cette rébellion subtile était une raison plus discrète et moins consciente du succès du Babylon que l'évidente beauté de ses plats, mais elle n'en était pas moins importante. La combinaison de la satisfaction du corps et de l'indépendance de l'âme est un cocktail difficile à vaincre. Pourtant, c'était exactement ce que Thomas voulait faire.

Laissant tomber son boycott, le tyranneau avait décidé de s'en remettre à ce qu'il connaissait le mieux (à part le disco) : des prix compétitifs et l'éviction de ses concurrents grâce aux simples lois de l'offre et de la demande. Il avait eu beau essayer, il n'était jamais parvenu à déterrer le secret du succès du Babylon Café. Les rapports grinçants que lui écrivait quotidiennement Dervla Quigley n'avaient rien révélé de nouveau, et il ne comptait certes pas aller voir par lui-même de quoi il retournait. Il ne pouvait pas non plus envoyer Tom Junior chercher des dolmas ou du *chelow* à des fins d'examen – l'information serait connue de tous dans la minute. Non ! Pour mener son enquête, il fallait qu'il voyage. De Westport à Galway, de Tuam à Killala, il passa au peigne fin les rues commerçantes des villes qui s'animaient en essayant de décrypter pourquoi les gens allaient déjeuner au Babylon Café et non au Wilton Inn.

Il finit par trouver la réponse qu'il cherchait sur les quais de Galway, où une poignée de restaurants de cuisine du monde avaient surgi au cours des dernières années. Tandis que Thomas arpentait de bas en haut les quais bondés, les salles tout aussi bondées des restaurants grecs et chinois lui firent comprendre pourquoi le Babylon Café connaissait un tel succès. En fait, pendant tout ce temps, il avait la réponse sous le nez. Ce que Ballinacroagh voulait, ce qui avait manqué au village pendant tout ce temps, c'était un peu d'exotisme, une bouffée d'inconnu. Le Babylon Café n'avait rien de particulier, il s'était simplement trouvé au bon endroit au bon moment, c'était tout. Si Thomas n'avait pas été si occupé à maintenir la ville dans un état d'alcoolémie hébétée, il aurait vu venir ça plus tôt.

Eh bien, décréta-t-il, si le village voulait de l'exotisme, il allait lui en fournir. Mais pas de cette merde babylonienne pour sa ville natale. Thomas mit de côté son dégoût de tout ce qui était étranger et décida d'aller chercher plus à l'est les fondements de sa nouvelle entreprise commerciale – dans un pays de friture de porc et d'électronique étonnamment bon marché. Un endroit où le disco était encore en vogue et où les gens vénéraient les dirigeants tyranniques. Thomas McGuire décida de se construire un palace, le Tom Tom Palace, le tout premier restaurant chinois de cuisine à emporter de Ballinacroagh.

Le Patrician Day n'était que dans quatre jours, mais Ballinacroagh tournait déjà d'excitation comme une toupie autour de son axe. De mémoire d'habitant, c'était la première fois que les rues grouillaient de touristes, lesquels, les autres années, préféraient aller à Castlebar et à Westport, des villes plus importantes. Le tourisme avait enfin atteint le village. Un grand moment.

Dès le jeudi, les fervents fidèles de saint Patrick et les pèlerins avec un penchant pour la randonnée affluèrent en ville en autocar. Ces touristes religieux venaient d'endroits aussi proches que Balla et aussi lointains que Chicago ; ils déambulaient dans la modeste rue commerçante, leurs appareils photo et leurs bibles à la main, bouche bée d'émerveillement, comme s'ils contemplaient les reliques d'une ancienne cité des Mayas. Dans la boutique de souvenirs d'Antonia Nolan, les pèlerins enthousiastes faisaient le plein d'eau bénite et de sacs de cuir remplis de galets de la montagne, puis ils se prenaient en photo devant le mémorial buriné de saint Patrick, sur la grand-place.

Les jumeaux Donnelly, qui traînaient comme d'habitude devant l'épicerie de Fadden, regardaient les cars déverser leur cargaison de pèlerins impatients, dont beaucoup arboraient un visage illuminé par une combinaison miraculeuse de coups de soleil et d'une promesse de plénitude spirituelle.

— Michael, d'après toi, combien de minutes faudrait-il pour que quelqu'un remarque qu'un de ces bus a disparu ? ricana Peter en lorgnant d'un œil torve la rangée de cars d'Hibernian Holiday Tours en stationnement.

— On serait en route vers Dublin avant qu'ils aient capté, répondit Michael en lisant dans l'esprit ingénieux de son frère.

— Ça fait réfléchir, non ?

— Carrément.

En moins de cinq minutes, les jumeaux avaient télépathiquement trouvé le moyen de détourner un car. Ils attendraient l'heure du déjeuner, quand tous les pèlerins s'entasseraient dans le Babylon Café. Michael ferait sortir le chauffeur de sa cabine à air conditionné en lui demandant de lui indiquer comment aller à tel endroit, et pendant ce temps, Peter prendrait le volant et la poudre d'escampette. Plus tard, Michael retrouverait son frère non loin de là, à Louisburgh, pour la virée de leur vie.

— Pense à l'ambiance, Michael ! Les fêtes qu'on pourrait se faire dans un de ces trucs !

— C'est un bon plan, c'est sûr. Allons boire un coup pour fêter ça.

— Au Paddy's, hein ?

— Nan, à l'épicerie, en souvenir du bon vieux temps.

Depuis qu'ils avaient obtenu leur diplôme du secondaire le mois précédent, les garçons avaient laissé tomber leur petit jeu avec Danny, car ils le trouvaient trop puéril à présent. Ils continuaient de voler à la tire dans la boutique du pauvre homme, mais ils ne laissaient plus de reconnaissances de dette signées par Mr Finnegan le *leprechaun*. Cette omission avait des répercussions bien plus graves que l'un et l'autre ne pouvaient le deviner.

— Salut, Danny. Comment va ton petit Finnegan ?

Michael se posta devant la caisse, bouchant adroitement la vue à Danny, tandis que Peter chipait deux bouteilles de Beamish sur l'étagère des bières.

— Pas bien, mon gars. Pas bien du tout, répondit tristement Danny.

Ses grosses lunettes étaient constellées d'innombrables traces de doigts qu'il n'avait pas pris la peine de nettoyer. En fait, on avait l'impression qu'il ne s'était pas lavé depuis des jours. Ses cheveux filasse étaient hirsutes et il avait enfilé à l'envers son gilet pelucheux.

A vrai dire, Danny avait sombré dans la dépression au cours des derniers mois, honteux d'avoir été déserté tant par les humains que par le peuple des fées. Déjà que Deirdre, sa femme, l'avait quitté cinq ans auparavant, le départ de Finnegan le poussait au bout du rouleau. Terriblement triste, il passait des heures solitaires derrière sa caisse à étudier des vieux livres d'histoire élimés sur le folklore celte dans l'espoir de trouver du réconfort dans le récit d'existences plus tragiques que la sienne. Et comme si cela ne suffisait pas à rendre sa vie misérable, Danny était désormais régulièrement harcelé par nul autre que Thomas McGuire. Le baron de la bière était passé dans sa boutique deux fois en trois jours, et la dernière, il avait une grosse enveloppe en papier kraft dans les mains.

— Vingt mille. C'est un bon prix que je te fais, Danny, avait-il affirmé en laissant tomber la grosse enveloppe sur le comptoir. C'est trois fois la valeur de cet endroit, tu le sais bien. Je te laisse y réfléchir, mais je vais bientôt revenir pour que tu me donnes ta réponse. J'ai de grandes idées pour ce local.

Si Thomas McGuire avait menacé de l'assommer avec une barre à mine, Danny n'aurait pas été plus effrayé. Il fixait l'enveloppe tandis que ses lèvres tremblantes essayaient de formuler un refus qui ne les franchit jamais.

A quoi s'accrochait-il, de toute façon ? Qu'espérait-il accomplir en demeurant jour après jour dans cette épicerie minable à scruter ses étagères poussiéreuses dans l'attente d'un *leprechaun* qui ne se montrait jamais ? Qui croyait-il tromper ? Comme si cette sorte de magie concernait les gens comme lui, les Danny Fadden de la terre. Et maintenant que Thomas McGuire avait envie de le délester du fardeau des chiures de rat et des étals de légumes flétris, tout ce qu'il était capable de faire, c'était de fixer l'enveloppe devant lui comme un nigaud.

Eh bien, peut-être pouvait-il vendre l'épicerie ? Passer ses journées à compiler des rubriques pour l'encyclopédie des fées qu'il avait commencé à écrire semblait une très bonne idée, avait-il marmonné dans sa barbe.

Michael Donnelly adressa un regard soucieux à son frère. Peter acquiesça, comprenant ce silencieux message d'inquiétude. Il remit sur l'étagère les deux bouteilles de Beamish qu'il avait cachées dans son pantalon et se dirigea vers le coin des frigos. Après avoir réglé leurs deux Lucozade, les jumeaux dirent au revoir à un Danny démotivé et ressortirent dans la rue animée.

— Tu crois que c'est parce que Finnegan ne vient plus qu'il est déprimé ? demanda Michael.

— Je me sens très con, là. On est vraiment deux salauds de lui avoir fait ça.

— Je vais aller piocher dans la boîte de feutrines de maman dès cet après-midi. On va le faire revenir, le Finnegan ! décida Michael.

Les jumeaux remontèrent la rue en silence en se reprochant d'avoir fait disparaître le seul compagnon de Danny Fadden. Néanmoins, le temps d'arriver à l'Ale House, ils avaient épuisé leurs réserves de culpabilité et se sentaient prêts à boire une pinte. Peter était sur le point d'ouvrir la porte du pub quand Tom Junior, lancé dans une bagarre de grande ampleur, en jaillit.

Une foule de curieux se rassembla rapidement autour de la silhouette étalée sur le trottoir devant l'Ale House. Un pèlerin amateur de photo et membre du chapitre de Long Island de la société de saint Patrick usa une demi-pellicule sur l'expulsion sans cérémonie de Tom Junior, capturant pour la postérité le regard stupéfait du tyranneau tandis qu'il secouait la tête et tentait de relever son corps pataud.

— Putain de crevures ! hurla Tom en brandissant son poing vers la porte.

Les pieux pèlerins poussèrent un cri de surprise. Les jumeaux Donnelly, ravis à l'idée d'une bagarre matinale, se hissèrent sur la pointe des pieds avec un enthousiasme difficile à masquer. Mais au lieu de rentrer comme un bulldozer dans l'Ale House pour une contre-attaque vengeresse sur son invisible assaillant, Tom Junior traversa le mur de touristes ébahis et partit vers le haut du Main Mall.

Quelques minutes plus tard, il arriva à Saint-Barnabas. Il se mit à genoux et rampa discrètement derrière une haie de groseilliers à maquereau pleins d'épines en prenant soin d'éviter les branches qui auraient pu égratigner son visage déjà meurtri. A l'endroit où le Tinker l'avait frappé, sa mâchoire lui faisait encore mal. Il jeta un coup d'œil à travers les feuilles vert foncé en direction de la porte latérale de l'église, de l'autre côté de la pelouse non tondue. Généralement, à cette heure-ci, il était déjà bien installé dans sa cachette couverte de ronces, mais aujourd'hui, cette foutue bagarre l'avait mis en retard.

Il n'aurait pas dû faire attention à ces Tinkers, se dit-il. Il aurait dû laisser Jimmy les mettre dehors, ou mieux encore, appeler les fainéants du poste de police de la Garda pour qu'ils viennent les ramasser, au lieu de se salir les mains avec ces branleurs pouilleux. Mais d'un autre côté, il ne pouvait pas rester sans rien faire à regarder ces sales Romanichels complètement saouls valser dans l'un des pubs de son père comme si c'étaient eux les patrons. Et comment aurait-il pu deviner que l'un d'eux allait lui balancer un crochet du gauche venu de nulle part ?

Son œil droit fut pris d'un fort tressaillement qui le fit se tordre de douleur, et il souffla doucement. Demain, il allait avoir un putain de bleu. Pourtant, il aurait volontiers pris un deuxième coup de poing plutôt que de rater son rendez-vous de l'après-midi derrière l'impressionnante haie de groseilliers. Tom Junior se pencha en avant et reprit sa surveillance de l'église, conscient que Layla n'allait pas tarder à sortir de la salle de catéchisme.

Il suivait Layla partout depuis des mois, depuis que son père lui avait confié la tâche d'espionner l'histoire d'amour entre son frère et cette fille. Au début, il était resté à distance du couple. Adoptant une tactique de commando qu'il avait pratiquée à de nombreuses reprises, il se couchait dans le pré marécageux qui jouxtait l'allée pavée derrière le café pour déterminer avec un chronomètre militaire la minute exacte où Malachy et Layla tournaient à l'angle de la rue après les cours. Les touffes de hautes herbes, qui le dissimulaient totalement, formaient de magnifiques bunkers d'où il était en mesure d'utiliser son matériel d'espionnage : une boussole Hunstman qu'il avait achetée à la quincaillerie de Healy, une bouteille de Guinness tiède pour étancher sa soif et une vieille paire de jumelles aux motifs camouflage que son père lui avait offerte pour son dix-septième anniversaire, l'année où il avait vu Sylvester Stallone dans *Rambo*.

Dégoûtant de voir comment Malachy faisait des cabrioles avec cette Arabe, sans penser aux dommages qu'il causait au nom des McGuire. Qu'est-ce qu'elle avait de si spécial, de toute façon ? Tom Junior avait entendu les jumeaux Donnelly et d'autres jeunes gars du village baragouiner sur elle au pub, comme si elle était tombée du ciel ou un truc de ce genre. Bon Dieu ! D'accord, elle était pas mal pour une bronzée, mais il ne comprenait pas pourquoi ils en faisaient tout un plat. Et dire qu'entre tous, elle avait choisi de s'intéresser à Malachy. Ça prouvait qu'elle n'allait pas bien dans sa tête, non ?

Tous les après-midi, Tom Junior s'était acquitté de sa surveillance sur la lande. Mais quand les répétitions pour la pièce du père Mahoney avaient commencé dans la salle de catéchisme de Saint-Barnabas, il avait changé de cachette pour s'installer dans les buissons derrière l'église, attendant que la séance de trois heures finisse pour reprendre sa surveillance. A l'abri derrière des murets en pierre et des tas de tourbe et des meules de foin, Tom Junior suivait les tourtereaux jusqu'à la baie de Clew, où il avait trouvé une dune pour les espionner. Depuis son fortin de sable, il pouvait non seulement écouter les conversations intimes du couple, mais aussi apprécier enfin la beauté de Layla. Et cette proximité avec ses jambes de gazelle et ses mèches noires et brillantes vint à bout de lui.

La première fois que Tom Junior sentit le parfum naturel d'eau de rose et de cannelle, il s'éloigna en titubant et traversa une parcelle d'orties urticantes non loin de la dune. Il eut l'impression d'être parcouru par un courant électrique ; ses yeux et sa bouche pétillaient de désir. Quand la crise passa, il se recroquevilla sur lui-même, absolument hébété. Il se surprit à pleurer de façon inexplicable, des larmes qui venaient d'un endroit sombre dans son cœur. Il continuait de sangloter tandis que Malachy et Layla retournaient en ville, et il gémit avec tristesse et confusion jusqu'à ce que le soleil se couche et que le visage rond de la lune le prenne en pitié.

Le lendemain, il s'était senti creux à l'intérieur, mais aussi étrangement calme. Il venait enfin de comprendre ce qui clochait avec lui, pourquoi il avait pleuré si fort, si vite. Layla lui avait montré de quoi il était capable, ce qu'il pourrait devenir en sortant de l'ombre menaçante de son père. En chevauchant la vague de son glorieux parfum pour bondir par-dessus sa douleur et sa colère, Tom Junior s'était vu en conquérant de l'empire paternel, en héritier légitime du trône des McGuire. Ce serait lui, et non son père, l'incontestable baron de la bière à Ballinacroagh. Avec Layla à ses côtés, il serait en mesure de mettre son géniteur à genoux et de devenir enfin autonome.

Des voix sonores le tirèrent de sa rêverie. Il leva la tête un peu trop vite et s'égratigna le visage sur les épines du buisson. Retenant son souffle, il se figea et scruta la porte de l'église, qui venait de s'ouvrir, en plissant les yeux. La coiffeuse, Fiona Athey, sortit avec un énorme classeur rose et une trousse transparente pleine de marqueurs de couleur dans les mains. Elle balançait ses tresses dans tous les sens en jacassant joyeusement. L'espace d'une seconde, Tom Junior pensa qu'elle parlait toute seule, mais à ce moment-là, le père Mahoney apparut sur le seuil, hochant la tête avec vigueur. Tom tendit l'oreille pour percevoir ce qu'ils racontaient.

— … s'en est servi à la foire de Puck, il y a deux ans. Il a dit qu'on pouvait l'avoir pendant tout le week-end, déclara le père Mahoney, le visage rayonnant.

— Un amphithéâtre ! Je n'arrive pas encore à y croire ! C'est absolument parfait !

Fiona exécuta une petite danse sur le trottoir.

— Je vais aller le chercher au centre d'art, cet après-midi. Il est en contreplaqué et il faudra le monter. Le jeune Malachy m'a proposé ses services, précisa le prêtre.

— Vous avez envie qu'on aille à Castlebar maintenant, mon père ?

Tom Junior grimaça. Malachy, ce salaud, sortait de l'église, le bras passé autour de Layla. Sa Layla ! Quel connard ! murmura-t-il dans sa barbe. Qu'est-ce qu'il aimerait lui enfoncer le crâne, un de ces quatre !

L'œil au beurre noir de Tom Junior envoya une nouvelle décharge de douleur à travers sa tête quand son frère embrassa Layla puis monta dans l'imposante Cadillac Eldorado 1975 du père Mahoney. Il suivit la jeune fille du regard tandis qu'elle disait au revoir de la main à Fiona avant de traverser la place et de s'engager dans une rue latérale qui menait du Main Mall à la baie de Clew. Alors, il s'extirpa de sa cachette feuillue, ôta les brindilles qui parsemaient ses cheveux et, malgré son cœur battant, lui emboîta nonchalamment le pas.

La rue, étroite et vallonnée, était flanquée de demeures géorgiennes vétustes dont, en des temps meilleurs, les grandes portes avaient été peintes de franches teintes de bleu, de vert et de rouge par des familles naissantes et débordantes d'activité. La plupart étaient à présent décaties, leurs portiques en pierre calcaire étaient étranglés par des plantes grimpantes et leurs pièces autrefois grandioses avaient été divisées en appartements humides. Tom Junior grimpa lentement la colline escarpée en restant à distance de Layla. Quand il arriva en haut, elle avait déjà passé la courbe du chemin qui longeait quelques fermes laitières et se dirigeait droit vers la plage de la baie de Clew.

Des nuages d'orage s'amoncelaient rapidement au-dessus de la baie tandis que Tom Junior gravissait sa dune. Layla s'était confortablement installée sur son sommet préféré, à une quarantaine de mètres de lui, la tête levée vers le ciel changeant. Une douce brise apportait au cœur affamé de Thomas son parfum d'eau de rose et de cannelle.

Layla soupira de soulagement. La semaine avait été particulièrement chaude, et la salle du catéchisme, bâtie pour résister aux bourrasques traîtresses et aux longues heures d'étude de la Bible, n'était pas correctement ventilée pour l'été splendide dont la ville profitait. Répéter dans cette pièce étouffante s'était révélé quasiment insupportable, aussi Layla accueillait-elle avec plaisir la caresse fraîche de la brise marine sur sa peau humide. Elle consulta une nouvelle fois sa montre, impatiente que Malachy la rejoigne à la plage après sa course avec le père Mahoney. Comme ce serait romantique qu'ils soient tous deux surpris par l'orage, songea-t-elle en se frottant les bras. Comme dans un film ! Souriante, elle leva la tête et fit un clin d'œil à ce grognon de mont Patrick, partageant ses fantaisies avec lui.

Pris d'un désir subit et incontrôlable, Tom Junior choisit ce moment-là pour révéler sa présence à Layla. Il fonça fiévreusement vers sa dune en laissant échapper de ses tripes un grognement profond, surgit derrière elle et lui sauta dessus. Ses doigts calleux tirèrent sur sa blouse et agrippèrent maladroitement son ventre. Au début, Layla crut que Malachy s'était transformé en un animal fou, mais aussitôt après, les yeux vitreux et les naseaux ronflants de Tom Junior apparurent dans son champ de vision. Ses lèvres de mouton se posèrent partout sur son visage, étouffant ses cris. Grinçant des dents comme un affamé, il lui mordit la lèvre, la déchirant comme un tendre kaki. Sa grosse patte allait passer sous la jupe en jean de la jeune fille en train de se débattre, quand tout à coup un poing heurta durement le côté gauche de la tête de Tom Junior.

Fesenjoon

500 g de noix décortiquées
huile d'olive
1,5 kg de blanc de poulet, découpé en dés
3 gros oignons coupés en rondelles
6 cuillères à soupe de pâte de grenade, dissoute dans 2 tasses d'eau chaude
1/2 cuillère à café de sel
1/2 cuillère à café de poivre noir moulu
1 cuillère à soupe de sucre
2 cuillères à soupe de jus de citron

Réduire les noix en poudre dans un mixeur pendant une minute. Les frire dans l'huile d'olive pendant 10 minutes en remuant constamment. Mettre de côté. Faire sauter le poulet et les oignons dans une poêle profonde jusqu'à ce qu'ils soient dorés. Ajouter les noix, le jus de grenade et les ingrédients restants. Porter à ébullition, recouvrir et laisser mijoter à feu doux pendant 45 minutes, ou jusqu'à ce que la sauce à la grenade épaississe. Servir avec du chelow.

Chapitre 10

La jeune Tinker frappa à la porte de service à trois heures moins le quart de l'après-midi. Marjan reconnut l'un des nombreux visages pleins de taches de rousseur qui défilaient devant le café longtemps après que les autres écoliers curieux avaient laissé traîner leurs mains poisseuses sur la vitrine. La bande de petites canailles de gamins des rues, membres de la communauté des gens du voyage, passait le plus clair de son temps à faire la manche avec des gobelets en carton devant les boutiques du Main Mall. Bien qu'ils n'eussent jamais peur de solliciter les clients à l'intérieur des pubs de McGuire, pour une raison étrange, ils respectaient la tranquillité de ceux du Babylon Café et ne s'aventuraient jamais entre ses murs vermillon.

— Bonjour. Que puis-je pour toi ? Entre, s'il te plaît, dit Marjan à la petite fille qui se tenait timidement dans son arrière-cour.

Pâle, d'une ossature délicate, elle devait avoir environ neuf ans. Une petite chose fragile dont les yeux largement écartés, d'un bleu céruléen, tranchaient avec les longs cheveux orange qui pendaient dans son dos en une queue de cheval tout emmêlée. Elle secoua la tête et baissa un instant les yeux, avant de débiter un message à moitié inintelligible.

— Oui c'est mieux tu viens à la mer. Mieux que tu viens vite là ! On a ta sœur. Elle a juste un peu mal, là...

C'était suffisant pour que Marjan comprenne qu'il était arrivé quelque chose de terrible.

A toute vitesse, elle remonta le Main Mall dans son van en faisant de son mieux pour comprendre les indications que lui gazouillait la fillette sans que son cœur explose. Elles finirent par arriver à la plage de Clew, et au moment même où le van déboulait en dérapant dans le parking public, un coup de tonnerre claqua au-dessus de la baie. Derrière les dunes désertes où Layla s'était assise, la plage était remplie de lycéens en vacances et de quelques fermiers en slip de bain moulant, mais qui arboraient tous des coups de soleil aux différentes nuances de rose. Dès que ces baigneurs enthousiastes entendirent le coup de tonnerre, ils attrapèrent les crèmes solaires dont ils ne s'étaient pas servis et leurs serviettes de bain pleines de sable, se les fourrèrent sous le bras et foncèrent vers leurs voitures et leurs vélos.

A travers un chemin sablonneux jonché d'herbes et de tessons de bouteille émoussés, la fillette conduisit rapidement Marjan jusqu'à la parcelle gravillonnée où les caravanes s'entassaient les unes contre les autres. Marjan examina brièvement les imposants véhicules. Des modèles aux capots chromés vieux d'un demi-siècle voisinaient avec d'autres tout récents aux lignes plus racées et équipés de la technologie dernier cri en matière de mobil-home. Ils étaient regroupés autour d'une aire commune où les Tinkers avaient installé des chaises pliantes en plastique blanc et des tables bricolées avec des cageots. Layla, perchée sur l'un des sièges, les cheveux en bataille et pleins de sable, avait posé ses coudes couverts d'égratignures sur ses genoux et tamponnait une entaille à sa lèvre avec un bout de tissu. Accroupi à côté d'elle, Malachy lui murmurait quelque chose d'un ton inhabituellement colérique et ses mains généralement si gracieuses étaient à présent des poings serrés.

— Layla ! Que t'est-il arrivé ? Que se passe-t-il ? s'écria Marjan d'une voix terrifiée en se précipitant aux côtés de sa sœur.

Layla se releva en tremblant.

— Ça va. Je vais bien. C'est simplement que…

Elle se tut, ne sachant par où commencer.

Malachy tentait de maîtriser sa colère, mais sa voix se brisa et monta d'une octave quand il intervint pour expliquer ce qui s'était passé.

— Je suis arrivé juste après. Je ne me le pardonnerai jamais, dit-il d'un ton empreint de culpabilité. Le père Mahoney m'a déposé à la plage quand nous sommes revenus du centre d'art. Layla n'était pas à notre endroit habituel, alors je me suis assis sur la dune et j'ai attendu. J'ai pensé qu'elle était peut-être allée aux toilettes à côté du parking et qu'elle serait bientôt de retour. Je ne comprends pas comment j'ai pu me montrer aussi stupide, dit-il en secouant la tête de désespoir.

Sur le moment, il avait cru qu'un des Tinkers avait harcelé Layla sur la plage et lui avait fait peur. Malachy était embarrassé d'avoir supposé ça, maintenant qu'il savait qui avait entaillé la lèvre de Layla et qui avait empêché qu'elle ne subisse pire.

Declan Maughan, double champion poids moyen sur le circuit de boxe amateur de Connaught et chef de la communauté stationnée devant eux, était l'homme qui avait sauvé Layla des assauts visqueux de Tom Junior. Le hasard avait voulu que Declan soit justement en quête d'une opportunité pour tester le glisser-déposer de Maughan, un enchaînement qui allait certainement faire de sa troisième incursion sur les rings une promenade de santé.

Après l'expulsion de leurs trois campements précédents (deux fois par des colonnes de tracteurs, à Donegal, et une fois par un troupeau de vaches ménopausées, à Galway), Declan avait décidé qu'ils passeraient le printemps et l'été sur la plage de la baie de Clew, sachant à quel point le sable lui serait utile pour travailler son endurance. Ce matin-là, il avait loupé son entraînement quotidien à la suite d'une soirée particulièrement arrosée avec plusieurs jeunes du campement, la veille. Les festivités s'étaient prolongées assez tard dans la matinée et toute la bande était partie faire la bringue au Main Mall, bouteille de Guinness à la main, en braillant des chants de rébellion. Ensuite, bien sûr, il y avait eu la bagarre à l'Ale House avec ces deux crétins, ces *amadans*, de laquelle, Declan n'avait pas peur de l'affirmer, lui et ses copains étaient sortis vainqueurs avant de devoir faire retraite en toute hâte vers le campement. Alors, cet après-midi-là, quand Declan s'était finalement traîné jusqu'à la plage, la dernière personne qu'il s'attendait à y voir était le crétin qui lui avait cherché des crosses le matin même.

Tom Junior était en train de gravir une dune à quatre pattes, ses membres courtauds battant le sable avec l'élégance d'une marmotte. Declan avait ralenti le rythme de son jogging et plissé les yeux. Pas d'erreur, ce salaud n'était pas seul. Il y avait une pauvre fille qui se tortillait sous lui ! De ses jambes nerveuses, Declan avait sprinté vers la dune, survolant les flaques pleines d'algues et les bancs de sable pour arriver juste derrière Tom Junior en quelques secondes.

— Je vais le tuer, Layla. Si les agents du poste de la Garda ne font rien, moi je dis qu'on doit remonter jusqu'à Castlebar ! s'exclama Malachy.

Les poings serrés et les jointures toutes blanches, il parlait en serrant les dents.

— Où se trouve l'homme qui t'a aidée, Layla ? demanda Marjan en balayant le campement du regard.

Plusieurs Tinkers s'étaient rassemblés derrière les deux adolescents : la petite fille au visage de lutin et aux cheveux orange, Aoife, entourée d'une poignée de petites canailles et de quatre femmes couvertes d'or qui mâchaient des chewing-gums en regardant Marjan d'un œil méfiant. Un peu plus loin, deux hommes plus âgés, dépenaillés dans leurs maillots de foot élimés, fumaient une cigarette sur une chaise, mais Declan Maughan était invisible. En fait, il observait toute la scène depuis sa caravane, la plus récente et la plus luxueuse de toutes, mais la timidité débilitante qui le submergeait chaque fois qu'il se trouvait en présence d'une étrangère l'empêchait de sortir pour revendiquer son geste héroïque.

— Il est pas en forme, là. Je peux faire quoi pour vous ?

La plus grande des femmes s'était avancée. Son casque de cheveux blonds rappelait à Marjan un kumquat trop mûr. Elle dégageait un air de propriétaire et elle était effectivement la sœur aînée de Declan Maughan.

— Je voulais simplement le remercier. Je ne peux même pas imaginer ce qui serait arrivé s'il n'avait pas sauvé ma sœur, dit Marjan en essayant de sourire mais en ne réussissant qu'à arborer une grimace tremblante.

Reprends courage, Marjan ! se dit-elle. Retourne dans ta cuisine et une fois que tu y seras, décide de la marche à suivre. A l'abri de ses murs chaleureux, tu auras peut-être une chance de trouver un sens à tout cela.

Bahar ferma la porte du café derrière Marie Brennan et Mrs Boylan. Elle se servit une tasse de Darjeeling fort, s'assit à la table de la cuisine et repassa dans sa tête ce que Marjan lui avait dit.

— Garde un œil sur l'*abgoosht*, Bahar, c'est tout. Et remue-le de temps en temps, d'accord ? Je reviens dans pas longtemps, avait-elle murmuré d'un ton urgent.

Mais son visage était d'une pâleur verdâtre quand elle s'était précipitée dehors.

Si Bahar n'avait pas eu dans les mains la commande de rouleaux marinés au poivre et de soupe de lentilles rouges pour Mrs Boylan, elle se serait précipitée derrière sa sœur et lui aurait demandé d'expliquer pourquoi elle faisait cette tête-là. Mais le temps qu'elle sorte dans l'allée pavée, Marjan avait déjà fait marche arrière avec le van et disparu.

Il s'était produit une chose terrible, Bahar en était sûre. Pour quelle autre raison sa sœur serait-elle partie aussi vite de sa cuisine en lui demandant de surveiller à sa place la cocotte où mijotait l'*abgoosht* ? Marjan savait que sa sœur avait horreur de se trouver dans la chaleur d'une cuisinière. C'était Layla, se dit Bahar. Il était arrivé quelque chose à Layla.

Un son discret résonna derrière elle. Le téléphone. C'était probablement Marjan, avec la terrible nouvelle. Bahar décrocha le combiné et le porta lentement à son oreille.

— Bon… Bonjour ?

Elle déglutit, la gorge serrée.

A l'autre bout du fil, personne ne répondit. Le silence.

— Allô ? Marjan, c'est toi ?

Au début, elle n'entendit quasiment pas la respiration. Le son la frappa subitement, un sifflement étrange et doux, comme un ballon gonflable qui se vide lentement. Une déflation des sens, une expiration dont la simplicité masquait une colère à peine contenue. Quelques secondes plus tard, le souffle d'air s'éteignit en crachotant sur un grognement à peine audible. Et de nouveau, le silence.

En écoutant ce vide, Bahar sentit l'air de ses poumons s'échapper dans une pointe aiguë de douleur. Puis, de but en blanc, elle ouvrit la bouche et se surprit elle-même.

— Hossein ?

Elle déglutit. Le nom était tombé de ses lèvres tremblantes comme un morceau de plomb. Même s'il était toujours resté dans une zone sombre au fond d'elle-même, cela faisait plusieurs mois qu'elle n'avait pas prononcé le nom de son mari. Quelque chose dans cette respiration, dans ce sifflement qui donnait la chair de poule, l'avait fait ressurgir. *Hossein*. La sinistre sifflante des consonnes centrales diffusa des frissons dans tout son corps. Sans parvenir à maîtriser le tremblement de sa main, Bahar raccrocha le combiné et s'effondra sur la chaise la plus proche.

Au poste de la Garda, un rapport détaillé de l'événement fut rédigé. Choqué par la nouvelle de l'agression dont Tom Junior s'était rendu coupable, Kevin Slattery griffonna les témoignages de Layla et de Malachy dans son registre poussiéreux tandis que Sean Grogan, préoccupé, faisait les cent pas dans le couloir, hésitant quant à la façon d'aborder cette crise. Il lui faudrait un solide talent administratif, ça, c'était sûr.

— Ne vous inquiétez pas, on va bientôt tirer tout ça au clair, promit-il en les reconduisant tous les trois vers la sortie. Ce n'est pas le genre de notre ville de sauter sur les gens comme des animaux. On n'est pas à Dublin !

Après avoir déposé Malachy chez lui, Marjan se gara dans leur allée et se tourna solennellement vers Layla.

— Je voudrais te parler de quelque chose avant qu'on rentre.

Marjan avait un filet de voix un peu rauque. Elle fit une pause et regarda Layla droit dans les yeux.

— Je ne crois pas qu'on devrait dire à Bahar ce qui t'est arrivé.

— Pourquoi ne lui dirait-on pas ? J'aurais pu me faire violer, tu sais ? s'écria Layla en la regardant de travers.

— Je sais, *joon-e man*, l'apaisa Marjan. Et on lui racontera ça un jour. Mais pas tout de suite. Elle commence tout juste à se calmer après ta précédente disparition, et tu sais à quel point ses migraines sont violentes. Toi et moi, il faut que nous la protégions, parfois. C'est tout.

— Mais comment je vais expliquer ma lèvre ? lança Layla d'un ton boudeur.

Son entaille avait été nettoyée, mais la contusion était encore enflée. Bahar allait la remarquer, c'était sûr.

— Pas besoin de faire un gros mensonge – dis-lui simplement que tu es tombée en te promenant avec Malachy, ou quelque chose comme ça. Tu comprends ? supplia Marjan.

Layla fixa le pare-brise de ses yeux pleins de larmes.

— Layla ? insista Marjan.

— C'est l'histoire qui se répète, répondit Layla d'une voix lourde.

Elle avait dit tout haut ce que Marjan pensait sans oser le formuler.

Plus tard dans la soirée, Marjan se retrouva devant le mixeur dans la cuisine. Elle entendait le verrou de la grille de derrière qui claquait furieusement sous le vent. Toutes les herbes du jardin – la sarriette d'été, la menthe et l'estragon – ployaient sous la tempête qui tordait le cou aux cieux depuis qu'elles étaient revenues du poste de la Garda. Ce matin, en voyant l'inoffensif ciel sans nuages, personne n'aurait pu se douter que la journée finirait ainsi.

Elle laissa tourner le mixeur. Les lames métalliques broyaient les noix avec colère, les transformant en une pulpe brune. Elle ajouta la pâte de grenade, la cannelle, et laissa les lames geindre quelques minutes de plus avant d'éteindre le petit appareil. Il fallait qu'elle ait toute sa tête si elle voulait préparer un *fesenjoon*, ce ragoût revigorant à base de grenade, de poulet et de noix qui réconfortait le plus Layla.

C'est la grenade qui donne au *fesenjoon* ses caractéristiques prophylactiques. Pomme du péché originel et fruit d'un paradis perdu depuis longtemps, la grenade se cache sous une cosse pourpre qui ressemble à du cuir et dont on se servait à l'époque romaine comme moyen de protection. Cependant, une fois que l'heureux convive épluche cette peau amère, il découvre une juteuse chair grenat qui pétille dans la bouche comme les derniers abandons d'une étreinte sexuelle.

Autrefois, quand la Terre était calme, satisfaite par la fécondité d'un perpétuel printemps, ce fut ce fruit qui provoqua le passage des saisons. Après avoir mangé six grains de grenade dans le monde souterrain, Perséphone, la fille pleine d'entrain de la déesse du printemps, avait été forcée de passer six mois par an dans les caves éternelles de la mort. Privée de sa magnifique fille, Déméter, endeuillée, se retira dans les coins les plus sombres de l'univers, laissant ainsi enfin s'ouvrir les portes glaciales de l'hiver. Héraut pourpre des frimas, la grenade arrive à maturité en octobre et novembre, voilà pourquoi le *fesenjoon* est plutôt préparé avec de la pâte de grenade pendant les autres périodes de l'année.

Celui de Marjan mijotait joyeusement sur la cuisinière, totalement inconscient de la crise qui couvait. Même le goût sucré de la grenade ne pouvait masquer l'amertume qui s'était développée entre les trois sœurs. Bahar avait été aussi secouée que Marjan l'avait prévu en voyant la lèvre entaillée de Layla. Elle avait passé un bon savon à sa sœur et lui avait rappelé tous les pièges qui guettaient ceux qui tombaient amoureux, avant de se retirer dans sa chambre avec une migraine. Layla, qui avait choisi de s'allonger sur le canapé-lit où Marjan dormait habituellement, restait devant la télé, immobile et malheureuse, à zapper d'une chaîne à l'autre, la télécommande à la main, un morceau de tissu collé à sa lèvre.

Les mots prémonitoires de sa petite sœur résonnèrent dans la tête de Marjan. *J'aurais pu me faire violer. C'est l'histoire qui se répète.* Marjan était toujours stupéfaite de la précision avec laquelle Layla se rappelait son passé, surtout si l'on considérait à quel point elle était jeune à l'époque.

L'histoire se répétait. L'histoire était-elle vraiment si cruelle ? Marjan ne savait plus que penser. Elle souleva le couvercle du *fesenjoon* et le remua à nouveau. La pâte de grenade avait donné au ragoût un ton marron foncé et le bouillon mijotait délicieusement, comme doté d'une vie propre. L'histoire se répétait. C'était peut-être le cas.

Presque quatre mois après son mariage avec Hossein et trois jours après le massacre historique du Vendredi noir à Jaleh Square, Bahar s'était glissée dans l'appartement de ses sœurs, à Téhéran, à deux heures du matin. Elle avait regagné si discrètement le lit étroit qu'elle partageait autrefois avec la petite Layla que Marjan ne s'était aperçue de sa présence qu'à l'aube. L'aînée des Aminpour s'était levée à contrecœur dans la lumière ténue, se préparant à une nouvelle journée interminable de plonge au Peacock, et avait alors remarqué le corps souillé de Bahar dans le lit.

Une floraison d'hématomes pourpres et jaunes en forme de traces de doigts crochus s'étalait sur son cou. Des veines violettes s'étendaient vers son œil gauche et sous son oreille droite, jusqu'à son lobe déchiré où perlaient des gouttes de sang pétrifiées, comme des joyaux dont la perte n'aurait pas de prix. Mais la blessure la pire était invisible, du moins jusqu'à ce que Bahar enlève son tchador et ôte en grimaçant sa longue jupe grise, ses chaussettes de laine et ses sous-vêtements imbibés de sang. Ce fut seulement alors que Marjan vit les sillons épais qu'un bâton avait laissés en haut des cuisses de sa sœur, une échelle dentelée qui disparaissait au plus profond de son intimité et laissait sur son chemin des blessures innommables.

Elles firent leurs bagages le matin même.

Les deux valises en toile achetées par leurs parents à Burberry à Londres au cours de leur unique voyage en Europe pendant les joyeuses années cinquante, avant la naissance des trois sœurs et alors que les palais du shah scintillaient encore de milliers de rubis, firent leur apparition. Elles sentaient le doute et les boules de naphtaline mélangées aux pelures crayeuses des noix de pistaches séchées. Tandis que la petite Layla dormait encore dans son lit, Marjan et Bahar se mirent rapidement au travail, enroulant dans des gros pulls et des chaussettes les souvenirs trop précieux pour qu'elles les abandonnent : le samovar de leur grand-mère, les vieilles photos, la boîte à bijoux en cuivre. Des vêtements, des sacs de fruits secs, des bocaux de *torchi*, des conserves de coing et de pétales de rose qu'elles avaient récemment préparées (imbibées de sucre, elles leur fourniraient l'énergie nécessaire pendant les jours difficiles qui les attendaient). La dernière chose que Marjan emballa, ce fut un dossier plein de feuilles manuscrites – des notes et des observations sur des centaines de recettes, certaines héritées de sa mère, certaines rassemblées au cours des ans quand elle travaillait au Peacock. Retranscrits de la main précise de Marjan, on y trouvait les joyaux du baklava aux pistaches émincées, l'injonction de mettre des cerises amères dénoyautées dans l'*albalou polow* avant d'ajouter une demi-tasse de sirop de cerise, ainsi qu'un gros recueil de botanique, récupéré pendant ses années à l'université, qui expliquait comment faire pousser les herbes aromatiques.

Le lendemain matin tôt, juste avant que soient lancés les appels à la prière du haut de la mosquée voisine, Marjan sortit de l'appartement munie d'une enveloppe contenant leurs actes de naissance – leurs documents les plus précieux –, qu'elle avait glissée sous un tchador emprunté à Bahar. Elle se fraya un chemin à travers les arcades et les ruelles jusqu'à Roosevelt Avenue, où se trouvait l'ambassade américaine. Forteresse aux murs défendus par des rangées de marines, l'ambassade était la cible de l'immense haine de nombreux révolutionnaires. Sur la face nord-ouest de la barrière de ciment, une porte bleu sarcelle ne s'ouvrait qu'à la demande des gardiens qui en surveillaient l'accès – des policiers iraniens au visage maussade et moustachu qui avaient l'air d'étrangers devant la façade de brique et de marbre du bâtiment abritant l'ambassade. Les demandeurs de visa qui faisaient la queue étaient principalement des jeunes hommes barbus, affalés sur des kilims bon marché et des couvertures miteuses. Les derniers journaux gauchistes, étalés par terre, annonçaient dans d'innombrables articles la révolution imminente, le soulèvement de tous les soulèvements qui allait faire bouillir les rues du sang de la jeunesse.

En priant très fort pour qu'elle puisse retirer les formulaires de demande pour un visa américain, Marjan se joignit à la file en ce froid matin de septembre, mais à la nuit tombée, la seule file qui avait avancé était celle des industrieuses fourmis sur le grand mur en surplomb. A l'approche du couvre-feu de vingt et une heures imposé par le shah, Marjan fut obligée d'abandonner sa place et de se dépêcher de rentrer chez elle, les mains vides. J'y retournerai demain dès l'aube, décida-t-elle en empruntant la cage d'escalier décrépite de l'immeuble qu'elles habitaient depuis deux ans. N'importe quoi pourvu que ça nous sorte de cet enfer, que ça nous éloigne de ce Hossein Jaferi. Elle était contente que Bahar ait retrouvé ses esprits et quitté son mari, même si elle aurait préféré que sa sœur n'ait pas eu à payer un tel prix pour prendre cette décision.

Au dixième étage, elle fit une pause pour reprendre son souffle, se sentant subitement très faible. Elle n'avait rien mangé depuis la veille. Elle se demanda si Bahar avait fait réchauffer la soupe à la grenade pour le dîner, en espérant qu'elle se serait souvenue d'ajouter dans la casserole la dernière pincée de poudre d'angélique, un porte-bonheur. Conjurer le sort était un acte de grande foi, et elles en avaient bien besoin dans cette période effrayante.

Une forte odeur de pâte de grenade en train de brûler l'assaillit quand elle atteignit le douzième étage, un effluve triste et sucré mais aussi légèrement âcre, qui évoquait le goût de renfermé du ventre d'une mère ; au quatorzième étage, il se matérialisa en un formidable nuage de fumée mauve et amère. Marjan protégea ses yeux irrités avec son tchador et poursuivit frénétiquement sa route. Elle s'arrêta devant la porte de leur appartement, le souffle court. Les chaînettes de sécurité étaient cassées, tandis que le battant de bois fracturé pendait à l'un des gonds en dagues pétrifiées. Bouleversée, elle se figea devant le seuil hérissé d'échardes, incapable de bouger jusqu'à ce que des cris étouffés venant de l'intérieur la tirent de sa transe.

Elle vit ses bottes militaires pleines de boue, puis son profil émacié. Hossein était penché comme pour la prière, et ses omoplates douloureusement maigres frottaient l'un contre l'autre tandis que sa tête se balançait fanatiquement d'avant en arrière. Un cri perçant mais étranglé résonna dans le coin opposé de la cuisine. La casserole de soupe à la grenade dégageait de la fumée et le couvercle posé dessus était soulevé par la mousse crémeuse du fruit, tandis que les petits pieds de Bahar gigotaient sous le corps osseux de Hossein. Un grand objet apparut dans le champ de vision de Marjan, qui se baissa instinctivement pour l'éviter. Elle se rendit compte qu'en fait, c'était son propre bras qui brandissait une sorte de pieu arraché aux débris de la porte d'entrée. Comme guidée par une force étrangère à son corps, Marjan plissa les yeux et le planta profondément dans la jambe de Hossein Jaferi.

L'homme sur lequel elle avait lancé des grains de riz à l'occasion de son mariage en priant très fort pour que cela protège Bahar de toutes les épreuves de la vie se retourna lentement, dans une danse silencieuse. La dureté de sa longue barbe et de son crâne chauve et squameux la terrifia ; son visage grêlé de cicatrices était rouge de colère.

— Sale putain bâtarde !

Le bout de bois toujours planté dans sa jambe, Hossein tenta de se jeter sur Marjan avec la matraque qu'il emportait pour les émeutes, mais Bahar en profita pour se relever et saisir la casserole de soupe bouillante. Depuis le temps qu'elle cuisait sur le feu, la soupe à la grenade était devenue une masse visqueuse dont le résidu avait collé au fond. Une moitié du contenu était carbonisé, mais l'autre coula sans entrave sur la tête de Hossein, qui s'affala quand la lourde casserole lui heurta le front et qu'un déluge de jus de grenade déferla sur son corps inconscient.

Un cri aigu venant du couloir tira Marjan du sombre abîme dans lequel elle se trouvait. Elle se précipita dans le cellier et extirpa sa plus jeune sœur d'une mer de feuilles de fenugrec séchées et de grumeaux de sumac. Couvrant son petit visage de baisers, elle l'examina pour voir si elle avait des bleus et fut heureuse de constater qu'elle n'arborait que des traces de larmes et des taches de sumac rouge brique.

— Récupère les papiers ! Et les tchadors ! Les voitures du couvre-feu vont bientôt passer, murmura férocement Marjan à l'intention de Bahar.

Celle-ci tremblait comme du *sholeh zard*, le pudding au safran et aux amandes qu'il faut mettre dans un gros bol à cause de sa substance informe. Son visage était blême, mais sa gorge était marbrée de taches. Elle saignait du nez et un petit bout de peau pendait sur son crâne à l'endroit où son mari lui avait arraché les cheveux. Hossein n'avait pas bougé, mais Marjan savait qu'elles ne disposaient que de peu de temps. Tandis que Layla s'agitait dans ses bras, elle poussa Bahar dans le petit salon.

— Bahar ! Ecoute-moi ! s'exclama-t-elle en prenant sa sœur par le menton et en la regardant droit dans les yeux. Nous devons partir maintenant, tu comprends ? Nous devons partir !

Bahar ne cilla pas, elle fixait des yeux la poitrine de Marjan, la grande déchirure dans son tchador qui dévoilait sa chemise à col blanc.

C'est alors que Marjan vit le sang. Il s'étendait rapidement de son aisselle jusqu'à sa poitrine comme une fleur de pavot en train de s'ouvrir. Un morceau de bois dépassait de l'articulation entre son bras et son épaule. Il avait dû se planter là comme elle franchissait le seuil de l'appartement pour porter secours à ses sœurs.

Remède pour la migraine

1 cuillère à café de noix de muscade
1 cuillère à café de cardamome moulue
1 cuillère à café de clous de girofle moulus
1 tasse d'eau chaude

Mélanger soigneusement les épices dans un verre ou dans un bocal jusqu'à obtenir une fine poudre brune. Prendre une cuillère à soupe du remède en veillant à l'avaler rapidement. Faire descendre avec de l'eau chaude. Répéter, si nécessaire, toutes les quatre heures.

Chapitre 11

L'acte de propriété, impeccable, était posé bien à plat devant Danny Fadden. Juste à côté, la grosse enveloppe de papier kraft contenait vingt mille cinq cents livres, cinq cents de plus que l'offre initiale de Thomas McGuire. Le principal notable de Ballinacroagh espérait que ce bonus inattendu déciderait l'épicier solitaire à lui céder le plus tôt possible le travail d'une vie.

— Signe ce papier, Danny, et on pourra se boire une bonne pinte au Paddy's en un rien de temps ! s'exclama Thomas en fourrant un gros stylo-plume dans la main pâle de Danny.

Celui-ci examina l'onéreux Waterman, le genre de stylo que les hommes importants sortaient de la poche poitrine de leur élégant costume italien. Signer ce contrat, c'était peut-être le moyen de devenir un homme important, lui aussi. Il pourrait investir en Bourse une partie de la somme et vivre sur le restant jusqu'à ce qu'il ait terminé son encyclopédie des fées. Pour l'instant, il en était à la moitié des L, et il venait tout juste de corriger l'entrée *Leprechaun*, le cordonnier farceur qui fait des blagues aux humains.

Oui, vendre l'épicerie à Thomas McGuire aurait probablement été la chose intelligente à faire, songea

Danny, si son *leprechaun* personnel, Finnegan, n'était pas revenu cet après-midi même. En ouvrant la boutique après la demi-heure de pause consacrée à son thé, Danny avait constaté que deux bouteilles de Beamish avaient disparu de l'étagère. A la place, ce petit chenapan de Finnegan avait laissé un morceau de feutrine vert émeraude et un mot : *J'espère que je ne t'ai pas manqué pendant mes vacances. Reconnaissance de dette pour deux bières jusqu'à ce que je touche ma paye. Finnegan.*

— Qu'est-ce que tu en dis, Danny ? Il est temps de prendre le taureau par les cornes ! s'exclama Thomas en grinçant des dents avec un sourire forcé.

Danny passa la main sous son comptoir, sur l'étagère où il gardait tous les messages de Finnegan. Il frotta du doigt un morceau de feutrine pour se donner du courage.

— Le truc, Thomas, c'est que je ne peux pas…

Juste à ce moment-là, Padraig Carey fit irruption dans la boutique, trempé jusqu'aux os.

— Tom ! Tom ! brailla-t-il. Tu ferais mieux d'aller d'urgence au poste ! C'est Tom Junior !

Le visage du conseiller municipal était rouge et bouffi, et sa cravate trempée pendait par-dessus son épaule.

Thomas jeta un regard noir à Padraig.

— Ce crétin a encore planté sa voiture dans un poteau téléphonique, c'est ça ? Ce garçon… Laisse-moi te dire qu'il vaut mieux avoir des filles, Danny !

— La boutique n'est p-pas… bredouilla Danny.

— Ne bouge pas. On va signer ça et conclure l'accord très bientôt, déclara Thomas avant de sortir en trombe. J'espère que c'est important, Padraig ! ajouta-t-il en fusillant le conseiller du regard. J'avais conclu le marché avant que tu ouvres ta grande gueule !

— C'est ce que j'ai essayé de te dire. Ce n'est pas une bonne nouvelle, Tom.

Les deux hommes grimpèrent dans la petite Fiat de Padraig et remontèrent la rue à toute vitesse malgré la pluie. En chemin, le conseiller informa Thomas de ce qu'il avait entendu depuis le parking du poste de police.

— Elles ont garé leur van et sont entrées avec Malachy sur leurs talons. Le temps que je traverse la place, Sean Grogan avait fermé la porte. Il m'a dit qu'il s'agissait d'une « affaire confidentielle » et que je ferais mieux de repasser plus tard. Qu'il aille se faire foutre, Tom ! cria Padraig avec irritation. J'ai dû me glisser sous sa fenêtre pour comprendre ce qui se passait !

En écoutant Padraig, Thomas sentit son visage devenir dur comme la pierre. Trop furieux pour attendre que Padraig se gare sur le parking, il se rua hors de la Fiat dès qu'elle ralentit devant le poste de police et déboula à l'intérieur en faisant sursauter Kevin Slattery, qui était en train de se préparer une tasse de thé.

— Kevin, c'est quoi, cette histoire avec mon Tom ? Où est Grogan ? C'est qui le putain de responsable, ici, hein ?

Sean Grogan, qui se trouvait dans la pièce voisine, rangea rapidement la déposition de plainte de Layla et se posta sur le seuil du bureau en s'appuyant au chambranle. Il s'éclaircit la gorge.

— Il y a probablement une explication à tout ça, Tom. J'aurais besoin de poser quelques questions à ton garçon, c'est tout. Si tu pouvais simplement me dire où se trouve Tom Junior…

— Je t'entends bien, là ? Tu vas laisser une putain de bronzée dire ce tout ce qui lui passe par la tête sur moi et les miens ? C'est ça ?

— Thomas…

Grogan aurait pu aller plus loin, comme son rôle l'exigeait, il aurait pu essayer de calmer l'homme qui fulminait devant lui, mais il se réjouissait bien trop de ce spectacle pour y mettre fin. Personnellement, il n'avait pas le moindre doute que Tom McGuire Junior, ce sinistre crétin, ait agressé Layla. Il ne voyait aucun inconvénient à l'enfermer dans une des petites cellules du poste pendant toute une année si nécessaire. Peu importait l'identité de son père.

— Et toi, Sean Grogan, tu demandes des comptes à mon Tom ?

Les yeux de Thomas lui sortaient des orbites. Il n'en croyait pas ses oreilles. Il avait besoin de toute sa volonté pour ne pas cogner le gros visage du policier. Et ce Slattery, aussi ! Debout avec sa tasse de thé comme la lopette notoire qu'il était !

— Le fait est, Tom, euh… Il y a un témoin. Je n'y peux rien.

— Un témoin ? Quel témoin ? C'est qui, ce témoin ?

— Ah ! Eh bien, je ne peux pas le dire. C'est strictement confidentiel, tu vois ?

— Va te faire foutre avec ton confidentiel ! cria Thomas.

Il tourna les talons et remonta le couloir dans l'autre sens en bousculant Padraig au passage. Il s'arrêta devant la porte et se retourna, le doigt pointé vers les deux policiers.

— Tu vas regretter d'avoir fait ça, Sean Grogan ! lança-t-il avant de repartir en trombe.

Padraig haussa nerveusement les épaules à l'intention des agents, puis suivit Thomas jusqu'à la voiture sans piper mot. Le petit conseiller municipal savait exactement à quel râtelier il mangeait.

Par-delà les nuages pluvieux, au-dessus de l'inamovible sommet que Malachy commençait maintenant à détester, se trouvait la constellation d'Hercule. Les étoiles le réconfortaient pendant qu'il affrontait sa propre tempête intérieure.

Plié en deux dans sa chambre en alcôve, le jeune homme remplissait de vêtements son sac scolaire en toile de jute sous le regard perplexe de sa mère et de ses trois sœurs postées sur le palier. Elles avaient l'habitude de voir Malachy et Tom Junior s'en prendre l'un à l'autre, mais jamais une altercation n'avait dégénéré au point que l'un d'eux veuille quitter la maison. Joanne, la cadette, fondit en larmes quand elle constata que Malachy commençait à démonter son télescope.

— Ne pleure pas, Joanne. Je viendrai te rendre visite, dit-il avant de se tourner vers sa mère. Tu es sûre de ne pas avoir croisé Tom aujourd'hui, maman ? Tu me dis la vérité ?

— Je ne l'ai pas vu depuis ce matin, Malachy. C'est peut-être cette étrangère qui l'a emmené. J'ai entendu deux ou trois choses à propos de ces trois-là du Babylon Café. J'espère que tu fais attention à toi quand tu vas dans ce coin-là. On ne sait jamais ce que l'une d'elles ferait si elle posait les yeux sur ta jolie frimousse, hein ?

Elle s'approcha pour lui ébouriffer les cheveux mais Malachy se déroba. C'était le premier geste de défiance qu'il avait jamais eu envers sa mère, et cela fit brûler dans sa tête une rage inattendue. Il était content de ne pas avoir dévoilé sa relation avec Layla, comme il avait si souvent été tenté de le faire au cours des quatre derniers mois.

— Quel que soit le problème, ça ne peut pas être si grave que ça. Vous allez vous réconcilier, murmura bêtement sa mère en s'appuyant contre la porte.

Elle était attifée de sa tenue de nuit habituelle du jeudi : un pull noir à sequins et un legging moulant qui surlignait la texture en peau d'orange de ses cuisses pleines de cellulite. Elle avait de gros rouleaux dans les cheveux, qu'elle calait la nuit contre quatre oreillers pour que sa coiffure tienne le lendemain matin. Cecilia McGuire n'allait jamais nulle part sans ses boucles de caniche.

En regardant Malachy, elle ne pouvait s'empêcher de songer à son ancienne histoire d'amour avec Juan Carlos Escobar II. En tant que fille de l'ancien maire du comté, Cecilia Devereux aurait pu se permettre de choisir parmi les plus beaux partis de Mayo, mais elle avait opté pour Thomas en raison de l'ambition et des cuisses attirantes et musclées dont il était doté. Néanmoins, cette ambition avait des inconvénients, comme Cecilia, esseulée, le découvrit bientôt. Aussi fut-elle reconnaissante de voir arriver le bateau de Juan Carlos Escobar II au cours de l'été 1967. Le marin espagnol lui avait enseigné des mots comme *amor mío, cariño* et *pasión* tout en jouant d'elle comme d'une guitare, et il avait beau être parti avant la fin de l'été, il lui avait laissé un souvenir vivant et respirant en la personne de Malachy.

Celui-ci fourra dans son sac le dernier vêtement, son maillot de foot préféré, et, balançant l'étui de son télescope sur son épaule, sortit de sa chambre minuscule. Il caressa les cheveux de la petite Joanne, toujours en larmes, et salua silencieusement de la tête ses deux autres sœurs, Delia et Helen, décidé à ne plus jamais remettre les pieds dans cette chambre humide qui lui donnait un sentiment de claustrophobie. Il marqua une pause au pied de l'escalier et se retourna vers les quatre visages stupéfaits qui le regardaient depuis le palier du premier, sa colère retombant un peu quand il vit les sanglots de Joanna. Au moment où il allait dire quelque chose de rassurant, Thomas McGuire s'engagea dans l'allée avec son Land Rover en klaxonnant comme un fou.

Le temps qu'il entre en hurlant qu'il voulait des réponses, Malachy s'était éclipsé par la porte de la cuisine. Il jeta un dernier coup d'œil à la maison où il avait passé une enfance solitaire avant de disparaître dans la pénombre de la forêt voisine.

A deux kilomètres de là, dans la chambre pas plus grande qu'une boîte à chaussures qu'elle partageait avec Layla, Bahar était allongée sur son lit, parfaitement immobile. Elle était en train de dormir, empêtrée dans un affreux cauchemar, l'unique rêve qu'elle faisait jamais, quand l'odeur de la grenade qui cuisait et les éclairs l'avaient réveillée. Au rez-de-chaussée, elle entendit la porte de service se refermer doucement. C'était probablement Marjan qui courait à l'épicerie en quête d'un ingrédient manquant pour le *fesenjoon.*

Des vagues de douleur partaient de derrière ses oreilles et déferlaient sur le côté droit de son visage jusqu'à sa tempe. Elle se retourna et tendit la main vers le petit bocal de poudre brune posé sur le guéridon à côté de son lit. Ce mélange de muscade, de cardamome et de clous de girofle était un puissant remède baloutche qui faisait passer les petites migraines en quelques minutes. Mais maintenant, pour les soulager, il lui fallait au moins six grosses cuillères à soupe, et même dans ce cas, il n'était pas aussi efficace que la première fois qu'elle l'avait essayé, dans le désert de Dacht-e Lout.

Elle porta la mixture à ses lèvres en grimaçant, puis inspira un grand coup et l'avala d'un trait. Elle sentit la poudre descendre lentement dans sa gorge, comme des graviers abrasifs. Elle ne s'était jamais habituée à ce goût si fort et à cette texture sans merci. Le plus étrange, c'était que dans son souvenir, il n'avait pas aussi mauvais goût quand les femmes baloutches le lui avaient fait prendre. Et même aujourd'hui, dans le brouillard d'une autre migraine intense, elle se rappelait clairement leur tendresse tribale.

Ces femmes, avec leurs jupes en patchwork et leurs visages brûlés par le soleil, lui en avaient donné deux bocaux le matin où elles avaient fui l'Iran. Après deux nuits passées dans le désert avec la tribu, les trois sœurs avaient traversé la frontière pakistanaise avec l'aide d'un gardien de chèvres illettré originaire de Zahedan, la ville voisine. Pour trois livres sterling, il les avait emmenées dans son camion vétuste jusqu'au camp de réfugiés que la Croix-Rouge avait monté près de Quetta au Pakistan. Elles y étaient restées cinq mois parmi beaucoup d'autres Iraniens en fuite avant d'enfin obtenir des visas pour le Royaume-Uni.

A leur arrivée à l'aéroport d'Heathrow, elles avaient dû affronter les grossiers agents de l'immigration qui les avaient interrogées et avaient vérifié et revérifié leurs passeports avant de leur accorder le précieux tampon leur permettant d'entrer dans le pays. Puis elles étaient sorties du gigantesque aéroport gris et avaient directement gagné l'appartement que la Croix-Rouge leur avait attribué dans la banlieue sud de Londres. Les tours du Brixton Bay View abritaient tout un assortiment de personnages :

des transfuges du régime de Castro et des fans de disco qui se shootaient sous des escaliers de secours rouillés, des drag-queens qui se pavanaient comme si elles étaient des ladies d'Avon et des enfants livrés à eux-mêmes qui dansaient le hip-hop à moitié nus sur le parking. Peu après, Marjan avait trouvé un travail : elle fourrait des pains pitas aux Mille et Un Kebabs, une échoppe de plats à emporter près de Trafalgar Square, tandis que Bahar et Layla s'engageaient dans le quotidien routinier de la vie scolaire. Les choses allaient bien, même si les trois sœurs ne subsistaient que chichement de couscous huileux et de la couenne grasse d'une viande douteuse empalée sur une rôtissoire. Quatre ans plus tard, Bahar avait été admise à l'école d'infirmières Saint Bartholomew, et Marjan, qui avait gravi les échelons du monde culinaire, travaillait désormais en tant que sous-cheffe à Plantain, un restaurant jamaïcain de cuisines du monde dans le quartier plus en vogue de Notting Hill. Elles purent bientôt quitter la cité pour emménager dans un joli trois-pièces à Lewisham, où Layla pouvait jouer dans l'impasse sans tomber sur des seringues usagées et Marjan faire pousser quelques précieuses herbes aromatiques. Et où Bahar pourrait réellement oublier ses bleus. Mais malgré cette tranquillité durement gagnée, il était difficile de faire abstraction de ce qui se passait dans leur pays natal.

Au début des années 1980, l'Iran souffrait d'indigestion à la suite d'une fête révolutionnaire qui avait duré bien trop longtemps. La guerre civile avait éclaté, opposant les mollahs militants aux socialistes islamiques. Chaque faction essayait de prendre le pouvoir, mais cela ne menait personne nulle part. Les répercussions de la révolution s'étaient fait sentir à travers tout le Sahara, si bien que les princes des royaumes ébranlés du Qatar, de l'Arabie saoudite et du Koweït, nés avec une cuillère d'argent dans la bouche, se dépêchaient de colmater avec des robes blanches les fuites de leurs réserves d'or liquide. Et coincés au milieu de ces soulèvements il y avait les jeunes : des soldats de treize ans qui avaient mis de côté leur puberté pour s'engager dans la cause religieuse. Dans les cimetières iraniens, des stèles en carton proclamaient la courte durée de leur vie, tandis que des mères en linceul pleuraient cet étrange retour à des temps reculés.

Tous les soirs, Marjan regardait avec un mélange de frayeur et de soulagement les infos sur la BBC, où l'on voyait le monde entier manifester contre la montée en puissance du régime islamique. Dieu merci, elles étaient parties à temps, disait-elle à ses sœurs. Bahar, en revanche, n'était pas aussi optimiste. Elle ne regardait jamais les images des rues dévastées par les bombes et pleines d'hommes qui ressemblaient tous à Hossein. Elle ne craignait pas qu'il soit mort, mais plutôt qu'il ne soit pas l'un des cadavres qui s'étalaient sur leur écran de télévision. Elle n'aurait jamais dû croire à une telle cause ni en un tel homme. Qu'est-ce qui l'avait poussée à faire ça ? Bahar ne se rappelait plus les raisons qu'elle s'était données ou qu'elle avait données à Marjan pour épouser l'une et l'autre, pour y croire, et chaque fois que le visage blafard de Jim Muir apparaissait lors de son reportage quotidien dans les rues ensanglantées de Téhéran, elle se réfugiait en hâte dans son lit avec une migraine qui était en train de devenir sa meilleure amie.

Le temps passa. Marjan avait trouvé un nouvel emploi à l'Aïoli, un restaurant italien à la mode, à Lewisham, où elle s'était liée d'amitié avec la cheffe, Gloria, et où elle fut donc en mesure de se soulager un peu auprès de sa nouvelle amie pleine de compassion du fardeau qu'elle portait. Bahar avait obtenu son diplôme avec mention à l'école d'infirmières et commencé à travailler à la maison de retraite Green Acres. Même si cet emploi ne lui procura pas d'amis, il atténua la dépression aiguë dont elle souffrait depuis une demi-décennie. Fin 1985, elle pouvait connaître plusieurs jours de répit entre deux migraines et, à l'occasion, Marjan et elle étaient prises de fou rire en regardant une Layla dégingandée entrer dans l'adolescence. Puis, un soir de mars, un peu plus de quatre mois avant leur départ pour Ballinacroagh, le téléphone avait sonné dans leur appartement.

Ce fut Bahar qui répondit.

— Allô ?

Une décharge électrique avait-elle frappé son oreille quand elle avait décroché le combiné, ou bien était-ce le son de la cloche de Hadès ?

— Tu croyais que Dieu était dans ton camp, Bahar ? Que j'allais vous laisser me ridiculiser, toi et tes sales sœurs ?

Au bout du fil, la voix crissait comme du papier émeri.

— Je ne peux même plus montrer mon visage dans les réunions, tu sais ? Ma mère ne sort plus de chez elle à cause de la honte que tu as jetée sur notre famille, espèce de putain. Si j'étais toi, je commencerais à prier. Prie pour le pardon, femme, parce que la prochaine personne qui frappera à ta porte, ce sera moi.

Il raccrocha. Le téléphone émit un clic si gai et si précis qu'il rendit la menace de Hossein encore plus sinistre. Bahar fixa d'un œil incrédule le combiné, prise de nausée. A la télé, les infos avaient cédé la place à une publicité quand Marjan se tourna vers elle.

— Bahar, c'était qui ?

Les yeux de Bahar se révulsèrent. Les ténèbres prirent le dessus.

Tout cela allait-il recommencer ? se demandait Bahar en tordant les draps entre ses poings. Hossein avait-il retrouvé leur trace à Ballinacroagh ? Cet après-midi, le sifflement inquiétant au téléphone était-il un nouvel avertissement ?

Et que penser de la faible excuse de Layla à propos de l'entaille sur sa lèvre ? Une chute au cours d'une randonnée avec Malachy. Comment savoir si c'était vrai ? Ses sœurs ne voulaient peut-être pas qu'elle sache ce qui s'était passé, ou ce qui allait se passer, mais Bahar avait vu toute la scène dans leurs yeux. Elles avaient voulu la protéger, qu'elles soient bénies, mais elle connaissait la vérité, la vraie raison qui expliquait la lèvre tuméfiée de Layla et le tremblement du menton de Marjan. Les signes étaient tous là ; ce coup de fil silencieux lui était adressé.

Elle se redressa vivement. La mixture tribale avait eu son effet magique, atténuant considérablement son douloureux mal de tête, mais elle savait que ça n'allait pas durer bien longtemps. Il n'y avait pas de temps à perdre !

Layla était encore assoupie sur le canapé du salon quand Bahar lui prit la télécommande des mains. Elle éteignit la télé et tira la couverture de Layla jusqu'à son menton, s'arrêtant un instant à contempler le beau visage de la jeune fille. Elle songea qu'elle aurait dû se montrer plus gentille avec elle, plus compréhensive devant ses besoins. Layla n'avait que quinze ans, après tout. Bahar se pencha et déposa doucement un baiser sur le front de sa sœur, puis elle se dirigea silencieusement vers l'escalier aux lattes grinçantes. Un frisson lui parcourut l'échine quand elle atteignit le rez-de-chaussée. La cuisine s'était refroidie tellement vite. Elle regarda la casserole posée sur la cuisinière. Elle avait raison, c'était du *fesenjoon*.

La grenade l'interpellait, lui enjoignait de revenir et d'affronter le pacte qu'elle avait fait si longtemps auparavant, une promesse qu'elle n'avait jamais tenue. Cette fois-ci, Bahar ne comptait pas fuir. Hossein l'avait finalement retrouvée.

A minuit, l'éclairage de la cuisine du café pouvait être particulièrement cru. Sans le réconfort de la lumière du jour qui entrait à travers le vitrail, la pièce et tout ce qu'elle contenait avaient un air lugubre et étrangement utilitaire.

Marjan et Layla étaient assises à la table dans un silence morose. Des traces de poudre brune étaient éparpillées sur le plateau où, avant de partir, Bahar avait mélangé à la hâte son remède contre la migraine. Marjan passa distraitement le doigt dessus.

— Elle a dû emporter son médicament. Je n'arrive pas à mettre la main sur le bocal, remarqua-t-elle d'une voix sombre.

— On ne peut pas se contenter de rester assises là, Marjan !

Layla bondit de sa chaise, déterminée à faire quelque chose, n'importe quoi. Après avoir fouillé les rues inondées du quartier, elles étaient revenues au café et avaient patienté pendant deux heures en espérant que le mot qu'elles avaient trouvé était une erreur, que Bahar se rendrait compte de sa folie et qu'elle reviendrait. Elle avait emporté ses vêtements et ses affaires personnelles dans l'une des valises en toile, laissant derrière elle une note posée contre une cruche émaillée remplie de jacinthes des bois.

C'est mal. On est en fuite à cause de moi.
Je n'en peux plus.
Bahar
J'appellerai bientôt. C'est promis.

— Pourquoi a-t-elle fait ça ? Je lui ai dit et répété qu'on était en sécurité ici. Hossein n'a aucun moyen de nous retrouver, murmura Marjan en secouant la tête.

— Rappelle la police !

— Je les ai déjà appelés deux fois. Ils m'ont simplement dit d'attendre. Elle ne sera considérée comme ayant disparu que dans dix-neuf heures, apparemment.

Marjan se prit la tête entre les mains. Elle sentait partout le goût du mélange épicé.

— Je ne suis restée chez le boucher que dix minutes, quinze tout au plus.

— Ouais, mais tu n'as trouvé son mot qu'à dix heures, répondit Layla d'un ton tranchant.

Marjan leva lentement la tête et croisa le regard de sa sœur. Le visage de Layla affichait sa déconvenue. Elle avait raison, bien sûr. Marjan n'avait remarqué la feuille pliée posée contre la cruche qu'au moment où le *fesenjoon* avait fini de mijoter et qu'elle s'apprêtait à se mettre au lit. Et même à ce moment-là, elle n'avait pas su où chercher Bahar. Qu'est-ce qui clochait donc chez elle ?

— Tu es sûre que Bahar ne t'a rien dit avant que tu t'endormes ? demanda Marjan.

— Non, rien. Elle est restée tout le temps dans sa chambre. Où pourrait-elle aller, de toute façon ? Personne ne peut demeurer très longtemps sous cette pluie.

Dehors, la tempête rugissait encore de colère, et des éclairs arachnéens illuminaient le ciel au-dessus de leur allée.

— Ecoute, donne-moi les clés du van. Je vais y aller moi-même ! cria Layla en tapant du pied avec impatience.

— Non, tu restes ici ! répondit Marjan en se levant. Ne laisse entrer personne, d'accord ?

Layla acquiesça, rassurée de voir sa sœur de nouveau en action. Néanmoins, son soulagement fut de courte durée, car peu après, elle entendit qu'on frappait lourdement à la porte de derrière.

— Marjan ? murmura-t-elle, effrayée.

— Chut…

Marjan traversa silencieusement la cuisine. Dehors, il faisait trop sombre pour qu'on puisse distinguer quelque chose à travers le vitrail. L'ombre d'une silhouette de haute taille bougeait derrière le verre, puis on frappa de nouveau. Les doigts de Marjan effleurèrent la poignée, elle marqua une pause avant d'ouvrir brusquement la porte. Malachy se tenait devant elle, trempé jusqu'aux os, avec son sac et l'étui de son télescope.

Soupe à la grenade

2 gros oignons émincés
2 cuillères à soupe d'huile d'olive
1/2 tasse de pois cassés jaunes, rincés deux fois
6 tasses d'eau
1 cuillère à café de sel
1/2 cuillère à café de poivre noir moulu
1 cuillère à café de curcuma
2 tasses de persil frais haché
2 tasses de coriandre hachée
1/4 de tasse de menthe fraîche hachée
1 tasse d'échalotes fraîches hachées
500 g de viande d'agneau hachée
3/4 de tasse de riz, rincé deux fois
2 tasses de jus de grenade
1 cuillère à soupe de sucre
2 cuillères à soupe de jus de citron
2 cuillères à soupe de poudre d'angélique (facultatif)

Dans une grande marmite, faire dorer les oignons dans l'huile d'olive. Ajouter les pois cassés, le riz, l'eau, le sel, le poivre et le curcuma. Porter à ébullition, puis baisser le feu, couvrir et laisser mijoter 30 minutes. Ajouter le persil, la coriandre, la menthe et les échalotes. Laisser mijoter 15 minutes. Pendant ce temps, faire des boulettes de viande. Les ajouter à la soupe avec les ingrédients restants. Laisser mijoter à couvert pendant 45 minutes.

Chapitre 12

— J'ai entendu dire que celle du milieu s'est envolée en même temps que le garçon de Thomas, dit Dervla le lendemain. Je ne serais pas étonnée qu'elle ait mis le grappin sur Tom Junior.

Elle trempa les lèvres dans sa tasse de thé et balaya du regard la pièce pleine de femmes.

— Ce sont toutes des garces – désolée mais c'est le mot –, des garces, et elles méritent ce qui va leur tomber dessus. J'enfermerais mes garçons si j'étais toi, Joan ! lança-t-elle.

L'assemblée de rombières aux visages aigres, dont la plupart étaient des clientes régulières de la boutique de reliques d'Antonia Nolan, exprima son assentiment en hochant la tête. Dervla, satisfaite de leur déférence, continua à siroter son breuvage aqueux. Les fidèles de l'atelier d'études bibliques de Ballinacroagh, qui se retrouvaient tous les vendredis soir au Reek Relics, étaient très différentes des agréables dames du comité de la Patrician Day Dance. L'assemblée moralisatrice regroupait les vieilles filles et les matrones habituelles, mais elle avait depuis peu accueilli dans ses rangs des personnes plus jeunes : Joan Donnelly et Assumpta Corcoran.

— Elle avait jeté son dévolu sur mon Benny, vous savez ? précisa Assumpta.

— C'est simple, mes garçons ne rentrent même plus à la maison. Depuis que cette effrontée s'est mise à se pavaner dans toute la ville. Ils auraient pu devenir prêtres, ces deux-là. Prêtres ! s'écria Joan.

Les commères acquiescèrent simultanément tel un chœur gériatrique. Dervla tchipa en secouant la tête.

— Si j'étais toi, je dirais à ta sœur de ne pas mettre les pieds dans ce café, Joan. Je l'ai vue y entrer ce matin. Elle a frappé à la porte avec Evie Waston. Je croyais que c'était fermé aujourd'hui.

— Fiona n'a jamais été du genre à prendre les bonnes décisions. Elle laisse encore ces Tinkers venir se faire couper les cheveux, ça, c'est sûr. Et elle n'écoute rien. Elle n'écoute rien ! répéta Joan en sentant la pression des regards réprobateurs qui se posaient sur elle.

Toutes les têtes se tournèrent quand la porte du café s'ouvrit de l'autre côté de la rue. Mrs Boylan et deux sympathiques dames du comité en sortirent sans les grosses cocottes qu'elles avaient apportées une demi-heure auparavant. Le mauvais crachin ayant repris, les trois vieilles dames se donnèrent le bras et partirent en courant vers le haut de la rue comme d'insouciantes écolières.

— Vous avez vu ça ? Geraldine Boylan leur apporte ses meilleurs plats. C'est vraiment du gâchis ! cracha Dervla.

Les dames de l'atelier d'études bibliques acquiescèrent de nouveau, même si la plupart faisaient de leur mieux pour ne pas penser à la délicieuse nourriture qui s'amoncelait à l'intérieur du Babylon Café.

Et effectivement, la cuisine regorgeait de mets délicats. Mrs Boylan avait préparé deux casseroles de sa purée de pommes de terre au beurre et Maura Kinley avait apporté trois miches de *barmbrack*, ce pain qui marie merveilleusement la marmelade et les fruits secs. Il y avait du ragoût de lapin, du pain de seigle et des légumes à la crème, ainsi que le minestrone qu'Estelle Delmonico était en train de cuisiner.

Rien de tel qu'un bon bol de minestrone fumant pour remettre les choses en perspective, se disait Estelle. Assise à la table de la cuisine, la vieille veuve coupait des carottes en morceaux. Elle préparait la soupe pour Marjan, laquelle, alitée dans sa chambre, se remettait d'une grippe – probablement due à la nuit qu'elle avait passée dans le froid à chercher Bahar. Au volant de son van de hippie, elle avait courageusement exploré toutes les routes principales qui sortaient de la ville en espérant repérer sa sœur sous la pluie battante. Mais finalement, elle était rentrée bredouille, gelée jusqu'aux os et tremblant de fièvre.

Dès que la soupe aux gros morceaux de légumes fut prête, la petite veuve en prit un bol entre ses mains rongées d'arthrite, monta à l'étage et entra dans le minuscule salon, encore étonnée de sa transformation depuis l'époque où Luigi s'en servait comme bureau. En ce temps-là, la pièce était remplie de livres de recettes jaunissants et de boîtes de levure rapide. A présent, il y avait un petit tapis de laine sur le parquet éraflé, une jolie courtepointe étalée sur un futon et, posée sur une des chaises de réserve du café, une télévision d'occasion que Marjan avait dénichée à Castlebar.

Cette dernière, allongée sur le canapé et entourée de mouchoirs en papier froissés, reniflait tout le temps. Mais malgré son visage moite et gris, elle semblait aller beaucoup mieux que la veille.

— Voilà ! Du minestrone, hein ? Ne vous levez pas.

Estelle se pencha vers Marjan pour lui glisser avec tendresse des cuillérées de minestrone dans la bouche.

— Où est Layla ? Elle est en bas ? demanda Marjan.

Elle se mit à tousser dans le mouchoir qu'elle serrait dans sa main.

— Chuuut… Elle va bien. Elle est avec Malachy et Emer. Ils sont partis à Castlebar. A la recherche de Bahar. Ils vont la retrouver, vous allez voir ! répondit Estelle en écartant une mèche des yeux de Marjan.

Si Estelle avait eu une fille, elle ne doutait pas qu'elle aurait beaucoup ressemblé à Marjan. Un nez tellement romain, un teint tellement italien !

— Chut… Il faut que vous dormiez maintenant, d'accord ?

Marjan s'enfonça un peu plus dans le canapé, les yeux rouges et pleins de larmes.

— Et s'ils ne la retrouvent pas ? Si elle est partie et qu'ils ne la retrouvent jamais ?

Sa voix se brisa, et elle détourna le regard pendant un moment. Elle n'avait pas raconté grand-chose à Estelle au sujet de la disparition de Bahar, juste le petit mensonge qu'elle avait servi à tous ceux qui étaient venus la voir : que Bahar s'était sentie si mal après que Tom Junior avait agressé Layla qu'elle avait décidé de quitter la ville quelque temps. Marjan savait que l'explication n'était pas très convaincante, mais l'autre version aurait rouvert trop de blessures.

— Je suis désolée. Je ne suis pas sûre qu'on la retrouve. Et… mon Dieu !

Elle fut une fois de plus submergée par la toux et les larmes. Estelle tenta de l'apaiser et lui essuya le front de ses doigts ridés.

Au contact de sa main, Marjan se rappela les caresses de sa mère. Souvent, pour les mettre au lit, Shirin Aminpour leur chantait des berceuses et leur racontait les fantastiques contes de Shéhérazade et ses courageuses histoires. Quand la nuit était chaude, toute la famille se rassemblait sur le toit-terrasse de la maison, comme il est de coutume en Iran. Totalement débarrassé des cailloux et des gravats, le toit était intégralement recouvert de tapis et de coussins sur lesquels ils dormaient dans la nuit humide en rêvant d'arches dorées et de chevaux arabes qui volaient. Il y avait toujours quelqu'un avec un instrument de musique sous la main, généralement un *tombak*, le tambour des poètes, qui rythmait de son *tomp-tomp-tomp* les histoires que les gens partageaient.

La douleur de ce souvenir plia Marjan en deux. Elles étaient si jeunes alors. Elles n'avaient rien à regretter. Rien à fuir.

Assise sans rien dire, Estelle caressait tendrement la main de la jeune femme en pleurs.

— Allongez-vous et ne bougez pas, finit-elle par murmurer en calant plusieurs oreillers derrière Marjan.

Celle-ci fut interloquée par ce renversement de situation ; à peine deux mois plus tôt, c'était elle qui avait couché Estelle à la suite de son évanouissement.

— Vous devez vous reposer. Plus d'idées noires, hein ?

Marjan acquiesça d'un air las, les joues rouges de fièvre.

— Allez, ouvrez la bouche. Avec ça, vous vous sentirez beaucoup mieux, vous allez voir, dit doucement Estelle.

Elle prit une grosse cuillérée de courgettes et de carottes attendries par le bouillon et la proposa à Marjan avec un sourire apaisant. Elle avait enfin quelqu'un dont elle pouvait s'occuper. A partir de maintenant, elle allait prendre soin de ces trois jeunes femmes, comme toute bonne mère l'aurait fait.

Tout le monde remarqua l'absence d'effluves aromatiques en entrant dans le café en ce samedi matin. La vapeur au parfum entêtant qui enveloppait toujours le samovar doré avait disparu, et son détenteur avait désormais l'air d'une femme stérile. A part quelques *zulbia* rances et une assiette à moitié vide de pâtisseries aux amandes, le présentoir ne contenait plus que les miettes des délices passés, un vide qui soulignait davantage encore l'importance de leur mission.

Le père Mahoney dirigeait le groupe de recherche qui s'était réuni derrière les portes closes du café, où il avait exposé son plan comme un général aguerri avant de futures conquêtes.

— J'irai vers l'est dans la vieille Cadillac – Westport, Ballintubber, Claremorris, avait-il déclaré en dépliant une ancienne carte de l'Ouest du comté de Mayo sur la grande table commune. Qui veut se charger de la route côtière ?

— On la prendra, Evie et moi, avait proposé Fiona.

— Très bien. Malachy, Layla et Emer peuvent tenter leur chance à Castlebar. Vous aurez besoin de toute la journée pour ça, je dirais.

— Hier, on n'est allé que jusqu'à Bridge Street, s'excusa Malachy.

— Très bien, tout le monde. On est aussi prêts que possible, alors il est temps de s'y mettre. Et rappelez-vous qu'on se retrouve ici à dix-huit heures zéro zéro. C'est six heures du soir, au cas où vous ne le sauriez pas. Et bonne chance !

Le père Mahoney se lança dans un salut militaire mais interrompit son geste quand il se rendit compte qu'il n'était pas dans un film de guerre avec Bob Hope et que ses troupes n'étaient pas d'humeur à plaisanter. Néanmoins, tous partirent du Babylon en bon ordre, et personne ne remarqua le visage blafard de Marjan qui les regardait par l'oculus de la porte de la cuisine.

Cela ne faisait qu'une journée qu'elle avait bu la soupe de minestrone d'Estelle, mais après cinq bols pleins de santé, elle avait enfin pu se lever et descendre les escaliers sans que ses jambes tremblent. Estelle avait veillé toute la nuit sur elle et avait expliqué à Layla comment préparer le bain de pieds, une recette à base de sel, de vinaigre et d'eau chaude dont Marjan s'était elle-même servie à de nombreuses reprises quand ses sœurs étaient tombées malades. Ce n'est qu'une fois qu'elle s'était sentie sûre de la guérison de la jeune femme qu'Estelle avait laissé Mrs Boylan la ramener dans son petit cottage blanc du bord de mer. Pour la première fois depuis leur arrivée à Ballinacroagh, quatre mois auparavant, Marjan se retrouvait toute seule dans le café désert.

Quatre mois. Elle s'adossa à la rambarde de l'escalier comme si une soudaine rafale venait de la pousser, tant les émotions qui tournaient en elle lui avaient coupé le souffle. Une douleur résineuse, l'écho de la culpabilité, et, oui, la simple gratitude. A voir les efforts de toutes ces bonnes personnes qui s'étaient réunies pour l'aider, elle ne pouvait pas ne pas être reconnaissante. Après toutes ces années à courir et à ne faire quasiment confiance à personne, Marjan et ses sœurs avaient finalement trouvé un foyer. Un véritable foyer. Alors, comment Bahar avait-elle pu être aveugle à tout cela ? Pourquoi avait-elle tout laissé tomber, et pour aller… où ?

Marjan s'affala sur une chaise. La cuisine semblait souffrir de jeûne, sous la lumière lugubre des appliques murales. Marjan avait insisté pour qu'Estelle et Mrs Boylan emportent la nourriture restante, tous les plats et les ragoûts préparés par les bonnes dames du comité. Le frigo vrombissant était vide, à part un peu de viande d'agneau hachée, trois œufs et le reste de *fesenjoon*. Il fallait vraiment qu'elle le jette, se dit-elle. Qu'elle en prépare un nouveau, ou peut-être même un autre genre de ragoût, ou bien de la soupe à la grenade. Cela faisait longtemps qu'elle n'avait pas fait de soupe à la grenade.

Pour la première fois depuis 1981, quand il avait acheté le *Christmas Album* de Boney M, Thomas McGuire était de retour au Kenny's Record Shop, où il passait en revue les derniers 45 tours de dance music avec une expression de consternation sur son visage charnu.

Hi-NRG, Snap!, Industrial, Renegade Soundwave, Techno, House. C'était ahurissant ! D'après sa fille Helen, encore adolescente, c'était la musique que tout le monde écoutait aujourd'hui. Mais selon lui, ces nouveaux rythmes ne méritaient pas l'appellation de dance music. Avec leurs lignes de basse surpuissantes et leurs paroles inintelligibles, on aurait plutôt dit les derniers soubresauts d'un ordinateur perclus d'hémorroïdes. Rien à voir avec ses mélodies disco adorées et leurs lignes de synthé pleines de dignité. Mais après avoir vu à quel point Ballinacroagh s'était entiché du Babylon Café, Thomas se souvint qu'il devait être plus aventureux dans ses choix.

Il jeta un coup d'œil à l'extérieur du magasin de disques. Le café se trouvait trop loin dans la rue pour qu'il puisse voir le panneau *Fermé* sur sa porte, mais il était au courant de la disparition de Bahar. Cela faisait trois jours, à présent. Comme son garçon, même si pour le coup, Thomas était certain que ces deux événements n'avaient aucun rapport.

Il devait quand même bien admettre qu'il était fier de son Tom Junior. Peut-être pas de ses choix, mais plutôt de leur impeccable timing. Avec un seul coup de ses pattes d'homme de Néanderthal, Tom Junior avait réussi ce que son père, malgré toute l'influence dont il jouissait en ville, n'avait pu accomplir en plusieurs mois. Ce café puant était enfin fermé. Bon débarras, si on voulait connaître son avis.

Quant à Malachy – ce bâtard bon à rien n'était plus son fils. Thomas avait été jusqu'à téléphoner à son avocat pour qu'il modifie son testament, tant il était certain de vouloir l'excommunier. Rien ni personne – pas même les miaulements plaintifs de sa femme, pas même les larmes de Joanne, sa cadette, ni même sa grande sœur Margaret avec sa force de taureau – n'avait pu le convaincre de revenir sur sa décision.

Pour satisfaire ses doigts dansants qui s'agitaient sur le bac de musique disco, Thomas saisit le premier album qui lui tomba sous les yeux, *Saturday Night Fever* des Bee Gees. Il acheta tout un rayon de cassettes de dance music que l'employé stupéfait fourra dans deux sacs en plastique arborant le slogan *Kenny Konnaît la Musique Kool,* puis remonta le Main Mall en direction du Paddy McGuire's.

Son regard dériva avec satisfaction vers la façade silencieuse du café. Aucun signe d'activité, pas même le halo doré qu'il avait vu le jour de leur arrivée. Les ténèbres régnaient derrière les rideaux à moitié tirés. Un crachat gluant jaillit de la bouche de Thomas et atterrit sur le trottoir entre deux pots de violettes du Cap, devant la vitrine du café. Après cette expectoration, le patron de pub ressentit une paix qui l'avait fui depuis l'époque pré-Turbo Bronzeur. En ce temps-là, tout tournait comme une mécanique bien huilée et il n'avait aucune concurrence à redouter autre que celle qui faisait rage sous son propre crâne. Pourquoi avait-il douté de l'issue de tout ça ? se demanda-t-il. Bien sûr que ce café ne pouvait pas marcher ; l'étrange sortilège qui avait envoûté Ballinacroagh au cours de ces derniers mois était voué à se briser un jour, d'une façon ou d'une autre. Plein de suffisance et d'ardeur, Thomas posait la main sur la porte du pub quand il entendit derrière lui la voix de son fils aîné.

— Papa ?

Devant l'épicerie de Fadden, Tom Junior essayait désespérément d'empêcher ses genoux de s'entrechoquer chaque fois qu'une bourrasque s'engouffrait dans le Main Mall. Il fallut une longue minute à Thomas pour reconnaître son fils, lequel, bien qu'il n'eût disparu que depuis trois jours, avait subi une métamorphose totale. Tom Junior avait perdu énormément de poids. Son bide prématuré de buveur de bière ayant abusé des pintes de houblon avait laissé la place à une cavité où les côtes affleuraient sous la peau plissée. A la place de ses joues bouffies, des pommettes émaciées surplombaient à présent deux gouffres, et ses yeux enfoncés dans leurs orbites avaient perdu leur insolence et leur cruauté habituelles.

— Tom, c'est toi ?

Thomas se dirigea vers son fils en plissant les yeux, comme si cela allait remplumer la carcasse qui le dévisageait.

— Rentre dans le pub immédiatement. Tu veux que toute la ville te voie ? dit-il en poussant son fils vers la porte. Je pensais que tu étais assez futé pour ne pas revenir traîner par ici tout de suite.

A l'intérieur, il n'y avait qu'un seul client, avachi sur le long bar en chêne devant une bouteille de scotch. Thomas reconnut aussitôt le Chat, ce poivrot notoire. En d'autres circonstances, il aurait foutu dehors ce pauvre diable courbé par la sclérose, mais pour l'instant, il avait des choses plus importantes à faire.

— Fils, que s'est-il passé ? Je me disais que tu étais à Galway en train de rigoler à la santé de ton vieux. Qu'est-ce qu'il y a ?

Il prit le bout de papier que Tom Junior serrait dans sa main et y jeta un coup d'œil. Dans la lumière ténue, Thomas ne put distinguer que quelques mots, mais ses grosses mains se mirent à trembler de colère quand il vit la signature oblique de son fils en bas de la page.

— C'est un mot d'excuse. Je voulais le donner à Sean Grogan pour qu'il le passe aux Ara… à la fille, là. Je n'aurais pas dû faire ça, papa, dit Tom Junior en baissant les yeux.

Ses excuses, sincères, étaient le point culminant des trois jours les plus longs de sa vie. Son périple avait commencé par l'absorption de toute une bouteille de tequila qu'il avait achetée au Dew Drop Inn, dans la banlieue de Westport, et s'était achevé dans un nid à poussière miteux, le cottage tout moisi du Chat. Et pendant tout ce temps, sans que Tom Junior le sache, ses entrailles étaient dévorées par un ténia vorace.

Le parasite, qui s'était fait passer pour un ver à tequila, avait attendu son heure au fond de la bouteille de José Cuervo, à présent vide, patientant jusqu'à ce qu'un garçon de ferme en bonne santé croise sa route. Le ver avait fini par se frayer un chemin dans l'âme insipide de Tom

Junior, en y forant des trous par lesquels son ignorance et ses frustrations avaient fui. En partant, la graisse excédentaire avait emporté la colère qu'il entretenait sans discrimination envers tous ceux qui s'opposaient à lui, et particulièrement son père autoritaire. Il avait compris que Thomas avait lui aussi souffert de n'avoir pas pu réaliser ses rêves et qu'il avait compensé ses échecs en manipulant et en écrabouillant tous ceux qui se trouvaient sur son passage.

L'un dans l'autre, ces trois jours avaient été une période de jeûne spirituel pour Tom Junior, et il en était sorti amaigri mais au complet et débarrassé de tout désir d'être à la tête de Ballinacroagh ou de l'héritage pesant de son père.

Thomas ne l'entendait pas vraiment de cette oreille.

— De quoi tu parles ? T'es devenu complètement crétin ? Laisse-moi faire ! s'exclama-t-il en froissant le mot d'excuse d'une main tremblante. Rentre à la maison voir ta mère. Elle m'a rendu dingue à force de pleurer. Vas-y tout de suite ! ordonna-t-il. Et pour l'amour de Dieu, profites-en pour manger quelque chose.

— Papa…

— Quoi ? Qu'est-ce qu'il y a, Tom ?

Thomas fusilla du regard le fantôme de son fils autrefois robuste. Etait-ce uniquement lui ou bien toute la ville était-elle devenue dingue ?

— Je ne vais pas rentrer à la maison, papa, répondit Tom d'un ton ferme. Je m'en vais aujourd'hui. Je pars en Amérique. Je vais remettre mes idées en place. Me trouver.

Impossible de le nier : Tom Junior était un autre homme, jusqu'au bout des ongles. Les deux jours qu'il avait passés chez le Chat avaient davantage changé son âme que les deux décennies sous le toit humide de ses parents.

Tom Junior avait rencontré son hôte alcoolique et dépenaillé dans le fossé plein d'eau où il avait passé sa première nuit de cavale. Ce que personne en ville ne savait à propos du Chat, et ce que Tom avait découvert, c'était que le vieux poivrot était autrefois un philosophe connu dans sa Bulgarie natale. Il avait grandi dans un hameau près des contreforts du Grand Balkan, et les coups d'Etat incessants pilotés par les Russes qui avaient secoué cette petite nation slave vers la fin du XIXe siècle ne l'avaient pas affecté. Cette existence tranquille avait permis au Chat de se concentrer sur sa thèse (passée par correspondance au Trinity College de Dublin), laquelle portait sur Kierkegaard et la quatrième étape absente de son approche existentialiste. C'était la deuxième décennie du XXe siècle et il avançait bien sur sa thèse, mais subitement, la Bulgarie, prise dans le jeu international de la guerre, avait choisi de soutenir le mauvais camp. Le Chat avait fui les combats pour rejoindre son *alma mater* irlandaise et, après plusieurs histoires d'amour à sens unique dans la capitale, il s'était retrouvé à Ballinacroagh. Et avait décidé d'y rester.

Lorsque Tom Junior, le corps ravagé par le ténia de la tequila, pénétra dans la pièce unique de la chaumière où vivait le Chat, il fut stupéfait de voir la bibliothèque que ce dernier avait amassée. Le moindre recoin de cet espace exigu était envahi par des piles de livres, des centaines d'ouvrages entassés en colonnes branlantes. Des livres partout. Les fenêtres étaient bloquées derrière des barricades de romans d'amour abondamment feuilletés (dont le Chat aurait nié avec véhémence qu'ils lui appartenaient si on lui avait posé la question), et la méridienne Louis XIV du vieux philosophe reposait sur une pile de textes ésotériques égyptiens qu'il avait achetés à un colporteur berbère en Bulgarie. Dans son cottage, la tradition avait cédé la place à l'innovation en matière de revêtement de sol : la terre battue habituelle était recouverte d'encyclopédies, de thésaurus et de dictionnaires dans toutes les langues imaginables, avec une préférence pour l'idiome afro-asiatique, qui était à ce jour la langue favorite du Chat.

N'ayant jamais été un étudiant brillant, Tom Junior eut l'impression d'avoir atterri dans un enfer créé exprès pour lui. Il s'effondra sur le sol jonché de livres et dormit pendant quatre heures pleines qui lui parurent durer quatre ans, pour se réveiller sur un oreiller en livres de poche, léger comme s'il était en plumes. A côté de lui, sur une fine assiette blanche, il trouva un verre de lait et deux biscuits à la crème d'orange, tandis que dans l'autre coin de la pièce, le Chat, installé dans l'un des deux rocking-chairs, tenait entre ses mains tachées un exemplaire d'*En attendant Godot* de Samuel Beckett. Le vieux vagabond ne leva pas les yeux quand Tom Junior se dirigea vers le second rocking-chair. Il continua de se balancer en lisant les péripéties de ses postulants aux limbes favoris, et il gloussait en parcourant les nombreux passages surlignés.

Trente-huit heures s'écoulèrent avant que le Chat cesse de se balancer et lève les yeux pour constater que son poste de lecture était assiégé. D'un bout à l'autre du cottage, un mur le séparait du reste de la pièce qui lui servait de chambre, de salon et de cuisine. Haut d'un mètre vingt et long de trois mètres, ce mur était entièrement constitué de livres, dont beaucoup étaient ses favoris : les œuvres complètes de Nietzsche, dont une édition élimée d'*Ainsi parlait Zarathoustra* ; Camus et les tenants du théâtre de l'absurde (Ionesco, Beckett, Genet, ce prisonnier de la vie), et jusqu'aux fines stances de Kahlil Gibran, le poète libanais au cœur d'or.

Tom Junior avait construit ce mur pendant que le Chat était profondément plongé dans un soliloque mental sur la signification du sens. Le vieux penseur, supposant que ce jeune esprit égaré s'était enfui, fut saisi d'une grande tristesse, mais lorsqu'il poussa l'un des ouvrages de la paroi aux fondations fragiles, il découvrit un nouveau Tom Junior, amaigri jusqu'à l'os, mais présent et plus en vie que jamais. Ses yeux, entourés de cernes noir et bleu dus à la fatigue, étaient néanmoins pleins d'un sens renouvelé de l'existence. Un exemplaire du *Prophète* était ouvert sur ses genoux, et les mots qu'il avait lus et relus sans relâche franchirent ses lèvres gercées :

C'est quand votre esprit erre au vent,
Que vous, seul et imprudent,
Causez préjudice à autrui et par conséquent à vous-même[1]...

Mais l'esprit de Tom Junior était rentré à la maison. Il commençait à voir que son agression n'était que le symptôme d'un mal plus profond. Une maladie qu'il allait soigner à compter de ce jour, en commençant par présenter ses excuses les plus sincères.

— J'ai essayé d'appeler le café le soir où c'est arrivé. Une femme a répondu au téléphone, mais je n'ai pas trouvé les bons mots pour lui parler. Je ne sais pas, mais c'était comme si j'avais subitement perdu le souffle. Alors... alors, j'ai raccroché. Je me suis dit qu'écrire, ce serait mieux.

1. *Le Prophète*, Khalil Gibran, traduction de Jean-Christophe Benoist.

— Mais qu'est-ce qui t'a pris d'appeler ces bronzées ? s'exclama Thomas McGuire en frémissant de colère. Ecoute-moi, mon gars, il m'a fallu beaucoup de poigne pour que Sean Grogan me lâche les baskets. Alors je ne vais pas me casser les couilles avec tout ça, tu m'entends ? *Me trouver*, que tu dis ? Tu vas voir si je vais te trouver, moi !

Thomas roula le mot de son fils en boule et le balança à ses pieds.

— Passe voir ta mère et puis ramène tes fesses à l'Ale House, où je serai en train de t'attendre. Et ne songe même pas à ne pas bosser ce soir.

Il ressortit en trombe juste au moment où le Chat émergeait de sa stupeur alcoolisée avec un rot sonore qui ne dévoilait rien des théories innovantes qui traversaient son esprit enivré et néanmoins brillant. Jimmy, le barman, grimaça en sentant le remugle âcre qui émanait du tas avachi au bout de son bar.

Tom Junior ramassa la boulette et la lissa pour que ce qu'il avait écrit fût de nouveau lisible. Il ne s'était pas vraiment attendu à ce que son père transmette son mot à la police, et encore moins à ce qu'il comprenne l'épiphanie qui allait désormais guider ses pas.

Il hissa sur son dos la lourde sacoche pleine de livres (un cadeau de départ du Chat) et s'approcha du vieux poivrot.

— Jimmy, prends soin de mon pote ! dit-il.

Il donna une tape sur le dos voûté du vieil homme, qui se plia en deux, pris d'une quinte de toux.

— Donne-lui à boire tout ce qu'il veut sur mon compte. A bientôt, le Chat !

Il lui adressa un pouce levé et glissa un billet de cent livres dans la poche de son manteau. Puis il se dirigea vers la salle arrière du pub, une grande pièce moquettée où des tables et des chaises dépareillées faisaient face à une cible de fléchettes déglinguée. Il ouvrit la porte de la sortie de secours et passa dans l'allée aux pavés humides. D'un coup d'œil, il s'assura que son père n'était pas dans le coin, puis il s'avança silencieusement jusqu'au portail à l'arrière du Babylon Café. Là, retenant son souffle, il glissa son mot d'excuse entre deux lattes de la barrière en bois, tourna les talons et quitta à jamais la ville de Ballinacroagh.

Quelques instants plus tard, juste au moment où Tom Junior disparaissait au bout de l'allée, Marjan arriva dans l'arrière-cour du café. Elle s'agenouilla au milieu des plants de coriandre vert bouteille couverts de rosée, puis, saisissant leurs tiges entre le pouce et l'index, tira fermement dessus en prenant soin de poser son autre main au pied du plant pour en protéger les racines. La tempête qui avait fait rage pendant quatre jours avait décimé son jardin, arrachant les délicates jacinthes des bois et les violettes de velours pourpre qui avaient fleuri en juin sur leurs confortables parterres. A présent, les fleurs mortes jonchaient l'arrière-cour, et leurs pétales, autrefois vibrants de couleurs, étaient devenus des petits tas bruns de moisissure. Mais Marjan fut heureuse de voir que la coriandre, le persil et la menthe, plus robustes, avaient bien résisté à l'orage. En tirant sur la dernière tige de coriandre, elle murmura des vœux de bonne garde afin que Bahar puisse rentrer rapidement à la maison. Car c'était ici leur maison ! Aujourd'hui, Marjan en était plus sûre que jamais.

Elle retourna dans la cuisine, sa poignée d'herbes à la main, juste au moment où le téléphone sonnait. La voix claire de Fiona résonna à l'autre bout du fil.

— On a collé des avis de recherche sur tous les arbres et tous les lampadaires. Ne t'inquiète pas, Marjan, on va la retrouver. Il n'y a pas tellement de petites brunes au teint olive dans le coin. Quelqu'un a dû la remarquer.

— J'espère que tu as raison, répondit Marjan en essayant de ne pas penser à la multitude de cachettes disponibles en Irlande.

En effet, le matelas de vertes prairies séparées par les murets aux pierres bien agencées offrait un abri idéal à un fugitif.

Après quelques minutes d'une conversation qui la rassura, Marjan raccrocha et se mit à hacher le persil, la coriandre et la menthe. Elle mélangea les herbes dans un saladier avec de la viande d'agneau hachée, des oignons et un assaisonnement, malaxant la viande entre ses doigts comme si de la boue chaude s'était glissée entre ses orteils par une journée d'été torride. Le rythme familier était apaisant, et quand elle ajouta les boulettes au bouillon, elle avait repris espoir.

Contrairement au *fesenjoon*, où le goût de la grenade est contrebalancé par l'accompagnement robuste des noix, la soupe à la grenade repose entièrement sur ce fruit pour son inspiration. D'un magenta brillant quand il a fini de cuire, le jus de grenade donne à la soupe un goût aigre-doux, et on l'apprécie plutôt en entrée qu'en plat principal. D'après Marjan, aucune autre recette n'atteignait un équilibre aussi parfait entre le *sardi* et le *garmi*, le *sard* de la grenade et de la coriandre faisait pendant au *garm* de l'agneau et des pois cassés. Elle aurait aimé que Bahar puisse en sentir l'odeur. Elle aurait compris qu'il n'y avait rien à craindre – que ce soit réel ou imaginaire.

Marjan remuait les succulentes vagues de grenade en songeant à sa sœur, si sensible. L'avait-elle suffisamment aidée ? se demanda-t-elle. Elle avait essayé de se montrer compréhensive et protectrice, mais elle aurait dû faire plus d'efforts pour apaiser la douleur des souvenirs de Bahar, ces migraines qui la frappaient tous les jours. Elle savait à quel point sa sœur avait du mal à faire confiance à son environnement, alors, s'était-elle montrée aussi compatissante qu'elle le pouvait ? Ou bien Estelle Delmonico avait-elle raison : Marjan se prenait-elle encore pour la mère de ses sœurs ?

Le conseil de la petite Italienne était peut-être avisé ; certaines choses ne dépendaient pas de Marjan. Certaines choses devaient suivre leur propre cours… quitte à brûler, sans qu'elle les remue, sans son aide. Parce que, peut-être que tout ne dépendait pas d'elle.

Elle hocha silencieusement la tête, admettant une défaite qu'elle trouvait bienvenue parce que nécessaire. Bahar et Layla devraient trouver leur voie sans qu'elle soit constamment à leurs côtés. Car elle n'en pouvait plus. Il fallait qu'elle apprenne à placer sa foi dans quelque chose de plus grand qu'elles trois. Elle devait simplement se contenter de croire qu'à la fin, tout s'arrangerait.

Bahar irait bien.

Layla irait bien.

Elle aussi irait bien.

La légèreté de sa reddition l'emporta jusqu'en haut des marches vers un après-midi de sommeil qui s'était longtemps fait attendre. Et derrière elle, pour la première fois de sa vie, la soupe à la grenade bouillait sur la cuisinière sans surveillance.

Tout comme sa sœur, Bahar allait bientôt être emportée vers de plus hautes sphères. Mais pour l'instant, en balayant du regard sa chambre d'hôtel, l'espoir était la dernière chose qu'elle avait à l'esprit.

L'étiquette cousue dans un coin de l'édredon à damiers proclamait *Propriété du Castlebar Castle*, mais le plâtre fissuré du plafond contredisait ces prétentions de grandeur. Ce taudis n'a vraiment rien de royal, se dit Bahar. Elle ne s'habituait ni au matelas mou ni à l'abominable vert des murs de cette pièce étouffante, même au bout de deux longues journées. La moquette miteuse, un motif psychédélique de cercles orange sur fond marron foncé, sentait l'œuf pourri, et les stores délavés où manquaient plusieurs lattes laissaient entrer une lugubre lumière grise bien trop tôt le matin. L'unique élément de la pièce à échapper au désastre – une cheminée en fonte de l'époque victorienne, peinte en blanc, avec un ange sculpté de chaque côté – était gâché par le portrait plus grand que nature d'un JFK rayonnant, accroché dans un cadre doré au-dessus du manteau. Le président assassiné l'avait suivie de ses yeux vitreux quand elle était entrée en titubant avant de s'affaler dans le lit une place qui sentait le renfermé, sans même ôter ses vêtements trempés.

Le lendemain matin, elle s'était réveillée avec une terrible migraine. Elle avait avalé huit cuillérées de la mixture qu'elle avait emportée dans sa valise, puis, tirant un papier froissé de sa poche latérale, elle avait fixé le numéro de téléphone inscrit dessus en chiffres persans. C'était une page arrachée au vieux carnet d'adresses qu'elle avait feuilleté la veille, juste avant de quitter l'atmosphère chaleureuse du café. Elle avait trouvé le numéro à la lettre J, innocemment niché entre les noms et les adresses de deux anciennes camarades de classe de Marjan.

En théorie, son plan était assez simple : éloigner du café l'élément dangereux (elle-même), réserver une chambre au Castlebar Castle, celle-là même où elles avaient séjourné à leur arrivée dans le comté de Mayo, et appeler Khanoum Jaferi à Téhéran. Ensuite, elle n'aurait plus qu'à attendre que Hossein la trouve. Bahar était sûre qu'il ne lui faudrait pas longtemps pour venir à l'hôtel, surtout s'il était déjà en Irlande. Il pouvait faire ce qu'il voulait d'elle, même la ramener en Iran, tant qu'il laissait tranquilles Marjan et Bahar. Oui, c'était une solution propre et nette. Et elle aurait fonctionné, si Bahar avait eu le courage de passer ce coup de fil. Mais en réalité, elle venait de passer deux jours et deux nuits enfermée dans cette chambre à faire les cent pas sur la moquette miteuse et à compter les taches d'humidité au plafond.

Vraiment lâche, voilà ce qu'elle était ! Même s'enfuir, elle ne savait pas le faire correctement. Même pas capable de descendre à l'accueil et de passer un coup de fil, pensa-t-elle avec dégoût en extrayant du lit son corps endolori. Elle baissa les yeux pour éviter le regard perturbant de John F. Kennedy et se dirigea lentement vers la cheminée. Du bout du pied, elle remua le petit tas de tourbe dans l'âtre, prête à sauter en arrière si quelque chose bougeait dans le résidu crayeux. Je pourrais mourir ici et personne ne le remarquerait, songea-t-elle, l'esprit macabre. En soupirant, elle tendit les bras d'un geste fatigué vers le manteau glacé de la cheminée et courba la tête.

Son estomac gargouilla avec colère. Elle n'allait pas tarder à devoir quitter sa chambre, ne serait-ce que pour trouver des provisions ; la nourriture qu'elle avait emportée était quasiment épuisée. Il ne restait plus qu'une pomme verte et un demi-paquet de biscuits à la crème Knorr qui gisaient, esseulés, sur la table de nuit. Subitement affaiblie par l'état de ses réserves, elle releva la tête et s'écarta de la cheminée. Elle allait se jeter de nouveau sur son édredon à damiers quand les quelques prospectus étalés sur le manteau de la cheminée accrochèrent son regard. Elle avait oublié ces flyers que le réceptionniste lui avait remis avec les clés de la chambre, le soir de son arrivée. Ils vantaient les mérites des destinations habituelles préférées des touristes américains : Knock, Leelane, les îles d'Aran. Et le mont Patrick.

Elle prit le premier de la pile : *Hibernian Holiday Tours – Mont Patrick*. Au recto, il arborait une photo de la montagne aux tons verts et jaunes criards, agrémentée d'une brève vie de saint Patrick, et au verso, quelques données archéologiques. Les horaires d'ouverture de la boutique de souvenirs. Ceux de la messe. La saison du pèlerinage. *Laissez Hibernian Holiday Tours vous emmener au sommet de la montagne !*

Hibernian Holiday Tours. C'était la compagnie qui l'avait récupérée dans la tempête sur la route de Ballinacroagh. Le chauffeur, un Irlandais costaud avec un peu d'eczéma, avait gentiment accepté de la déposer devant l'hôtel miteux de Castlebar avant de repartir vers des établissements plus huppés, comme Mountain Manor, dans Bridge Street.

— Je vais prendre des Américains au Manor. Des Irlando-Américains, comme ils disent eux-mêmes. Ils viennent jeter un coup d'œil au Reek. Ils feraient mieux d'aller aux Bahamas, si vous voulez mon avis ! s'était-il exclamé avant de lui faire un clin d'œil dans le rétroviseur.

Le cœur de Bahar se mit à battre très fort. Le Reek. Bien sûr. C'était ça.

Elle avait passé tout ce temps à bouger, à courir, à se cacher – mais jamais dans la bonne direction. Il ne fallait pas traverser terres et petites mers, ni vallées et déserts mouvants, il fallait grimper. Grimper ! La source de cet appel était mystérieuse ; Bahar ne savait pas d'où venait cette voix douce qui résonnait dans sa tête et lui disait subitement qu'il fallait grimper. Il n'y avait pas d'autre voie possible.

Le chauffeur un peu charmeur lui adressa un nouveau clin d'œil comme elle gravissait les marches caoutchoutées du car.

— Vous revenez, à ce que je vois. Je ne m'en plains pas, cela dit. Je suis toujours content de voir un jeune et joli visage ! s'exclama-t-il en lui faisant un sourire en coin.

Dans l'espoir d'éviter de se faire remarquer, Bahar se tassa sur son siège. Elle était contente qu'aucun des passagers du car – des retraités irlando-américains qui se remémoraient leur arbre généalogique éclaté – n'ait tenté d'engager la conversation avec elle. Ces joyeux sexagénaires échangeaient leurs adresses, montraient des photos aussi grandes que leur portefeuille où figuraient leurs petits enfants souriants et n'accordaient aucune attention à la jeune femme aux cheveux noirs assise à la première rangée de sièges. Quand le car sortit de Castlebar, Bahar riva son regard sur le paysage. Les fougères détrempées et les forêts de chênes surplombés d'aulnes vert foncé lui parurent subitement magnifiques. L'Irlande est un pays enchanteur, songea-t-elle.

Le car de Hibernian Holiday Tours en rejoignit une quinzaine d'autres sur le grand parking au pied de la montagne, côté est. Un flot de pèlerins, pour la plupart des Américains bien nourris portant des Nike flambant neuves et de protubérants sacs-bananes, se déversa des cars. Certains sifflaient allègrement leur version de *Danny*

Boy en se dirigeant vers la plaque de marbre et de cuivre au pied de la montagne.

— Saint Patrick, le saint patron de l'Irlande, commença la guide. Visionnaire tourmenté. Missionnaire bienveillant. Rédempteur des païens irlandais.

Elle fit une pause et lança à son auditoire un sourire ironique.

— Il a combattu ses propres démons lorsqu'il a gravi cette montagne. Quand ils se sont présentés à lui, sous la forme de merles, leurs ailes noires ont obscurci le ciel. Mais Patrick a continué de prier sans s'arrêter jusqu'à ce que le ciel soit de nouveau radieux, expliqua-t-elle en distribuant gratuitement des petites cartes plastifiées ornées d'un trèfle. Il n'y aura pas de messe, car nous sommes samedi, mais que cela ne vous empêche pas de réciter des prières si le besoin s'en fait sentir. Je vais moi-même dire merci, maintenant que la tempête est passée.

Elle guida tout le monde jusqu'à un étroit sentier qui zigzaguait sur les flancs escarpés de la montagne. Devant eux, le léger voile de brouillard et les cailloux qui jonchaient l'herbe courte et pâle de chaque côté du chemin n'avaient pas empêché un couple de grimpeurs des plus déterminés à s'élancer pieds nus et l'âme ouverte. Bahar suivait les touristes, un peu à la traîne, en prenant le temps de respirer l'air éthéré.

Des prières, avait dit la guide. Quelle sorte de prière pouvait l'aider ? A quoi pouvait-elle dire merci ? Il n'y avait aucun moyen de défaire ce qu'elle avait fait, le malheur qu'elle avait apporté à ses sœurs quand elle avait épousé Hossein. Et elle faisait encore souffrir Marjan et Layla. En cet instant même, tandis qu'elle gravissait cette montagne, elle savait qu'elles étaient mortes d'inquiétude, qu'elles pensaient que le pire avait dû se produire, mais elle ne les avait toujours pas appelées pour leur dire que tout allait bien. Elle s'était contentée de fuir, une fois de plus.

Elle secoua la tête en grimaçant. Elle était toujours en train de fuir. Pas une fois, pas une seule, elle n'avait endossé la responsabilité de ses actes ni ne s'était excusée de ne pas avoir écouté les mises en garde de sa sœur aînée à propos de Khanoum Jaferi et de son fils répugnant au visage marqué par la vérole. A la place, elle s'était réfugiée derrière ses migraines, elle avait obligé Marjan et Layla à marcher sur la pointe des pieds pendant toutes ces années de silence, comme si elle n'était qu'une espèce d'invalide impuissante. Des prières. Il allait lui en falloir beaucoup, des prières, se dit-elle en se hissant sur une saillie de granit.

Quand Bahar atteignit la dernière étape de son ascension, la partie la plus rocailleuse et escarpée, une chose très curieuse se produisit. Il semblait que plus elle grimpait, plus ses pensées devenaient claires. Elle avait dépassé la plupart des Américains et presque rattrapé la sémillante guide, laquelle avait un double avantage, des mollets musclés et un bâton de marcheur. Tout en gravissant ce sentier, Bahar avait l'impression de déborder subitement d'énergie, et sa migraine matinale avait disparu depuis longtemps.

Pourquoi donc avait-elle décidé que cet étrange appel téléphonique venait de Hossein ? Le fait qu'il les ait trouvées à Londres, pour effrayant que cela puisse être, ne signifiait pas qu'il allait les suivre jusqu'à Ballinacroagh. Et à la vérité, si elle y réfléchissait rationnellement pendant un instant, ce coup de fil pouvait tout aussi bien être un faux numéro ou un gamin du quartier qui faisait une blague. Alors pourquoi avait-elle choisi l'explication la pire et permis à ses migraines et à son hystérie d'obscurcir son jugement ? Si elle voulait survivre, si elle voulait avancer, il fallait qu'elle apprenne à ne pas s'attendre systématiquement au pire, que ce soit avec les événements ou avec les gens, d'ailleurs.

Oui, se dit-elle. Elle avait ses propres pénitences à faire. Layla avait pour elle les promesses de sa jeunesse à la cannelle et à l'eau de rose, Marjan, le talent de créer des plats plus spectaculaires les uns que les autres, mais tout cela, c'était leur voyage, pas le sien. Pour l'instant, elle ne savait pas encore quels étaient ses talents, mais ce qu'elle savait, c'est qu'ils attendaient simplement qu'elle les découvre.

Une fois arrivée au sommet, Bahar s'arrêta et se tourna vers les éblouissantes eaux bleues de la baie de Clew. Les nuages gris se dispersaient rapidement à l'horizon tandis que leurs ailes liquides se reflétaient dans la mer en contrebas. Gravir cette antique montagne lui avait suffisamment éclairci les idées pour affronter son esprit malade. Chaque pas sur la roche lui avait donné de la force, comme si elle rejetait effectivement sa peur et sa solitude, ces monstres qui l'avaient accompagnée pendant tellement longtemps. Tout comme saint Patrick l'avait fait quelques siècles auparavant, songea-t-elle. Les miracles que ce vieil évêque avait accomplis sous ces lourds nuages produisaient encore leur magie sur elle. A cette altitude, Hossein lui-même ne pouvait l'atteindre.

Elle étendit les bras, ferma les yeux et inspira si profondément que même les plus extravertis parmi les touristes américains se retournèrent pour la regarder. La douce innocence de leurs yeux ébahis amena un petit sourire sur les lèvres de Bahar.

Plus bas, dans le Main Mall, un Thomas McGuire renfrogné faisait également l'expérience de la première d'une série d'épiphanies tardives. Ce fut son odorat qui déclencha l'alarme initiale.

Alors qu'il se dirigeait d'un pas pesant vers l'épicerie, l'homme d'affaires trapu sentit l'odeur de la soupe. Il n'avait pas le moindre pressentiment de sa fin prochaine. En fait, quand il se remémorerait l'incident, recroquevillé dans les nuits sans sommeil qui allaient le hanter jusqu'au jour de sa mort, Thomas jurerait toujours que ce n'était pas l'odeur qui l'avait attiré vers la cuisine du café, mais son devoir de père et de citoyen inquiet qui avait fini par en avoir assez. Tels sont, semble-t-il, les fantasmes altruistes de nombre d'esprits tordus et criminels.

Thomas n'atteignit jamais l'épicerie, où il comptait harceler de nouveau le pauvre Danny Fadden. Humant la soupe à la grenade comme il passait en coup de vent devant le Babylon Café, il fit demi-tour et remonta le Main Mall avec une détermination toute neuve. Il se glissa dans l'allée, fit un pas de côté pour éviter une poubelle renversée assiégée par une meute de chats enragés et entra dans l'arrière-cour du café.

Le baron de la bière de Ballinacroagh ne prit pas la peine de frapper au portail et décida plutôt de donner un coup de pied dedans. Il avait déjà levé la jambe, s'apprêtant à porter un coup façon karaté sur le battant, quand il vit le mot. C'était le mot d'excuse qu'il avait chiffonné à peine deux heures auparavant, les pleurnicheries de Tom Junior qui revenaient le hanter. Le sang lui battait aux oreilles ! Il ouvrit le portail en grand et entra dans l'arrière-cour, écrasant de ses lourdes bottes les quelques herbes aromatiques encore debout dans le jardin de Marjan. La porte de la cuisine céda facilement sous ses poings et il pénétra d'un pas chancelant dans la cuisine, un endroit qui le faisait rêver depuis qu'il était petit, à l'époque où les Delmonico avaient encore leur pâtisserie.

Il s'attendait à trouver Marjan en train de débiter des morceaux de viande pourrie et des abats douteux, aussi fut-il quelque peu déçu de constater qu'il n'en était rien. Il n'y avait pas de tripes en vadrouille, pas de poissons aux yeux globuleux qui le dévisageaient depuis des planches à découper sanguinolentes. Devant lui, il voyait une table ronde recouverte d'une nappe blanche à l'aspect recherché, imprimée de cerises. Un peu plus loin, au milieu de la pièce, un îlot en bois où reposait une simple corbeille à fruits remplie d'abricots rouges. Et sur la cuisinière, une cocotte argentée à demi couverte d'où s'échappaient de malicieuses volutes de grenade.

Les doigts de cet effluve atteignirent le menton rond de Thomas et lui chatouillèrent les mâchoires comme une tentatrice en chair et en os. Il poussa un cri de surprise et recula dans le couloir, horrifié. C'était dégoûtant, ce que certaines personnes mettaient dans leur bouche, pensa-t-il, et il se sentit pris de vertige comme jamais au cours de son existence. Quand il eut en partie retrouvé ses esprits, il se risqua à jeter un nouveau coup d'œil à la cuisine.

Un long tapis persan de laine, un Tabriz que Bahar avait payé vingt livres aux puces de Portobello, courait à travers la pièce, de l'entrée de service jusqu'aux portes à double battant qui donnaient sur la salle. Un rectangle de mosaïque turquoise sertie de verre indigo surplombait le bois sombre du chambranle. On y lisait les mots *Nush-e Jan*, une expression typiquement farsi dont la traduction la plus proche est : *Bon appétit!* Cette accueillante invite échappa totalement à Thomas.

Regardez-moi ce que ces vaches ont fait à ce lieu, se dit-il, furieux. Mais il avait raison : ici, c'était chez lui, ça l'avait toujours été et ça le resterait toujours. A l'endroit même où il se tenait, juste sous ses bottes pleines de boue, se trouverait un jour la piste de danse du Polyester Paddy's. Ici, les corps se tortilleraient sous l'impulsion de fabuleux rythmes disco tandis qu'une scintillante boule à facettes balancerait alentour des prismes de lumière, comme un arc-en-ciel de confettis. Et c'était par là, par ces portes, de l'autre côté de ce putain d'espace désert, nom de Dieu, qu'il passerait du Paddy's au Polyester en prenant le temps de saluer les couples avachis sur les canapés et les fauteuils de velours. Les tables de marbre noir déborderaient de cocktails qu'il rêvait de tester depuis toujours, mais comment faire avec ces abrutis de clients qui ne voulaient que de la bière brune et encore de la bière brune ? Ici, tout ça, il pourrait le faire. Il pourrait peut-être même embaucher l'une des filles O'Reilly, celle avec les gros nichons, pour qu'elle se mette au patin à roulettes en mini-short moulant et serve les commandes en tournoyant entre les tables. Et pourquoi pas, putain ? Ici, c'était chez lui. C'était le Polyester Paddy's, là où tout pouvait arriver !

Pris dans son rêve disco, Thomas se mit à tourner et tourner et tourner, il tourbillonnait comme une toupie folle au milieu de la cuisine au son de la musique funky qu'il entendait dans sa tête, aveuglé par les lumières étincelantes. Comme un possédé, il bascula brusquement vers la cuisinière et la cocotte de soupe à la grenade qui mijotait dessus. Sans le torchon rouge que Marjan avait pendu à la poignée de la porte du four, il serait tombé directement dans les flammes. L'espace d'une seconde, il parvint à s'accrocher à ce torchon avant de le lâcher et de heurter le sol froid.

Les sacs plastique du Kenny's Record Shop remplis de cassettes de disco furent projetés dans les airs. Leur trajectoire croisa celle du torchon volant avec une symétrie si parfaite que pendant un instant – cette brève suspension du temps juste avant que son crâne heurte le sol et que ses yeux se révulsent –, Thomas se retrouva vraiment dans sa discothèque : un endroit fabuleux plein de fusées de feux d'artifice, de falsettos et de synthétiseurs syncopés. Mais comme à l'époque où le disco avait vécu et s'était éteint, la musique se tut bien trop vite, quand les artères de Thomas, épuisées par des décennies de boudin accompagné de toasts au beurre et à la crème pour le petit-déjeuner, se bouchèrent.

Le cœur de Thomas McGuire s'arrêta au moment même où les cassettes atterrissaient tout autour de lui, avec un son qui ressemblait aux applaudissements de centaines de mains en plastique. Un exemplaire de *Saturday Night Fever* tomba sur sa paume, la bande-son idéale sur la route d'un paradis de polyester blanc. Le torchon, lui, tomba sur la cuisinière et se transforma instantanément en une boule de feu qui rebondit sur le mur adjacent.

Oui, à ce moment-là, pour Thomas, tout s'arrêta hormis le rythme qui s'élevait de son corps de mammouth par-delà l'ambition insatiable qui l'avait guidé à travers toutes les mauvaises portes, toutes les mauvaises chansons. Car c'était le rythme éternel, la mélodie sans fin qui ne s'interrompait pour personne, pas même pour lui.

Thé digestif à la lavande et à la menthe

2 cuillères à soupe de miel
3 cuillères à café de fleurs de lavande fraîches
1 tasse de feuilles de menthe fraîches hachées
1/2 citron coupé en fines tranches

Faire bouillir 2,5 litres d'eau. Réchauffer la théière avec la moitié de l'eau. La jeter. Mettre dans la théière le miel, les fleurs de lavande et la menthe. Ajouter l'eau chaude. Couvrir et laisser infuser 10 minutes. Servir avec une tranche de citron.

Épilogue

Le lendemain matin tôt, tandis que les pèlerins les plus dévots atteignaient l'église blanche du mont Patrick pour contempler le lever du soleil, le cirque arriva en ville. Littéralement.

Un train de quatre roulottes attelées remonta le Main Mall, et sur leurs bâches déployées on pouvait lire en lettres fluo orange et roses : THE MCGUIRE FAMILY CIRCUS.

En réalité, le cirque de la famille McGuire appartenait à Lieran, le frère de Thomas qui était devenu acteur, et à sa troupe théâtrale adepte de la narration corporelle. Les performers ambulants avaient établi leur campement au bout d'un pré, à côté des tentes et des tables pliantes dressées pour les festivités du Patrician Day. Peu après, la troupe avait commencé à montrer ses talents, un fabuleux spectacle de jongleurs de torches et de démonstrations de lévitation, ainsi qu'un Guignol hilarant. Le cirque n'était pas seulement une merveilleuse surprise pour les pèlerins et les touristes qui s'étaient réunis dans le pré au terme de leur difficile ascension, mais aussi la première partie idéale pour *Les Fruits du labeur*, la pièce du père Mahoney.

Même si Fiona Athey avait manqué certaines des répétitions de dernière minute à cause des drames imprévisibles qui s'étaient produits pendant la semaine, ses débuts dans la mise en scène furent un succès total. La pièce, qui racontait les péripéties de Gino Pepino, un jeune cueilleur de pommes qui, un jour, se réveille après sa sieste et découvre qu'il est le seul homme du village au milieu de cent femmes très affamées, déclencha des clameurs ravies dans l'auditoire fourni. Layla et Malachy se révélèrent d'excellents premiers rôles dans cette comédie romantique et le public leur réserva une ovation debout.

Marjan regardait le joyeux prêtre mordre dans une carotte *torchi*, l'un des nombreux légumes marinés qu'il avait tirés du bocal acheté à la vente de charité. Tous les *torchi* préparés par Bahar avaient déjà été vendus, mais grâce à la générosité de Benny Corcoran, qui avait prêté la cuisine de sa boulangerie à Marjan (à la suite de quoi, Assumpta ne lui adressait plus la parole), un assortiment de mets fins était disposé sur les tables. Les cassolettes d'*abgoosht*, les plateaux de rouleaux à la menthe et à la feta, les dolmas et les oreilles d'éléphant étaient engloutis plus vite que la bière qui coulait gratuitement des fûts, en cette unique occasion où les pubs McGuire se montraient charitables.

Cela aurait suffi à renvoyer Thomas McGuire au-delà des portes du néant s'il avait été là pour le voir. Mais Thomas ne pouvait pas bouger un orteil, même s'il l'avait voulu. Il était attaché à des tuyaux et des machines qui peinaient à le faire respirer et à le maintenir en vie, même si après avoir appris ce qui lui était arrivé au Babylon Café, il aurait préféré mourir.

Thomas était légalement mort depuis plus d'une minute quand Bahar, déposée par le car après son historique ascension, avait fait irruption dans la cuisine avec un enthousiasme qui s'était rapidement mué en inquiétude. Elle s'était frayé un chemin dans le nuage de fumée rose et noir qui remplissait toute la cuisine, tandis que le parfum âcre de la grenade lui piquait la gorge et les yeux. De vicieuses langues de flammes mêlées d'orange et de noir s'élevaient du comptoir en bois et léchaient les murs en surplomb. Paniquée, elle avait couru vers l'escalier pour chercher ses sœurs et trébuché sur le corps sans vie de Thomas McGuire.

Se servant de son souffle pour remplir la poitrine de Thomas, Bahar lui avait pressé le torse encore et encore jusqu'à ce que son cœur se remette à battre. Thomas s'était mis à tousser, il avait cligné des yeux puis s'était de nouveau évanoui : le choc de voir Bahar en train de le ressusciter était trop violent pour que le baron déchu de Ballinacroagh le supporte.

Marjan, réveillée par les cris de Bahar, était descendue en chancelant pour trouver sa sœur penchée au-dessus d'un homme ventru, et sa cuisine en feu. Grâce au petit extincteur que Luigi Delmonico gardait dans sa réserve, elle avait pu empêcher les flammes d'atteindre le frigo à l'autre extrémité de la pièce et étouffer le feu juste au moment où Thomas aspirait les premières bouffées d'air après son retour sur terre. Le temps que Marjan s'agenouille à côté de lui avec un verre d'eau, l'incendie dévastateur était maîtrisé.

Dervla Quigley faillit tomber de sa fenêtre quand elle vit le van vert citron sortir de l'allée en faisant crisser ses pneus dans un gros nuage de fumée puis foncer sur la route de Westport avec Marjan au volant. La vieille commère serait tombée dans les pommes si elle avait vu ce qu'il transportait ce jour-là.

A l'arrière du van, Bahar surveillait de près la respiration hachée de Thomas tandis que Marjan fonçait vers le Mayo General Hospital. Un ton rougeâtre et cireux colorait à présent le visage flasque du tyran, mais celui-ci était toujours inconscient et ses battements de cœur très faibles et irréguliers. Mais pourquoi était-il entré dans leur café ? se demanda Bahar en revérifiant son pouls.

Marjan pensait avoir une idée assez précise des intentions de Thomas jusqu'au moment où elle avait vu les petits tas de cassettes sur le sol de la cuisine. Quel homme étrange ! avait-elle pensé.

Thomas McGuire n'allait jamais vraiment se remettre de la crise cardiaque qui l'avait brièvement projeté dans cette grande boîte de nuit dans le ciel. Il fit de son mieux pour oublier ce qui s'était passé dans cette cuisine, mais ne retrouva la paix que lorsqu'il régla à Estelle la somme rondelette nécessaire pour redonner au café son lustre d'antan. Même si aucun des deux policiers ineptes ne fit de rapport sur lui, la longue tradition tyrannique de Thomas McGuire avait pris fin. Il allait passer le restant de ses jours à écouter sa collection poussiéreuse de 33 tours et à assouvir calmement les besoins de la libido de sa femme en essayant de ne pas y rester (car Cecilia s'adonna avec encore plus d'enthousiasme aux activités en chambre une fois que les enfants eurent quitté la maison). A partir du Patrician Day, Margaret prit officiellement les rênes des affaires de son frère : elle devint ses yeux et ses oreilles, et entreprit de réparer la réputation de la famille qu'il avait détruite d'un seul coup.

Marjan se dirigea tranquillement vers le samovar pour se servir une tasse fumante de thé à la lavande et à la menthe. Avec Malachy, elle avait transporté la grosse machine à l'extérieur du café pour l'occasion, puis, à l'aide d'une longue rallonge, ils l'avaient branchée à une prise sur la façade de l'épicerie. Estelle avait apporté la lavande et la menthe de son jardin d'herbes aromatiques, et elles s'y étaient mises à deux pour disposer les diverses tasses et cuillères à sucre en l'honneur de la deuxième boisson préférée de la ville. Le temps, qui ne menaçait plus de tourner à l'orage, n'avait cependant pas retrouvé la chaleur estivale des semaines précédentes, aussi le thé était-il particulièrement apprécié en ce dimanche après-midi.

Marjan en sirota une gorgée avant de s'installer dans une chaise en plastique sous une tente aux rayures roses et bleu turquoise. Certaines des personnes qu'elle aimait le plus au monde se trouvaient non loin de là, ainsi que certaines de celles qu'elle appellerait un jour sa famille. Estelle, qui se reposait sur une autre chaise en plastique, buvait aussi du thé à la lavande et à la menthe en discutant avec Mrs Boylan des usages infinis qu'on pouvait faire de l'huile d'olive vierge pressée à froid. A droite de la petite veuve italienne, Layla était en compagnie d'une fillette maigrichonne avec une tignasse poil de carotte. Marjan reconnut la petite gamine des rues qui était venue l'emmener jusqu'au campement des gens du voyage en ce jeudi de tempête, à peine quatre jours auparavant. Elle était revenue en ville avec certains d'entre eux, et ces fières personnes se promenaient à travers les attractions de l'après-midi en apportant leur propre façon de prendre du bon temps.

Un Declan Maughan héroïque avait installé sa caravane dans le pré, non loin de la scène, mais peu après, il s'était dirigé d'un pas nonchalant vers la tente rose et bleu turquoise avec Aoife, la plus jeune de ses treize sœurs. Après avoir pris un peu de courage en bouteille sous la forme d'une (ou deux) pintes de Guinness, le champion de boxe s'était assis sur un transat et avait promptement engagé une conversation assez passionnée sur la situation de la boxe amateur en Irlande avec nulle autre qu'une Bahar rougissante. Marjan devina que sa sœur appréciait le beau gitan aux traits burinés, malgré le fait que c'était lui qui faisait le gros de la conversation. Le sourire de Bahar avait beau être timide, il n'était pas très différent de celui qui s'affichait au même moment sur le visage rayonnant de Layla – plein d'espoir et d'une possessivité décomplexée.

L'amour entre Layla et Malachy était la plus belle sorte de possession, songea Marjan, celle dont l'unique devise était un flot continu d'affection. Le jeune couple était arrivé au café bien après la fin de l'incendie. Ils avaient échappé au plus dur pour ne trouver que des murs noirs de suie et une histoire qui, surtout pour Malachy, était vraiment bizarre. C'était bien qu'ils n'aient pas eu à subir ce choc, se dit Marjan. La destinée les appelait à de plus grandes aventures, et il ne fallait pas qu'ils s'encombrent de drames inutiles. Elle vit Malachy tourner une mèche de Layla entre ses doigts et la caresser doucement tout en devisant sur l'origine des étoiles. Le jeune astronome savait qu'à l'époque aristotélicienne, le mot *comète* désignait « une longue chevelure lumineuse », mais qu'aujourd'hui, il en était venu à désigner le sillage de lumière qui parfois, simplement parfois, suit une orbite un peu trop proche du soleil.

Mais Marjan savait que ces deux-là s'en sortiraient très bien. D'ailleurs, tout le monde allait très bien s'en sortir. Bien sûr, il y avait encore beaucoup de choses dont elle devait parler avec ses sœurs ; il y avait trop de non-dits depuis cette sombre nuit où, à l'aube d'une révolution, elles avaient définitivement quitté Téhéran et un homme dont elle espérait ne plus jamais croiser le chemin. Mais tout cela pouvait attendre demain. Pour l'instant, se dit-elle, pour l'instant, être avec Bahar et Layla dans ce petit village du nom de Ballinacroagh et voir de doux sourires sur leur beau visage lui suffisait.

Le soleil se couchait sur la baie de Clew lorsque Marjan, sa tasse de thé à la main, s'installa pour regarder les membres de la troupe du cirque d'acrobates, en survêtements vert et or, faire des roulades sur la modeste scène en bois de l'amphithéâtre. Ce spectacle impromptu était une danse inspirée des festivités de Lugnasad, une célébration des moissons qui marquait le Nouvel An des anciens Celtes. Marjan s'émerveilla des points communs entre ce rituel ancestral et sa propre version du mythe de la grenade.

Contrairement aux Grecs de l'Antiquité, pour qui ce fruit symbolisait le cycle inévitable d'une mort amère, quand une Perséphone repentante regagnait le royaume souterrain pour les six mois d'hiver, Marjan préférait croire les vieilles histoires des devins persans, qui donnaient une autre version de l'origine de ce fruit aigre. Elle aimait à se rappeler que par-dessus tout, au-delà de toutes ses connexions malheureuses avec la mort et l'hiver, la grenade était et serait toujours le fruit de l'espoir.

La fleur de la fertilité, des nouvelles choses qui adviennent et des vieilles saisons que l'on berce.

Elle lui avait appris que certaines des meilleures recettes sont celles qui ne sont pas écrites, celles qui arrivent quand vous vous servez un verre généreux de Shiraz, passez une chanson apaisante de Billie Holiday et laissez les riches ingrédients vous guider. Parce que,

que ça vous plaise ou non, la vie continuera avec ou sans vous, elle fleurira toujours dans l'arrière-cour de quelqu'un d'autre pour apporter de la saveur à une autre soupe à la grenade.

Oui, c'était ainsi qu'elle avait envie de penser à cette douceur particulière. Les semis innombrables qui, vraiment, ne pouvaient être que les fleurs d'un nouveau commencement.

Remerciements

J'éprouve une profonde reconnaissance pour les personnes suivantes : Adam Chromy, mon agent, pour son intuition et sa ténacité. Mon éditeur, l'infatigable Robin Rolewicz, dont les conseils réguliers et le doux rire ont fait toute la différence. Toute l'équipe de Random House qui s'est rassemblée derrière ce livre depuis le tout début – Gina Centrello, Daniel Menaker, Jon Karp, David Ebershoff, Claire Tisne, Nicole Bond – un énorme merci pour votre dur labeur et votre soutien. L'équipe talentueuse chargée du graphisme et de la fabrication, Barbara Bachman, Robbin Schiff, Susan Mr S. Brown, Vincent La Scala, ainsi que Lanie Shapiro, ma fabuleuse attachée de presse. Ma famille irlandaise, les Collins de Mayo et de Long Island, qui me fournissent des ressources inépuisables de gaieté ; Sam, mon frère, et mes parents, qui m'ont fait découvrir le goût de la grenade pour la première fois. Et plus que tout, CRC, mon ancre et mon compagnon permanent. Merci.

Table des recettes

Achevé d'imprimer sur les presses
de l'imprimerie Liberduplex
Sant Llorenç d'Hortons (Barcelone),
Espagne

Dépôt légal : août 2021